BVT

Mitten in den Kriegstrümmern Berlins wohnt Karl Meunier, ehemaliger Hausdetektiv des berühmten Hotel Adlon. Hunger plagt ihn, und fast noch stärker der Schmerz um seine tot geglaubte Geliebte Vera. Da trifft er zufällig seinen alten Freund Benno, ein Berliner Urgestein, der sich mit Schwarzmarktgeschäften durchschlägt und Karl mit zum Potsdamer Platz nimmt. Doch kurz darauf wird Karl dort bei einer Razzia festgenommen. Nur durch Glück gerät er an einen Job als Dolmetscher beim US-Geheimdienst auf dem Flughafen Tempelhof. Ein Detektiv beim Geheimdienst? Nichts liegt Karl mehr, und schon steckt er mitten in der gefährlichen Jagd auf die dringend gesuchten Falschgeldbetrüger.
Raffiniert führt Jürgen Ebertowski uns durch ein brodelndes Nachkriegsberlin, in dem trotz der verheerenden Zerstörung und der unübersichtlichen politischen Machenschaften überraschend viel Hoffnung und Menschlichkeit steckt.

Jürgen Ebertowski wurde 1949 in Berlin geboren. Er ist Japanologe und Sinologe, Aikidolehrer und Autor zahlreicher Romane und Krimis. Bei BvT erschien zuletzt *Unter den Linden Nummer Eins* (2007), der erste Teil der Krimireihe mit dem Detektiv Karl Meunier.

Jürgen Ebertowski

Hungerkralle

Roman

Berliner Taschenbuch Verlag

FSC
Mix
Produktgruppe aus vorbildlich
bewirtschafteten Wäldern und
anderen kontrollierten Herkünften

Zert.-Nr. GFA-COC-1223
www.fsc.org

Januar 2010
BvT Berliner Taschenbuch Verlags GmbH, Berlin
Lizenzausgabe mit freundlicher Genehmigung
des Rotbuch Verlags

Umschlaggestaltung: Rothfos & Gabler, Hamburg,
unter Verwendung des Designs von www.buchgestalter.net
und eines Bildes von ullstein bild/Schnellbacher
Druck und Bindung: CPI – Clausen & Bosse, Leck
Printed in Germany
ISBN 978-3-8333-0631-0

www.berlinverlage.de

Meiner Frau

Kapitel 1

Der Schwarzmarktkönig

Nachdem die Sowjetsoldaten die Pferde getränkt hatten und weitergezogen waren, rann nur noch ein dünner Strahl aus der Wasserpumpe. Unterdessen war die Menschenkette in der Pankower Florastraße länger und länger geworden. Sie wand sich von der Pumpe an den ausgebrannten und wie von Gigantenfaust zerdrückten Wehrmachts-Lkws vorbei, machte einen Bogen um drei Grabhügel mit flüchtig zusammengezimmerten Holzkreuzen und überquerte einen notdürftig zugeschütteten Bombentrichter vor der Hausruine auf der anderen Straßenseite.

Karl Meunier stellte sich mit seinem Blecheimer ans Ende der Warteschlange. Zwei Frauen vor ihm unterhielten sich leise miteinander. Er kannte sie nur flüchtig vom Sehen, wusste aber von Vera, dass sie bei Fliegeralarm im Gesundbrunnen-Bunker immer gebetet hatten. Die Gebete waren erhört worden, zumindest was den Bombentod betraf. Nur was unmittelbar nach dem Einmarsch der Roten Armee mit ihnen und wohl den meisten Frauen in der Straße geschehen war, hatte der Herr im Himmel nicht abwenden können. Falls Vera noch lebte, war ihr zumindest das entwürdigende Schicksal einer Vergewaltigung erspart geblieben. Dienstverpflichtet als Hilfskrankenschwester, hatte sie zwar mit einem der letzten Lazarettflüge Berlin in Richtung Westen verlassen können, aber die Sorge, ob der Verwundetentransport jemals Schleswig erreicht hatte, war ein endloser Albtraum, der Karl auch über die schlaflose Nacht hinaus in den Tag hinein verfolgte. Er konnte nur inständig hoffen, dass es ihr gelungen war, unversehrt der Feuerwalze zu entkommen, die die Hauptstadt des »Tausendjährigen Reichs« in eine Steinwüste verwandelt hatte, denn beten wie die beiden Frauen konnte Karl schon lange nicht mehr.

Der Glaube an einen gütigen Gott, der es mit seiner Schöpfung wohlmeinte, war in ihm gestorben, und dazu hatte es nicht erst einer marodierenden russischen Soldateska bedurft. Zwölf Terrorjahre unter dem größenwahnsinnigen Vegetarier und seiner braunen Gefolgschaft waren ausreichend gewesen, um jeglichen Glauben auf ewig zu verlieren, nicht nur an den Allmächtigen, sondern auch an seine Mitmenschen als denkende Wesen.

»Ja, ja, ja!«, hatten die Massen im Sportpalast sich heiser gebrüllt, als der Hinkefuß sie gefragt hatte, ob sie den totalen Krieg wollten, als Berlin bereits zusehends in Schutt und Asche versunken war und Reichsluftmarschall Göring schon längst »Meier« hieß.

»Führer, befiehl! Wir folgen dir!« Und blind gefolgt waren sie alle ihrem Führer sogar noch auf dem Weg in den Abgrund, kritiklos und schicksalsergeben wie Lemminge. Fast alle jedenfalls.

An der Balkonbrüstung eines weitgehend unzerstörten Hauses befestigte eine Frau unter dem überlebensgroßen Porträt Stalins eine breite rote Stoffbahn. Dort auf dem Balkon von Familie Schultheiß hatte immer die größte Hakenkreuzfahne geweht, aber nach dem Sieg der slawischen »Untermenschen« war plötzlich quasi jeder zu einem Widerstandskämpfer mutiert oder hatte seine jüdischen Nachbarn vor den Gestapo-Häschern versteckt. Karl spuckte angewidert aus, denn Frau Schultheiß – Mutterkreuz, Goldenes Parteiabzeichen – war natürlich, vermutlich zumindest, auch insgeheim die Leiterin einer kommunistischen Untergrundzelle gewesen.

Eine Hand legte sich von hinten auf Karl Meuniers Schulter. Sie gehörte dem pensionierten Volksschullehrer aus dem zerbombten Haus neben dem der Familie Schultheiß. Der alte Mann stellte seinen Wassereimer neben Karls. »Beim Kaufmann in der Steegerstraße soll es wieder Margarine geben.«

»Tatsächlich? Als ich vorhin welche holen wollte, war keine mehr da. Brot beim Bäcker nebenan übrigens auch nicht. Immerhin konnte ich meinen Ersatzkaffee-Abschnitt einlösen.«

»Berlin lebt auf«, hatte die erste Nummer der *Berliner Zeitung* euphorisch verkündet, dabei war es sogar eine Art von Lotteriespiel, ob man die spärlich bemessenen Nahrungsmittel erhielt, die einem laut Bezugskarte zustanden.

Karl schlug sich mit der flachen Hand auf die Stirn. ›Die einzigen Kreaturen, die derzeit aufleben‹, dachte er bitter, ›sind die Mücken.‹ Nie hatte Berlin so früh im Jahr eine derartige Plage erlebt. Sein Blick glitt über die zu einer Geröllhalde reduzierte Häuserzeile neben der Wasserpumpe: Noch auf Wochen würden die Schwärme der Blutsauger dort reichlich Nahrung finden.

»Auf dem Potsdamer Platz hat mein Neffe gestern von einem Russen ein Stück Dauerwurst für meine Taschenuhr bekommen«, sagte der alte Mann. »Eine echte Junghans«, fügte er betrübt hinzu.

›Immerhin etwas zum Beißen‹, dachte Karl und überlegte, was er neben den wertlosen Reichsmarkfetzen in der Brieftasche seinen Besitz nennen und nachher zum Reichstagsschwarzmarkt mitnehmen konnte. Viel besaß er nicht, das sich noch als Tauschware eignete: ein Paar silberne Manschettenknöpfe, eine halb volle Schachtel Muratti-Zigaretten, eine Armbanduhr – eventuell auch der dicke Wintermantel. Da es auf den Sommer zuging, würde er ihn wohl bald nicht mehr als zusätzlichen Bettüberwurf benötigen.

Die bleierne Wolkendecke, die seit Sonnenaufgang über der Stadt gelegen hatte, begann sich stellenweise zu lichten. Karl war an der Reihe, füllte den Eimer und kehrte in seine Behausung zurück.

Die Bezeichnung »Wohnung« verdiente das Erdgeschossdomizil in der Florastraße, von dem jetzt nur noch die Küche einigermaßen benutzbar war, kaum mehr. Berlin hatte am 18. März den schwersten Tagbombenangriff seit Kriegsbeginn erlebt. Alle oberen Etagen waren dabei ausgebrannt. Den unteren hatte später russischer Artilleriebeschuss den Rest gegeben. Nicht nur Karls Büchersammlung lag unter den meterhohen Trümmern. Alles hatte er an dem Tag verloren: Wohnzimmer, Schlafzimmer, Möbel, Kleider – alles bis auf die Küche gleich hinter der Wohnungstür. Der Weg dorthin führte über halb verkohlte, wackelige Kellerdeckenbalken. Außer Karl traute sich niemand mehr, in dem Haus zu wohnen, denn vor einer Woche war die Fassade des Quergebäudes durch die Explosion eines Blindgängers zusammengestürzt und hatte mehrere Todesopfer gefordert. Auch in der Wollankstraße war an dem gleichen Tag eine Gruppe Trümmerfrauen bei Räumarbeiten durch urplötzlich detonierende Artilleriegranaten ums Leben gekommen.

Eine Luftmine hatte Karls Wohnungstür im Januar aus den Angeln gerissen. Behelfsmäßig wieder eingesetzt, bot sie momentan, obwohl abschließbar, nur einen höchst fragwürdigen Schutz gegen Eindringlinge. Aber wer es aufs Plündern abgesehen hätte, dem würde auch das mit Brettern vernagelte Küchenfenster kein ernst zu nehmendes Hindernis bieten, durch das ein Ofenrohr ins Freie ragte. Es war der umgeleitete Rauchabzug der Kochmaschine, auf der Karl nun das Kaffeewasser in einem Aluminiumtiegel erhitzte. Dann bestrich er den ihm verbliebenen schmalen Brotkanten mit einer blassgelben Tunke, die sich Marmelade nannte.

Wenigstens herrschte an Feuerholz kein Mangel. Er musste sich bloß an den zerbrochenen Fensterkreuzen und Dielenbalken vor dem Küchenfenster im Hof bedienen, die aus den Fassadentrümmern ragten. Um Karls Nahrungsvorräte war es schlechter bestellt. Vom Verhungern trennten ihn eine kleine Dose Ölsardinen, eine Tüte Graupen und eine Handvoll Zuckerwürfel.

Nachdem er seinen Becher Ersatzkaffee getrunken und den frugalen Morgenimbiss verzehrt hatte, rasierte er sich mit dem restlichen Warmwasser. Ohne Seife und wegen der stumpfen Rasierklinge geriet die Prozedur zu einer Qual. Dann machte Karl sich von Pankow aus auf die Wanderung durch die schier endlose Ruinenlandschaft nach Mitte. Die Schwellung am Fußknöchel war zurückgegangen. Die Verstauchung, die Karl sich bei der Flucht aus dem *Adlon* zugezogen hatte, spürte er noch immer. Besonders schmerzte der Knöchel nach einem ganzen Tag auf den Beinen, aber wenn er dann nachts die Stelle mit einem kalten Tuch umwickelte, schwoll der Fuß bis zum nächsten Morgen zumeist wieder deutlich ab.

Nichts erinnerte mehr an die einstmals blühende Spreemetropole. Karls geliebtes Berlin war zu einem Geröll-Karthago der Neuzeit nivelliert, in dem selten ein vertrautes Gebäude Orientierung bot. In dieser Schuttwüste, deren bleiche, ausgemergelte Bewohner sich noch glücklich schätzen durften, falls sie irgendwo in einem feuchten Keller Unterschlupf fanden oder in einem halbwegs intakten Haus wohnen konnten – in dieser steinernen Ödnis würde ein ortsunkundiger Besucher fortan einen Kompass benötigen, um an sein Ziel zu gelangen.

Auf einer bereits von Trümmerschutt geräumten

Kreuzung vor dem Gesundbrunnen-Bunker regelte eine russische Soldatin mit umgehängter Kalaschnikow den Verkehr. Viel zu tun hatte sie nicht, wenn man von den paar Panjewagen und gelegentlichen Panzern der Sowjettruppen absah, die unterwegs waren. Bis zum Ende hatte Goebbels davon gefaselt, dass die Kriegswende dank bis dato unbekannter modernster Wunderwaffen dicht bevorstünde. Und immer noch hatte es unverbesserliche Fanatiker gegeben, die ihm und Hitlers anderen Paladinen vertraut hatten! Die Armee der slawischen Untermenschen hatte zwar keine Wunderwaffen besessen, aber dennoch den »Endsieg« über die Herrenrasse wie in einer Schlacht vergangener Zeiten mit Pferd und Wagen als Haupttransportmittel für Mensch und Material errungen.

Ein T34 rasselte heran. Die Soldatin hob energisch den roten Flaggenstab in ihrer rechten Hand. Mit dem weißen in der linken wurde dem Panzer der Weg über die Kreuzung frei gewunken. Die Frau stand auf einer Blechtonne, die die Aufschrift »Volkssturm« trug. Karl erinnerte sich nur allzu gut an diese Tonnen. Man hatte ihn, einen ehemaligen kaiserlichen Offizier, zum letzten Aufgebot des »Tausendjährigen Reiches« eingezogen. In solchen Tonnen waren die Volkssturmwaffen ins *Adlon* geschafft worden, überwiegend finnische Jagdgewehre oder rumänische Pistolen. Mit diesen exotischen Schießprügeln hatten die »wehrfähigen« Männer des Hotels – außer Karl noch weitere ältere Bedienstete, minderjährige Pagen und eine Handvoll Kriegsinvaliden – die »Festung *Adlon*« verteidigen sollen. Von wegen »Festung«! Ein Behelfslazarett war das Haus in den letzten Kriegstagen gewesen, gefüllt mit Schwerverletzten und Sterbenden, versorgt von einer Handvoll Ärzte, die ohne Narkose oder steriles medizinisches Besteck operieren mussten.

Karl Meunier, der seit Hitlers Machtergreifung als Hausdetektiv im Hotel beschäftigt gewesen war, hatte Verdun, Flandern und den mörderischen Stellungskrieg in Frankreich überlebt: Er hatte seine zusammengestückelte Volkssturmtruppe weniger im Häuserkampf oder in der Handhabung der »Wunderwaffe« Panzerfaust geschult, als vielmehr darin, wie man sich einem Feind ergibt, ohne dass es dabei zu tödlichen Missverständnissen kommt. Wären seine defätistischen »Nahkampfübungen« ruchbar geworden, hätte er garantiert das Schicksal vieler Gleichgesinnter geteilt. Selbst noch am Tag der endgültigen Kapitulation waren beim geringsten Verdacht auf »Wehrkraftzersetzung« die Beschuldigten von fliegenden SS-Standgerichten kurzerhand, zumeist mit einem Schild um den Hals, am nächsten Laternenpfahl aufgeknüpft worden: »Ich war zu feige, Frauen und Kinder gegen die bolschewistischen Bestien zu verteidigen.«

Karl hatte Glück gehabt. Niemand von den *Adlon*-Volkssturmmännern hatte ihn denunziert, und die Parteibonzen im Haus waren viel zu sehr damit beschäftigt gewesen, ihre eigene Haut zu retten. Sie hatten stets lauthals verkündet, lieber den Heldentod zu erleiden, als die Waffen zu strecken, doch je bedrohlicher die russische Armee Berlin näher kam und einschnürte, desto leiser waren die Durchhaltefanatiker geworden. Leiser und unsichtbarer. Klammheimlich hatten sie sich, einer nach dem anderen, in Richtung Westen abgesetzt, solange noch Gelegenheit dazu war. Auch Otto Kassner, der Empfangschef, ein Parteigenosse der ersten Stunde und Karls Erzfeind im Haus, hatte sich zu guter Letzt davongemacht. Zusammen mit hohen Gestapo- und SS-Offizieren war er durch den Tunnel geflüchtet, der den provisorischen Luftschutzraum im Weinkeller mit den Abwasserkanälen unter dem Pariser Platz verband. Zuvor hatten die Männer – alle in russischen Beuteuniformen – den Inhalt mehrerer großer Reichsbank-Metallkisten auf ihre Tornister verteilt.

Kassner! Allein der Gedanke an ihn versetzte Karl in unbändige Wut. Er hatte mit eigenen Augen gesehen, wie der Empfangschef, um den Fluchtweg zu verschleiern, das Weinkistenlager vor dem Schutzraum mit Benzin übergossen und angezündet hatte, obwohl überall auf den Hotelgängen noch Schwerverwundete lagen. Das Hotel *Adlon*, eines der wenigen Gebäude im Zentrum der Reichshauptstadt, das sowohl den Bombenregen der alliierten Luftflotten als auch die finale Offensive der Roten Armee relativ glimpflich überstanden hatte, war von dem sich in Windeseile ausbreitenden Feuer bis auf den Gebäudeflügel an der Behrenstraße binnen einer Stunde völlig zerstört worden. Karl war dem Flammeninferno nur mit äußerster Müh und Not durch den Ausgang Behrenstraße entkommen und hatte sich dann auf abenteuerlichen Wegen nach Pankow durchschlagen können. Als Erstes hatte er noch in dem brennenden Hotelgebäude die Volkssturmarmbinde vom Jackenärmel abgetrennt und das dänische Jagdgewehr weggeworfen. Zu allem Überfluss war er auf einer Kellertreppe ausgeglitten und hatte sich den Fuß verstaucht. Mit zusammengebissenen Zähnen weiterhastend und halb von den Rauchschwaden erstickt, hatte er sich nach draußen retten können. Wieder und wieder war er auf russische Kampfeinheiten gestoßen. Die Soldaten hatten dem hageren Mann in dem staubgepuderten und von Brandlöchern lädierten Anzug keine Beachtung geschenkt. Karl Meunier, bereits seit Jahren stark ergraut und tagelang unrasiert, zudem sich hinkend voranschleppend, war für sie lediglich einer der vielen verstört umherirrenden Zivilisten, von denen sie nichts zu befürchten hatten. 1884 geboren, hatte er unter den gegebenen Umständen in der Tat wie ein alter, gebrechlicher Mann gewirkt. Es hatte dennoch an ein Wunder gegrenzt, dass er inmitten der andauernden Kampfhandlungen lebendig bis zu seiner Pankower Wohnung gelangt war.

Die Sowjetsoldatin wedelte herrisch mit der weißen Flagge. Die Leute an der Kreuzung setzten sich zögerlich in Bewegung. Karl überholte eine Frau mit einer schweren Einkaufstasche. Scheinbar war auch sie auf dem Weg zu einem der Tausch- und Schwarzmärkte im Stadtzentrum.

Zwischen zerschossenen Wehrmachtsfahrzeugen am Straßenrand spielten ein paar kleine Kinder Fangen. Karl bewunderte sie für die Fähigkeit ihres schnellen Vergessenkönnens, bewunderte und beneidete sie zugleich, denn diese Gabe war ihm, dem Erwachsenen, nicht gegeben. – Vera. Lebte sie? Die Nacht, in der sie mit dem überladenen, trägen Lazarettflugzeug Berlin verlassen hatte, war sternenklar gewesen, und keine einzige Wolkenbank hatte gegen die alliierten Nachtjäger Sichtschutz geboten, die in Pulks über der Stadt kreisten. Und erneut begann die quälende Sorge um Veras Schicksal Karls Gedanken zu verdüstern. Lebte überhaupt noch jemand, den er kannte?

Als der letzte Widerstand von verblendeten Hitlerjungen und fanatischen SS-Trupps endgültig gebrochen war und die Berliner sich wieder verängstigt aus ihren Luftschutzkellern wagten, hatte er sogleich versucht, mit Veras Eltern im Wedding Kontakt aufzunehmen. Ein Mann in ihrer Straße berichtete ihm, dass Vater und Mutter Binder während des Einmarschs der Russen umgekommen waren, als versprengte norwegische Soldaten der Division »Nordland« vom Dachgeschoss ihres Wohnhauses aus die einrückenden Sowjetsoldaten unter Beschuss genommen hatten. Karl hatte am darauffolgenden

Tag versucht, in Charlottenburg die Stammkneipe der Artisten und Akrobaten wiederzufinden. Dort hatten sich Vera und Birgit, die zweite der »Wendura-Schwestern«, und eine enge Freundin seiner Geliebten, oft nach ihren Auftritten mit Kollegen getroffen. *Opa Gieseckes Künstlereck* gab es nicht mehr. Der gesamte Häuserblock war bis zur Unkenntlichkeit zerstört, und der Verlauf der anliegenden Straßen glich dem Wegelabyrinth einer nordafrikanischen Kasba.

Am Anfang der Brunnenstraße saß ein junger Mann auf einem Handwagen mit zerbrochenen Rädern. Man hatte ihm einen großen Zettel ans Revers seines Jacketts geheftet. Die verbale Beschreibung seines Leidens erübrigte sich. Dem Mann fehlten beide Hände, und wo sich einmal seine Augen befunden hatten, waren jetzt zwei tiefe, eitrige Löcher.

Karl steckte dem Krüppel eine Zigarette zwischen die Lippen. »Soll ich sie anzünden?«

Der Mann nickte nur stumm.

Als Karl sich schließlich unter die pulsierende, wispernde Menschenmasse vor dem Reichstag mischte, schien die Sonne. Das Markttreiben dort war illegal. Es scherte aber niemanden, weder die beiden russischen Majore, die gerade Fleischkonservendosen aus Armeebeständen gegen einen Kasten mit Silberbesteck eintauschten, noch den mongolischen Panzer-Unteroffizier, der ein Damenfahrrad für ein Päckchen Schwarztee eintauschen wollte. Individuelle Plünderungen, wie sie in den unmittelbaren Nachkriegswochen an der Tagesordnung gewesen waren, hatte die SMAD, die Sowjetische Militäradministration Deutschland, ebenso wie Vergewaltigung unter Strafe gestellt. Diese Befehle des Stadtkommandanten wurden neuerdings größtenteils befolgt. Gegen den Schwarzmarkthandel ihrer Soldaten gingen die Russen indes deutlich laxer vor. Die Militärverwaltung hatte auch schon erste deutsche Ordnungshüter eingestellt, in Uniformen aus der Weimarer Zeit gesteckt und mit Gummiknüppeln ausgestattet. Die Hilfspolizisten machten aber keinerlei Anstalten, einzugreifen, und verfolgten nur mit gewichtiger Miene das Geschehen. Mehr hätten sie ohnehin nicht tun können: Der Platz vor der Reichstagsruine war ganz Himmel und Menschen.

»Rasierklingen?«

»Eier?«

»Biete Herrenanzug. Bestes Tuch.«

»Braucht einer Seife oder Schnürsenkel?«

Karl zwängte sich an einem Trupp Rotarmisten vorbei. Sie umlagerten neugierig ein Mädchen, das eine Spieluhr aufzog. Scheppernd ertönte die Melodie »Üb immer Treu' und Redlichkeit«.

Karl kannte den Text des Liedes. Die erste Strophe endete mit den Trost spendenden Worten: »Dann singest du beim Wasserkrug, als wär' dir Wein gereicht.«

Karl presste die Lippen aufeinander. Das Wasser von der Pumpe in der Florastraße besaß selbst abgekocht einen metallischen Nachgeschmack, den das muffige Pulver, das sich Ersatzkaffee schimpfte, nicht abmildern konnte. Sangesfreude hatte Karl bei seinem Morgentrunk mit Sicherheit nicht verspürt.

Ein Junge in kurzen Hosen stellte sich ihm in den Weg und gewährte den Blick in einen Jutesack. »Zucker, der Herr?«, flüsterte er.

»Nein. Kennst du jemanden, der Brot hat?«

»Augenblick, ich hole meinen Vater.« Wieselflink verschwand der Junge in der Menschenmasse und kam gleich darauf mit einem einarmigen Mann zurück.

»Du willst Brot?«

»Ja.«

Als der Mann den Geldschein in Karls Hand sah, schüttelte er den Kopf. »Ich tausche nur gegen Zigaretten.«

Karl nickte.

»Drei«, sagte der Mann, »sonst wird nichts aus unserem Geschäft.«

Karl ging ohne Widerspruch auf den Handel ein. Ein schmaler, feuchter Laib wechselte den Besitzer. Karl steckte ihn in die Brusttasche seiner Anzugjacke. Dreiunddreißig Pfennig betrug der offizielle Preis, aber Brot gab es nirgendwo frei zu kaufen. Überhaupt reichte alles, was man auf Lebensmittelkarten erhielt, nicht zum Leben und nicht zum Sterben. Allenfalls wer über beste Beziehungen zu einem Bäcker verfügte, konnte vielleicht einen dieser klitschigen, mit Kartoffelschalen gestreckten Brotklumpen bekommen, wenn er dafür mindestens hundert bis hundertzwanzig Mark zu opfern gewillt war.

Karl zählte die übrigen Zigaretten in der Packung. Es waren sechs.

Er hielt gerade nach einem bekannten Gesicht in der Menge Ausschau, als jemand seinen Namen rief. Er drehte sich um und erstarrte. Dann rannte er los.

»Mensch, Benno!«

Die beiden Männer fielen sich vor Freude in die Arme.

Benno Hofmann, Karls Freund und Sportkamerad vom Jiu-Jitsu, wirkte kompakt und fast so wohlgenährt wie eh und je und machte seinem Spitznamen »Fass-Benno« immer noch alle Ehre.

»Mensch, Karlchen, det is aber 'ne dolle Überraschung, det du doch noch nich die Radieschen von unten betrachtest!«

»Unkraut vergeht eben nicht so schnell.«

Benno deutete mit dem Daumen über seine Schulter

in Richtung auf das Skelett des *Adlon*-Hotels. »Und ick dachte schon, du wärst da mittenmang hopsjejangen, als der Kasten abjefackelt is.«

»Das wäre mir auch fast passiert.«

Benno musterte den Freund neugierig. »Erzähl mir det mal allet gleich jenauer, aber nich hier. Du schaust ja ausser Wäsche wie't Leiden Christi. Schiebst wohl kräftich Kohldampf, wenn ick nich jänzlich falschliege, oder?«

»Üppig wie früher im *Adlon* speise ich augenblicklich eher selten«, antwortete Karl mit einem matten Grinsen.

»Det sieht man dir deutlich an«, sagte Benno und hakte ihn unter. »Pass uff! Nich weit von hier hat hinterm Schloss Bellevue anner Spree schon wieder 'ne Kneipe uffjemacht, wo man mit Beziehung ooch ohne Karte wat Ordentlichet futtern kann. Da lad ick dir in.«

Es war jetzt an Karl, den Freund nachdenklich zu betrachten. Die SMAD hatte nicht nur gestattet, die intakten Kinos wieder zu nutzen, wo sogleich russische Filme gezeigt worden waren, sondern hatte auch erlaubt, Theater, Lokale, Restaurants, Kabaretts und sonstige Vergnügungsstätten zu öffnen. Überhaupt war das kulturelle Leben gleich wenige Tage nach der Kapitulation wieder in Gang gekommen. Bereits am 18. Mai hatte im unzerstörten Sendesaal des Berliner Rundfunks ein Symphoniekonzert mit dem Orchester der Städtischen Oper stattgefunden. – Kino, Theater und Konzerte waren erschwinglich, aber wer außer Haus etwas essen oder trinken wollte, musste mehr bieten als die inflationären Reichsmarkfetzen. »Du scheinst ja ordentlich oben zu schwimmen.«

»Stimmt. Richtich jammern kann ick nich. – Is übrijens wat mit deenem Been? Du hinkst ja!«

»Nicht der Rede wert, bloß verstaucht.«

Die beiden Freunde hatten sich unterwegs viel zu erzählen.

Benno Hofmann war Rausschmeißer in der Bar *Oriental* am Kurfürstendamm gewesen, bevor man ihn zur Marine, zu einer Küstenschutzkompanie an der holsteinischen Ostseeküste in der Nähe von Eckernförde, eingezogen hatte. Karl und er hatten nicht nur ihre regelmäßigen sportlichen Begegnungen in Erich Rahns Jiu-Jitsu-Übungskeller in der Schöneberger Crellestraße gehabt, sondern sich auch in dem exklusiven Nachtklub getroffen, der häufig von *Adlon*-Gästen frequentiert worden war, die Karl begleiten musste. Benno und Lilo, seine Frau, die Garderobenfrau vom *Oriental,* verabscheuten das braune Pack ebenso wie Karl und Vera. Einmal hatten vor der Machtergreifung der Nazis drei sturzbetrunkene, baumlange SA-Männer eine Schlägerei dort angezettelt. Sie waren alle von Fass-Benno, der bei der Arbeit immer eine Art von Fantasie-Admiralsuniform getragen hatte, kurzerhand binnen Sekunden an die frische Luft befördert worden. Nach 1933 waren natürlich auch viele Nazibonzen im *Oriental* aufgekreuzt. Kassner hingegen hatte Karl dort nie gesehen. Er und seine Gesinnungsfreunde waren bevorzugt nach der Arbeit zum Trinken ins Hotel *Kaiserhof* gegangen, das ihr »Führer« häufig beehrte. Und nachdem der *Kaiserhof* ausgebombt worden war, hatten sie sich regelmäßig in den SA-Kneipen am Alex getroffen.

Lilo hatte es einrichten können, erfuhr Karl, ihrem »Dickerchen« nach Eckernförde zu folgen. Sie lebte noch immer dort. Als wohl letzte Verstärkung der Verteidiger der »Festung Berlin« waren blutjunge Marineangehörige, unerfahrene Etappenhengste, und wer sonst noch entbehrlich war nach Berlin eingeflogen worden, unter ihnen Benno.

»Ich hab ma aber bei erstbester Jelejenheit von dieser Trieseltruppe abjeseilt. Beinahe wär's schiefjejangen. 'n Joldfasan, so'n Obersturmbannführer und sein Adjutant, ham ma am Landwehrkanal anjehalten und wollten meenen Marschbefehl sehn. So wat hatte ick natürlich nich.«

»Und?«

»Ick hab doch überall die armen Kerle baumeln sehn, mit'm Schild ummen Hals.« Er spuckte aus. »Die SS-Heinis waren zu langsam. Det halbe Magazin meiner MPi is dabei druffjejangen. Danach hab ick ma schleunichst Zivilklamotten beschafft.«

Benno hatte sich anschließend zu seiner Wohnung nach Tempelhof durchgeschlagen, aber das Haus war nur noch ein einziger Schuttberg gewesen. Er hauste jetzt in seiner Laube nicht weit vom Flughafen. Karl war mit Vera öfter zum Kaffeetrinken im Hofmann'schen Schrebergarten eingeladen worden, damals, als seine Geliebte im *Oriental* als Rollschuhakrobatin und Bodenartistin aufgetreten war, und selbst dann noch gelegentlich bei Veras seltenen Berlin-Aufenthalten, als die Artisten, Musiker und fast sämtliche Schauspieler zur Truppenbetreuung der Frontsoldaten eingesetzt waren, bevor alle in die Rüstungsbetriebe gesteckt oder als Flakhelfer dienstverpflichtet wurden. Apfelkuchen hatte Lilo bei ihrem letzten Besuch dort gebacken.

Vera. Ab ihrem dreißigsten Geburtstag, wenige Tage nach dem Einberufungsbefehl der über sechzigjährigen Männer für den Volkssturm, musste sie für eine Woche in einer Munitionsfabrik arbeiten, später war es ihr gelungen, als Hilfskrankenschwester eingesetzt zu werden, und sie und Karl hatten sich höchstens noch drei, vier Mal für ein paar Stunden treffen können.

Und dann redete Karl.

Kurz bevor die Freunde schließlich die Kneipe betraten, legte Benno ihm die Hand fast zärtlich auf die Schulter. »Kopp hoch, Karlchen! Wirst sehen, die Vera is ooch davonjekommen!« Seine Miene verfinsterte sich. »Bloß diesem Dreckschwein Kassner wünsch ick det von janzem Herzen nich. – Ick hab eenen jetroffen, der am Brandenburger Tor stand, wie det Hotel in null Komma nix abjebrannt is. Da müssen doch Hunderte innen Flammen krepiert sein! – Weshalb ick irjendwie dachte, du wärst ooch eener davon jewesen. Denn det se dir zum *Adlon*-Volkssturm jeholt haben, hatteste ja der Lilo noch jeschrieben. – In russischen Uniformen sind se jetürmt, sachteste?«

»Ja.«

Benno nickte. »Det passt. Ick kannte welche von der Jestapo im *Oriental*, die jut Russisch konnten. Aber wat se da jenau in den Tornistern hatten, weeßte nicht?«

Karl schüttelte verneinend den Kopf.

Die Kneipe am Spreeufer, flankiert von zwei eingestürzten Häusern, hatte auch schon einmal bessere Tage gesehen. Die Fensteröffnungen waren mit Brettern vernagelt, und eine schwere, eisenblechbeschlagene Luftschutzkellertür diente als Eingangsportal. Im vorderen Gastraum tranken ein paar Männer Bier – Groterjahn-Bier aus Flaschen. Dass man in diesen Zeiten noch richtiges Bier bekommen konnte, war das Erste, was Karl verblüffte. Aber er sollte sogleich noch mehr zu staunen bekommen.

Ein mürrisch dreinblickender Wirt führte sie wortlos in ein Hinterzimmer. Erst als er die Tür hinter ihnen geschlossen hatte, wurde er gesprächiger, aber nicht viel. »Kohlrouladen gibt's oder Strammen Max.«

Benno schaute Karl fragend an.

»Rouladen, bitte.«

»Ick ooch«, sagte Benno und zeigte auf einen Tisch in der Ecke abseits von den anderen Speisenden im Zimmer. »Wollen wa 'n Bier dazu trinken?«

Karl hatte nichts dagegen. Er wunderte sich bloß, wie das alles möglich war in einer Stadt, wo ein Heringsschwanz oder Wurstzipfel schon als ausgemachte Delikatesse galt.

»Denn hau mal rin, scheinstet ja arg nötich zu haben, wenn ick so richtich kieke«, ermunterte Benno den Freund.

Karl verzehrte die unverhoffte Mahlzeit, ohne viel dabei zu reden, dafür redete Benno umso mehr.

Er hatte zufällig einen hohen russischen Offizier kennengelernt, der erfreulicherweise durch und durch korrupt war und ihn mit allen möglichen Nahrungsmitteln aus Armeebeständen versorgte: wertvolle Tauschware für die Schwarzmärkte überall in der Stadt. Der Profit, den der illegale Handel abwarf, war immens. Gold hatten die Patrioten im Ersten Weltkrieg für Eisen genagelt. Das hatte bekanntlich nichts geholfen. Ihr Vermögen war auf den Schlachtfeldern verpulvert worden, war unwiederbringlich verloren. Aber wenigstens hatten sie nach Kriegsende nicht in Höhlen dahinvegetieren müssen. Die Hungernden in den Ruinenlandschaften, die ihnen der Machtrausch eines größenwahnsinnigen Führers hinterlassen hatte, gaben jetzt willig Gold für Mehl und Kartoffeln. Und daran verdienten nicht nur Benno und sein russischer Offizier.

An den Nachbartischen ließ man es sich ebenfalls sichtlich schmecken. Karl musste an das feuchte Stück Brot in seiner Jackentasche denken.

Plötzlich strahlte der Freund ihn an. »Na, Karlchen, wollen wa unsern Grips nich zusammenschmeißen? Die Amis und Briten kommen demnächst ja ooch nach Berlin.«

»Das habe ich auch in der Zeitung gelesen. Und die Franzosen anscheinend etwas später. Aber, Mensch, Benno, du kennst mich doch. Zum Feilschen bin ich so unbegabt wie eine Kuh zum Opernariensingen.«

»Det lass ma nur meene Sorje sein. Ick brooch denn dringend eenen zum Übersetzen, der so jut Fremdsprachen kann wie du. – Det schnöde Handeln deichsle ick schon, keene Sorje!«

»Ich schlaf mal drüber, Benno.«

»Mach det. – So, nu muss ick mir aber leider wieder um meene Jeschäfte kümmern. Wenn ick den Leuten nich andauernd uff de Finger glotze, bescheißen se mir nämlich nach Strich und Faden.« Benno stand auf, tuschelte eine Weile mit dem Wirt und kam an den Tisch zurück. »Wennstet dir überleecht hast, falls de mitmachen willst: Ab spätem Nachmittach bin ick eijentlich imma inna Laube zu finden.«

Karl nickte. »Danke für die Verköstigung.«

»Keene Ursache, meen Bester, jemaach, jemaach! Is übrijens allet schon bezahlt. Trink det Bier also nur janz in Ruhe aus.« Mit einem Augenzwinkern verabschiedete er sich.

Als Karl das Lokal wenig später verließ, drückte der Wirt ihm den Henkel einer mit Pergamentpapier verschlossenen Milchkanne mit den Worten »Das soll ich Ihnen noch von Herrn Hofmann geben« in die Hand. »Kohlrouladen«, fügte er hinzu, als er Karls überraschtes Gesicht sah.

Nachdem Karl auf der Straße ein paar Schritte gegangen war, zog er sein Jackett aus und hängte es sich über den Arm. Es war warm geworden. ›Wonnemonat Mai‹, dachte er verbittert.

Wegen der vielen zerstörten Brücken hatte man einen Pendelverkehr mit Ruderbooten zum anderen Spreeufer eingerichtet. Karl kaufte dem Zeitungsmann an der Anlegestelle eine *Berliner Zeitung* ab und zündete sich eine

Zigarette an – ein Luxus, den er sich wegen Bennos Geschenk nun leisten konnte, denn zumindest für die kommenden Tage war die Nahrung gesichert. Dann überflog er die Schlagzeilen.

Die Amerikaner und Engländer würden Anfang Juli ihre Sektoren in Berlin besetzen und später den Franzosen einen Teil davon zur Verwaltung abgeben. Ferner war die ehemalige Reichsbank in »Berliner Stadtbank« umbenannt worden. In einem anderen Artikel mahnte der von den Russen eingesetzte Berliner Oberbürgermeister Werner: »Hitlers Kriegsverbrechen hat unsere Heimatstadt in die tiefste Katastrophe ihrer Geschichte gestürzt. Es gibt nur einen Ausweg: Durch friedliche Arbeiten den Schutt und die Ruinen wegräumen und dann Berlin wieder aufbauen. Jeder, der uns daran hindert, ist ein Volksfeind, ein gewissenloser Verbrecher an unserer Heimat. Die verdiente Strafe wird jeden Attentäter, Brandstifter und Plünderer treffen. Sie werden mit ihrem Leben für ihre Untaten büßen.«

›Falls man sie fasst‹, dachte Karl resigniert, denn mit Verbrechen, von Diebstahl bis hin zu Mord, musste man selbst am helllichten Tage überall rechnen. Dass ein russisches Militärtribunal wieder drei junge Männer wegen gemeinsamen bewaffneten Straßenraubs zum Tode verurteilt hatte, schreckte in diesen Zeiten nicht wirklich ab.

Auf seinem Weg zurück nach Pankow kam er an einer Buchhandlung in der Badstraße vorbei, deren Schaufensterscheibe wundersamerweise noch ganz war. Karl betrachtete interessiert die Auslagen. Der Buchhändler musste die verfemten Autoren die braunen Schreckensjahre über gut versteckt haben. Döblin, Hesse, Kästner, Heine – sogar *Das Kapital* schmückte sein Angebot. Karl betrat das Geschäft und stöberte in den so lange verboten gewesenen Schätzen. Mit Döblins *Berlin Alexanderplatz* versehen, setzte er seinen Heimweg fort.

Schon von weitem sah er die Menschentraube in der Florastraße. Als er näher kam, löste sich ein Mann aus der Menge, die sich gegenüber seinem Haus auf der anderen Straßenseite angesammelt hatte. Es war der pensionierte alte Lehrer.

»Ach, Gott sei Dank, da sind Sie ja! Und ich dachte schon, Sie liegen da drinnen begraben.«

»Was ist passiert?« Karl musterte die Ruine. Sie wirkte auf ihn so, wie er sie am Morgen verlassen hatte.

»Im Hof scheint ein weiterer Hausteil eingestürzt zu sein. Vor fünf Minuten gab es jedenfalls ein gewaltiges Krachen.«

»Drinnen war keiner«, sagte der Alte laut zu den Umherstehenden. »Der Herr hier wohnte als Einziger noch dort.«

Die Menschenmenge begann sich daraufhin aufzulösen.

Karl presste die Lippen aufeinander. »Im Hof? Wo denn genau?«

Der Lehrer zuckte mit den Achseln. »Keine Ahnung. Es hat sich natürlich niemand da reingewagt. – Wohnen sollten Sie dort besser nicht mehr.«

»Ich schau mal nach«, sagte Karl. »Das Vorderhaus hat offenbar nichts abbekommen.«

»Lassen Sie das besser bleiben«, ermahnte ihn der Lehrer.

»Würde ich liebend gern.« Karl lachte heiser. »Aber ich muss wenigstens nachsehen, ob von meinen paar Habseligkeiten noch irgendetwas übrig ist.«

Vorsichtig balancierte er, angespannt nach verdächtigen Geräuschen lauschend, über die wackeligen Kellerdeckenbalken zu seiner Wohnungstür. Die Hausflurwände und auch die Flurdecke sahen aus wie immer. Nur seine Wohnungstür stand einen Spaltbreit offen. Er erinnerte sich genau: Bevor er zum Reichstag aufgebrochen war, hatte er sie bestimmt abgeschlossen. Als er in die Küche trat, wusste er auch, weshalb: Die Plünderer hatten noch nicht einmal das Feuerholz zurückgelassen.

Es verkehrten zwar schon wieder vereinzelt öffentliche Busse und auch einige Straßenbahnen von der Seestraße nach Tegelort. Von Pankow nach Tempelhof aber fuhr nichts.

Bei beginnender Abenddämmerung erreichte Karl mit schmerzenden Füßen die Laubenkolonie am Flughafen, und Benno staunte nicht schlecht, seinen Freund schon so schnell wiederzusehen.

»Tja, Karlchen, een Unjlück kommt selten alleene, aber nu ma erst rin mit dir und trink'n schnellet Bier uff den Schreck.«

Karl zog das Hosenbein hoch. Sein Fußknöchel war dick angeschwollen. »Ich glaube, ich sollte mich besser erst einmal ein wenig verarzten.«

2. Kapitel

Captain Millers Rückkehr

Am 2. Juli 1945 würden die Sowjettruppen den Flughafen Tempelhof an US-amerikanische Truppen übergeben und einen Tag später Einheiten der britischen und amerikanischen Streitkräfte ihre Sektoren in Berlin besetzen.

Captain Paul Miller, der designierte Berichterstatter für *The Stars and Stripes* in der vormaligen Reichshauptstadt, flog mit einem mehrköpfigen Vorauskommando nach Tempelhof. Allen Offizieren in der Maschine war gemein, dass sie das Deutsche recht passabel beherrschten. Das von Miller war besonders gut. Fünf Jahre, bis einen Tag vor seinem dreißigsten Geburtstag, war er, dessen Großeltern den Familiennamen anglisiert und mit ihrem Enkel ausschließlich Deutsch gesprochen hatten, in Berlin als Journalist akkreditiert gewesen. Außer den Uniformierten befanden sich noch drei Zivilisten an Bord. Einer fiel Miller wegen der unmilitärisch langen Haare auf. Sie reichten bis über den Hemdkragen seiner abgewetzten braunen Cordjacke. Die drei Männer wirkten nicht sonderlich gesprächig über ihre Mission in Berlin. Miller tippte auf Geheimdienst.

Den Captain hatte »the theatre of war« an viele Stätten des Grauens geführt, aber Berlin sollte ihn zutiefst erschüttern. Gleich beim Landeanflug wurde ihm klar, was ihn erwartete. Der Pilot musste wetterbedingt eine Weile über der Innenstadt kreisen. Das Berlin, das Captain Miller gekannt hatte, bevor er beim Kriegseintritt der Vereinigten Staaten via Schweiz mit den anderen amerikanischen Journalisten ausgewiesen worden war, existierte nicht mehr. Bis zum Horizont erstreckten sich die zerbombten Stadtviertel. Es waren trümmerschuttbedeckte Ödflächen, wo er einstmals für die *Washington Post* und das *Time*-Magazin bis spät nach Mitternacht in das pulsierende Leben der Metropole eingetaucht war, Quadratkilometer um Quadratkilometer von skelettierten Wohnsiedlungen oder Fabriken, eingestürzte Kirchen, bis zur Unkenntlichkeit zerstörte Gebäude, bei deren Anblick kein Zweifel darüber aufkam, wie sehr die Deutschen für ihre wahnsinnigen Lebensraumträume, ihren menschenverachtenden Rassenwahn und die breite Unterstützung des Braunauer Rattenfängers zu büßen hatten. »Heute gehört uns Deutschland und morgen die ganze Welt.« Dieses Lied war nach den phänomenalen Anfangserfolgen des Blitzkriegs oft und mit Inbrunst gesungen worden.

›Hochmut kommt vor dem Fall und der Absturz desto heftiger‹, dachte Miller, als das Flugzeug zum Landeanflug ansetzte und er aus seiner Vogelschau direkt in die ausgebrannten Dachstühle und auf die durch Geröllmassen zu Trampelpfaden verengten Straßenzüge blickte. »Heute gehört uns Deutschland ...« – Den Überlebenden da unten gehörte allenfalls eine düstere kleine Welt des täglichen Kampfes um Nahrung und Wohnstatt. Bei aller Genugtuung darüber, dass Hitler-Deutschland endlich besiegt war, verspürte Captain Miller keinen ungetrübten Triumph wegen dessen Niederlage. Viele gute deutsche Freunde hatten in der unter ihm dahingleitenden Trümmerlandschaft gelebt. Es waren zumeist Journalisten gewesen, die das braune Regime abgelehnt, aber nicht vermocht hatten, sich wirkungsvoll dagegenzustemmen. Wer als Nazigegner nach der Machtergreifung keinen Ärger mit der Gestapo bekommen wollte, dem war nur der Weg in eine Art innere Emigration geblieben. Und auch dann hatte er die allgegenwärtigen Gesinnungsschnüffler in den langen Ledermänteln zu fürchten. Ein falsches Wort, beiläufig geäußert, und der Betreffende war in »Schutzhaft« gesteckt worden. Miller hatte erlebt, wie sich die Reihen derer von Zeit zu Zeit lichteten, die so unvorsichtig waren, und sei es nur im sogenannten Freundeskreis, kritisch über die neuen Machthaber zu reden. – Was war aus Richard, dem Rundfunkreporter, geworden? Was aus dem kleinen Herbert, einem Halbjuden und Herausgeber einer Literaturzeitschrift? Was aus Gisela vom Pressestammtisch im *Adlon,* deren Bruder beim Verteilen von kommunistischen Flugblättern während der Olympischen Spiele verhaftet und ins Zuchthaus gesteckt worden war? Oder aus Mister Charles vom selben Hotel, der die braune Bande wie die Pest verabscheut hatte? Der Hausdetektiv hatte ihn bis zur Ausweisung in die Schweiz stillschweigend zu seinen Interviewpartnern gefahren, obgleich klar gewesen war, dass diese Leute alle auf den Gestapo-Listen gestanden hatten.

Captain Miller wurde abrupt aus seinen Gedanken gerissen, als das Flugzeug, eine enge Kurve beschreibend, sich stark zur Seite neigte. Durch das gegenüberliegende Kabinenfenster sah er jetzt den Flughafen. Im Gegensatz zu den anderen Großbauten der Stadt schien der gigantische Gebäudekomplex von Europas einstmals größtem Luftkreuz bis auf abgedeckte Dächer oder das von zugeschütteten Bombentrichtern narbenübersäte Rollfeld noch weitgehend intakt zu sein. Captain Paul Millers Sitznachbar, ein Pionier-Oberst, der sich ebenfalls im Vorkriegs-Berlin gut auskannte, deutete auf das unzerstörte Lichtspielhaus *Korso.* »Dort habe ich Leni Riefenstahls *Fest der Völker* gesehen.« Er schnaubte. »Danach bin ich mit meiner damaligen Freundin im Tiergarten spazieren gewesen. Elfriede arbeitete bei der Gartenverwaltung. In einem Schuppen zeigte sie mir eine von den Parkbänken, die man vor den Olympischen Spielen in ganz Deutschland eilig entfernt hatte. Sie trug die Aufschrift: ›Für Juden verboten‹.«

Miller nickte. Er hatte für die *Washington Post* darüber berichtet, aber der Artikel war nie erschienen, damals, als man auch in Amerika noch an »Herrn Hitlers« Friedensbeteuerungen geglaubt hatte.

Das Flugzeug setzte rumpelnd auf und rollte bis zu dem langen, bogenförmigen Hallenkomplex, der bereits während der Bauphase vom Volksmund mit dem Spitznamen »Kleiderbügel« belegt worden war. Die Gesamtlänge der stützenfreien Flugzeughangars betrug 850 Meter, ihre Einfahrtshöhe 12 Meter und die Tiefe 49 Meter. Häufig war er von dort für die *Post* in die europäischen Hauptstädte gereist, einmal sogar im September 1938 nonstop in knapp fünfundzwanzig Stunden mit einer Condor der Lufthansa, einer viermotorigen Focke-Wulf, nach New York geflogen. – Zentralflughafen Tempelhof. Der Presseoffizier hatte ihn noch in voller Geschäftigkeit in Erinnerung. Jetzt standen vor dem Abfertigungsgebäude zwei einsame Transportmaschinen mit den russischen Hoheitssymbolen.

Als Captain Miller aus dem Flugzeug stieg, erkannte er, dass der »Kleiderbügel« doch nicht so ungeschoren davongekommen war, wie es aus der Kabine den Anschein gehabt hatte. Durch die entglasten, dem Rollfeld zugewandten Fensterhöhlenreihen bot sich ihm ein anderes Bild. Die Gebäudefronten aus schweren Steinplatten zeigten sich bis auf Beschussspuren schwerer MG-Projektile und leichterer Artilleriegranaten zwar relativ unversehrt, aber im Innern des Halbrunds war alles rauchgeschwärzt. Offenbar hatten dort heftigste Brände gewütet.

Drei verbeulte Jeeps mit aufgemaltem Hammer-und-Sichel-Emblem näherten sich der Ausstiegsleiter vor der Mittelklappe. Miller hatte als Berichterstatter einmal einen Konvoi mit amerikanischem Kriegsmaterial aus Alaska nach Sibirien begleitet, und japanische U-Boot-Torpedos hatten sein Schiff nur um Meter verfehlt. Keiner der russischen Verbindungsoffiziere war des Englischen mächtig gewesen. Um den Hauptmann, der nun den amerikanischen Voraustrupp auf dem Rollfeld auf Russisch begrüßte, war es nicht besser bestellt. Es stellte sich aber während der Fahrt zum sowjetischen Hauptquartier nach Karlshorst heraus, dass er und der Fahrer, ein Oberleutnant, fließend Deutsch sprechen konnten. Die Verständigung unter den Vertretern der beiden Siegermächte klappte in der Sprache ihres vernichteten Gegners fortan prächtig. In Karlshorst wurde den Amerikanern ein provisorisches Quartier zugewiesen, die beschlagnahmte Villa einer Nazigröße, Gau-Reichsarbeitsführer oder so ähnlich. Im Gegensatz zu vielen »Goldfasanen« hatte er sich nicht nach Westen abgesetzt, sondern wie Goebbels erst seine Frau, die drei Kinder und dann sich selbst umgebracht.

Nachdem der offizielle Teil ihrer Mission erledigt war, lud ein russischer Oberstleutnant Captain Miller und seine Offizierskameraden ins Kasino des Generalstabs ein. Die Zivilisten aus dem Flugzeug kamen ebenfalls mit. In der jeweiligen Muttersprache geäußert, wurden die Trinksprüche auf den Sieg, auf die Waffenbrüderschaft, auf Genosse Stalin und Genosse Roosevelt bei kontinuierlich steigendem Wodkapegel immer lauter und auch ohne Fremdsprachenkenntnisse verstanden. Gegen Mitternacht dezimierte ein Wettschießen der Waffenbrüder die Kristallkugeln der beiden Kronleuchter an der Kasinodecke. Die Stimmung war ausgelassen. Nur die drei Zivilisten blieben weiterhin reserviert und hielten sich selbst beim Trinken zurück.

Als der Wecker Captain Miller am nächsten Morgen um halb sieben aus dem Schlaf riss, erwachte er wie gerädert. Er hatte nicht erwartet, dass es im Bad noch fließend Wasser gäbe, und war umso überraschter, als ein starker Strahl aus der Leitung spritzte. Später erfuhr er, dass die Russen das Wassernetz in Karlshorst und in anderen von ihnen eroberten Bezirken schon repariert hatten, während im Zentrum noch die Kämpfe tobten.

Nach ausgiebigem Übergießen mit etlichen Eimern Kaltwasser wieder einigermaßen bei klarem Verstand, unternahm Miller mit den Offizierskameraden unter Führung des russischen Hauptmanns eine ausgedehnte Rundfahrt durch das zerbombte Berlin. Als sie, von der Reichstagsruine kommend, zur neuen Reichskanzlei weiterfahren wollten und abbogen durch das Brandenburger Tor, bat Miller den Hauptmann, vor einem riesigen Stalin-Bild auf dem Pariser Platz zu halten. Auch das Hotel *Adlon* war zu einem rußgeschwärzten Skelett reduziert worden.

Er sprang aus dem Wagen, schob die Mütze in den Nacken, wischte sich den Schweiß mit dem Handrücken von der Stirn und betrachtete eine Weile mit starrem Blick die morbide Hülle der einstmals so prächtigen Luxusherberge, die die Großen, Reichen und Mächtigen der Welt als Gast gesehen hatte.

Der Pionier-Oberst lehnte sich aus dem Jeep. »Kennen Sie das Haus auch noch von früher, Miller?«

Der Captain nickte. »Nur zu gut, Colonel.«

»Ich auch.«

Captain Miller stieg wieder ein. Scharf wie ein Messer war die Erinnerung. In der *American Bar* des Hotels hatten sich die akkreditierten Journalisten zweimal in der

Woche getroffen, bis man die US-Bürger unter ihnen ausgewiesen hatte: Howard Borg von der *Chicago Tribune,* gefallen bei der Invasion Siziliens; Peter Books, *Time,* vermisst im Pazifik; Betty O'Brian, *Wallstreet Journal,* tödlich verunglückt bei einem Flugzeugabsturz über der Nordsee. Miller presste die Lippen aufeinander. Auch er war wiederholt dem Tod regelrecht um Haaresbreite von der Schaufel gesprungen. Was sollte all das Zurückblicken? Zu ändern war sowieso nichts. Die Toten waren tot.

Die Jeeps fuhren weiter.

»Miller?«

»Ja?«

Der Pionier-Oberst zeigte an einer Sowjetsoldatin vorbei, die an der Kreuzung Behrenstraße den Verkehr regelte. »Der Teil von dem Kasten sieht aber noch einigermaßen benutzbar aus.« Es war der Seitenflügel des Hotels, in dem sich die *Adlon*'sche Weinhandlung befunden hatte.

»Von weitem zumindest«, sagte Miller und streifte die Uniformjacke ab. Die Mittagstemperatur Ende Juni war bereits auf hochsommerlichem Niveau.

Der Captain berichtete in *The Stars and Stripes* über das Einrücken der amerikanischen und britischen Truppen in ihre Sektoren, schrieb über die Einrichtung der Interalliierten Militärkommandantur für Groß-Berlin, über ihre erste Sitzung, war dabei, als die »Großen Drei« auf der von Stalin ausgerichteten Konferenz in Potsdam tagten, interviewte dort Truman und Eisenhower, schilderte für die Leser auch die Ankunft der französischen Armeeeinheiten am 12. August 1945 und stand auf der Ehrentribüne, als im britischen Sektor an der Charlottenburger Chaussee das große Sowjetische Ehrenmal feierlich eingeweiht wurde. Schon im Oktober zeichnete sich eine verschärfte Lebensmittelknappheit in allen vier Besatzungszonen ab. Dazu kam ein Mangel an Kohle, unter dem besonders Berlin litt. Die Ladungen der wenigen Züge, die die Stadt aus dem Ruhrgebiet erreichten, wurden fast ausschließlich für die Elektrizitätsversorgung benötigt. Besonders die Nahrungsmittelversorgung gestaltete sich in den drei Verwaltungssektoren der Westalliierten als schwierig, seit sich die Russen von dort zurückgezogen hatten und die ohnehin dürftigen Lebensmittellieferungen aus dem Umland ausschließlich in ihrem Sektor zur Verteilung brachten. Die Recherchen von Millers *Stars-and-Stripes*-Artikel über die wirtschaftlichen Probleme des Nach-Hitler-Berlins erwiesen sich als einfach. Um Material über die desolaten Zustände zu sammeln, brauchte er bloß durch die Stadt zu fahren und die Leute auf der Straße zu befragen.

Captain Miller teilte sich mit dem Pionier-Oberst eine recht komfortable Wohnung in der Nähe des amerikanischen Offiziersklubs in Dahlem. Er bekam einen requirierten Horch, vormals im Besitz einer prominenten Schauspielerin, die bis zuletzt in den Durchhaltefilmen von Goebbels gespielt hatte.

Sergeant Robert Burns, ein gut aussehender Texaner Ende zwanzig, im Zivilleben Fahrschullehrer, die Brust voller Tapferkeits- und Verdienstmedaillen, wurde ihm als Fahrer zugeteilt. Burns hatte sich trotz der mörderischen Zeiten, die er durchlebt hatte, irgendwie seine Frohnatur bewahrt. Er war bei der Landung in der Normandie am Omaha Beach dabei gewesen, hatte das letzte wirklich ernsthafte Aufbäumen der Hitler-Wehrmacht, die Ardennenoffensive, als MG-Schütze zurückschlagen geholfen und auch den Kampf um den Rhein-Übergang bei Remagen mitgemacht.

»We have beaten all these damned Hitlers, Sir. So what?«

Burns hielt nicht viel von den Deutschen. Von den Männern zumindest. Seine Abneigung erstreckte sich indes nicht auf die »Froileins«, von denen Miller etliche kannte. Einmal, an seinem freien Tag, sah Miller ihn in einem Café am Kurfürstendamm gleich mit zwei jungen Frauen an einem Tisch auf dem Bürgersteig schäkern. Bereits im Sommer hatten sich die, die es sich dort noch leisten konnten, auf dem Bürgersteig bei Kaffee und Kuchen gezeigt. Es war eine verrückte Welt. Nicht bloß in den Arbeiterbezirken, in der ganzen Stadt lebten vielköpfige Familien und die vielen Flüchtlinge aus dem Osten in Kellerlöchern und löffelten wässerige Kohlsuppe, während sich im ehemals noblen Zentrum des Westens schon wieder wohlgekleidete Damen an echtem Bohnenkaffee und Bienenstich delektierten, kulinarische Köstlichkeiten, von denen neunundneunzig Prozent der Berliner nicht einmal zu träumen wagten. Es war eine ungerechte Welt, wo selbst ehemalige KZ-Häftlinge kaum das Nötigste zum Essen hatten, fand Miller.

Sergeant Burns quälten derartige Reflexionen nicht. »Well, Sir, some people despair, some people get along however bad the show.«

Der Sergeant ging Miller wegen seiner steten Think-positive-Attitüde zwar bisweilen auf die Nerven, aber er war immerhin ein ausgezeichneter, zuverlässiger Fahrer und ein gutmütiger Kerl außerdem. Die hübsche, stupsnasige Frau mit den zwei kleinen bezopften Mädchen, die er jetzt als Freundin hatte und deren Mann in Russland gefallen war, musste zumindest nicht hungern. Burns trieb sogar Puppen für die Kinder auf.

»Back to Dahlem, Sir?«

»Nein, erst noch zum *Adlon*.« Damit war der Hotelflügel an der Behrenstraße gemeint, in dem bevorzugt führende SMAD-Angehörige speisten. Captain Miller hatte dort ein Treffen mit zwei russischen Presseoffizieren, die er über die demnächst bevorstehende Inbetriebnahme des Senders DIAS – »Drahtfunk im amerikanischen Sektor« – unterrichten sollte. DIAS konnte zwar nur über etwa 500 Drahtfunk- und 1000 Telefonleitungen empfangen werden, aber immerhin senden, ohne dass die SMAD in die Programmgestaltung eingreifen konnte.

Das Rest-*Adlon* wirkte, was Ambiente und Speiseangebot betraf, wie eine Karikatur des alten Hotels, und auch vom alten Personal war niemand mehr da. Nur die Auswahl an alkoholischen Getränken war zufriedenstellend. Die versalzene Rote-Bete-Suppe mit Fleischklößchen von undefinierbarer Konsistenz, die Miller aß, musste ein übellauniger strafversetzter Kompaniekoch zusammengerührt haben.

Die russischen Pressekollegen waren anfangs leutselig und trinkfreudig wie bei den früheren Treffen, wurden aber, als Captain Miller ihnen von der DIAS-Gründung berichtete, plötzlich einsilbig und verabschiedeten sich bald. Nachdenklich verließ Miller den Speisesaal.

Sergeant Burns wartete im Wagen auf ihn. Er hatte die Zeit seiner Abwesenheit genutzt, um derweil am Brandenburger Tor den Mann zu treffen, der Edith bisher mit Kohlen versorgt hatte. Sie einigten sich auf zwei Stangen Camel zur Aushändigung bei der Lieferung. Edith und die Kinder würden es im Winter warm haben.

»Jetzt zurück nach Dahlem, Sir?«

Der Captain nickte. »Ja, zum Föhrenweg.«

Das Haus im Dahlemer Föhrenweg, in dem das Berliner OSS, das Office of Strategic Services, untergebracht war, war von Albert Speer entworfen worden. Das geräumige Gebäude in dem ansehnlichen Park hatte nur geringe Bombenschäden erlitten und Generalfeldmarschall Wilhelm Keitel als Kommandostand gedient.

Captain Miller wies sich am Pförtnerhäuschen bei den beiden Militärpolizisten aus. Sergeant Burns parkte den Horch hinter der Torschranke und blieb im Wagen. Miller musste am Hausportal nochmals seinen Dienstausweis vorzeigen, bevor er eingelassen wurde. Ein weiterer Polizist brachte ihn in den ersten Stock zu Bills Arbeitszimmer.

»Nun, Paul? Wie haben sie es aufgenommen?«

Der Mann hinter dem Schreibtisch war nur wenig älter als Captain Miller. Er hieß Bill Gleason. Über seine genaue Funktion in Berlin konnte Miller nur rätseln. Als er das erste Mal zu einem Gespräch in das Haus gebeten worden war, hatte er ihn sofort wiedererkannt. Gleason war einer der drei wortkargen Männer, mit denen er Anfang Juli nach Berlin geflogen war, der mit den langen Haaren und dem abgewetzten Cordjackett. Der Geheimdienstmann hatte dem Captain kommentarlos ein Schreiben von General Eisenhower gezeigt. »The big boss« hatte Miller, der den Oberbefehlshaber oft interviewt hatte, wärmstens dem OSS empfohlen. Nicht zuletzt vermutlich wegen seiner Deutschlanderfahrung und der guten Sprachkenntnisse. »Wir brauchen einen Mann, Captain, der am Puls der Zeit ist«, hatte Gleason gesagt. »Jemanden, der den Deutschen und anderen Leuten in der Stadt aufs Maul schauen kann und uns gelegentlich ungefiltert darüber berichtet. Hätten Sie Lust, mitzumachen? – Selbstverständlich arbeiten Sie offiziell weiterhin für *The Stars and Stripes.*«

Miller hatte eingewilligt, und Gleason hatte ihm die Hand geschüttelt. »I'm sure, you won't regret your decision. – Simply call me Bill, will you?«

Captain Miller setzte sich auf Gleasons einladende Geste hin in einen Sessel vor dem Schreibtisch. »Nun, Bill, begeistert waren meine russischen Kollegen anscheinend nicht, aber das war ja wohl zu erwarten.«

Gleason grinste. »Kann ich mir denken. Warum haben sie uns auch nicht einfach erlaubt, unsere Nachrichten über ihren Sender auszustrahlen, diese Starrköpfe.«

»Genosse Stalin hat eben seine eigenen Vorstellungen, wie man den Deutschen den Nationalsozialismus aus den Köpfen treibt.«

»Unseren russischen Waffenbrüdern passt so manches nicht«, knurrte Gleason. »Aber nicht nur denen. Hier, lies mal, kam gerade aus Washington!«

Miller überflog das Schreiben. »Ist mir auch schon heute früh auf den Schreibtisch geflattert. Unsere ehrenwerten Abgeordneten werden sich demnächst in Berlin mit den Wirtschaftsexperten der Industrie die Klinke in die Hand geben können, wenn das so weitergeht.«

»Right! Und die meisten werden in Tempelhof landen.«

Captain Miller schlug die Beine übereinander und zündete sich eine Zigarette an.

Gleason tat es ihm nach, dann sagte er: »Wir brauchen jemanden, der die Herren würdig empfängt. Ich hab da an dich gedacht.«

Miller grinste breit. »Und was weiter, Bill?«

Gleason räusperte sich. »Äh, es wäre aus unserer Sicht interessant, wer ihnen von deutscher Seite so alles begegnet.«

Es bedurfte keiner weiteren Erklärungen. Die Systematik, mit der die überzeugten Nazis aus dem zaghaft anspringenden politischen und wirtschaftlichen Leben eliminiert werden sollten, ließ zu wünschen übrig und geriet bisweilen zu einer Farce. Ehemalige Reichswirtschaftsführer, durch »Persilscheine« entlastet, begannen schon wieder ihre Fäden zu ziehen.

Eine Woche später bekam Major Miller einen wenig statusgerechten und bis auf Schreibtisch und Armsessel kahlen Büroraum auf dem Flughafen Tempelhof zugewiesen, aber dank Sergeant Burns' Organisationstalent änderte sich das Ambiente binnen weniger Tage. Seine Edith nähte sogar Kissenbezüge für das Besuchersofa.

Ende November 1945 las Major Miller nochmals aufmerksam die Zeitungen der letzten Woche und auch verschiedene Mitteilungen, die der Magistrat von Groß-Berlin in der deutschen Presse veröffentlicht hatte: Beim ersten Landesparteitag der Berliner SPD hatten die Delegierten mit großer Mehrheit die durch die Russen unterstützte Zwangsvereinigung mit der KPD abgelehnt; der Schriftsteller Friedrich Wolf hatte vor dem Berliner Kulturbund zur demokratischen Erneuerung Deutschlands anlässlich der Eröffnung des Nürnberger Prozesses eine Rede gehalten, und der Alliierte Kontrollrat hatte Richtlinien über die Wiederbewaffnung der deutschen Polizei erlassen.

Major Miller durchwühlte nochmals den Zeitungsstapel, fand unter anderem die Nachricht, dass die Potsdamer Brücke über den Landwehrkanal wieder für den Verkehr freigegeben war, fand aber keine aktuellen Artikel über das Problem, mit dem er sich demnächst verstärkt beschäftigen würde.

»Just try to dig yourself into the ›Schwarzmarkt‹ system here in town«, hatte Bill Gleason angeregt, »there are some strange things boiling recently in which our Russian friends seem to be involved.«

3. Kapitel

»Stille Nacht, heilige ...«

Der Zug hielt mit einem ohrenbetäubenden Quietschen unter freiem Himmel an einer provisorischen Plattform vor der zerstörten Bahnhofshalle. Der junge Royal-Air-Force-Pilot im vordersten Passagierwaggon errötete. Eine Entschuldigung murmelnd, zerrte er den großen Pappkoffer der Frau aus dem Gepäcknetz und trug ihn sogar noch bis auf den Bahnsteig. An der Stacheldrahtsperre zum Ausgang wartete bereits Leutnant Brown, der Adjutant von Brian, auf Vera.

Es war eine gemischte Gruppe, die am frühen Abend des 23. Dezember 1945 in Braunschweig den Militärzug bei heftigem Schneegestöber verließ. Alle hatten ein mehrtägiges Engagement anlässlich der Weihnachtsfeiern bei den in Berlin stationierten britischen Truppen hinter sich. Colonel Brian Teasdale war es dank seiner Beziehungen wieder gelungen, der Gruppe unbürokratisch schnell die notwendigen Reisepapiere zu beschaffen.

Vera und Anke, eine dänische Akrobatin, hatten in Gatow eine Schleuderbrettnummer vorgeführt, Boris, ein polnischer Musikclown, und sein deutscher Partner, Franz, ein Virtuose auf allen Blasinstrumenten, englische Evergreens zum Besten gegeben, und Leyla, eine dunkelhaarige orientalische Schönheit mit feurigen Mandelaugen, hatte Marlene-Dietrich-Songs mit türkischem Akzent gesungen.

Der Auftritt in Berlin war Veras zweiter nach Kriegsende und vermutlich auch ihr letzter gewesen. Berlin, das war keine Stadt mehr, das war immer noch die riesige, deprimierende Leichenhalle, die sie bei ihrem ersten Besuch kennengelernt hatte, als sie dort kurz nach Stationierung der Briten mit einer anderen Varietétruppe aus Braunschweig im britischen Offizierskasino am ehemaligen Adolf-Hitler-Platz mit einer Rollschuhnummer aufgetreten war.

Vera verabschiedete sich von ihren Kollegen und zeigte wie alle Reisenden, die dem Zug entstiegen waren, den Militärpolizisten an der Sperre die Reise-Permits.

»Charming weather, isn't it?«, begrüßte Colonel Teasdales Adjutant die junge Frau mit einem Lächeln.

»It is winter, so what!«, sagte Vera und erwiderte das Lächeln matt. »Winter in Germany is always like this.«

Sie war müde – die Fahrt in dem überfüllten Zug hatte wegen zahlreicher Umleitungen und vereister Weichen eine Ewigkeit gedauert –, müde und verzweifelt. Dass die Eltern tot waren, hatte sie schon bei ihrem Berlin-Aufenthalt im Juli erfahren. Aber damals hatte es noch Hoffnung gegeben, dass Karl vielleicht doch lebte. Sein Haus in der Florastraße war zwar ein einziger Schuttberg, aber das musste nicht bedeuten, dass er auch unter den Bombentrümmern begraben lag. In der Straße hatte kaum noch einer der alten Anwohner gelebt, und die, die dort in den Ruinen hausten, hatten nichts von seinem Verbleib gewusst. Im Rest-*Adlon* in der Behrenstraße war auch nichts über sein Schicksal in Erfahrung zu bringen gewesen. Die Männer, die den Seitenflügel wieder provisorisch als Hotel und Gaststätte instand gesetzt hatten, waren überwiegend aus Ostpreußen und Pommern vertriebene Maurer und Zimmerleute. Was aus den Volkssturmverteidigern des *Adlon* geworden war, wer beim Brand des Hotels umgekommen oder wer in den Endkämpfen gefallen war, davon hatten sie natürlich keine Ahnung. Wie auch! Die Stadt war überfüllt von umherirrenden Flüchtlingen, Obdachlosen und Hungernden, die verzweifelt jemanden suchten.

Hätte Vera im Juli irgendwo Unterkunft bei Bekannten oder Verwandten gefunden, wäre sie wahrscheinlich geblieben, aber sie hatte niemanden mehr ausfindig machen können. Durch die Kriegswirren waren Freunde und Bekannte gleichsam in alle vier Windrichtungen versprengt worden, und außer den Eltern hatten sowieso keine Familienangehörigen in Berlin gelebt. Ein Versuch, zu ehemaligen Kollegen Kontakt aufzunehmen, besonders zu Birgit, ihrer Freundin, der zweiten Wendura-Schwester, hatte nicht minder deprimierend geendet als die Suche überall nach Karl: Der Häuserblock mit *Opa Gieseckes Künstlereck* in Charlottenburg existierte nicht mehr. Sie war danach sogar noch nach Tempelhof gelaufen. Bennos Wohnhaus war auch restlos zerbombt gewesen.

Braunschweigs Mitte glich einer Trümmerwüste wie das Berliner Zentrum, aber zumindest am Stadtrand, fast schon auf dem Lande, wo Vera zwei zugige Mansardenkammern in einem Reihenendhaus bewohnte, waren wenigstens der Tod, der Leichengestank und das Elend nicht allgegenwärtig, und die Auftritte in den britischen Armeekasinos verschafften ihr das Minimum an Lebensmitteln nebst dem Geld für die Miete.

»Wer etwas über den Verbleib von Karl Meunier weiß, möchte mich bitte in Braunschweig …« Vera hatte vor der Rückfahrt im Sommer Zettel mit ihrer Anschrift zu den Tausenden ähnlich lautender Nachrichtenfetzen an die langen Holzwände vor dem Weddinger und Pankower Rathaus gepinnt, einen sogar an die Mauer der *Adlon*-Ruine. Der Postverkehr mit der britischen Zone funktionierte zwar seit September wieder einigermaßen verlässlich, doch niemand hatte ihr geschrieben. Und auch in Zukunft war wohl kaum mit einer Antwort auf ihre Suchanzeige zu rechnen, und falls doch, machte Vera sich keine falschen Hoffnungen, welchen Inhalts das Schreiben sein würde.

Sie riss sich zusammen, zwang sich erneut zu einem Lächeln und reichte dem Leutnant den Pappkoffer.

Brown nahm das Gepäckstück entgegen, trug es zum Wagen und hielt die Fondtür des Mercedes für Vera auf. Sie stieg ein.

»The Colonel thought, you might be hungry after the trip.« Er ließ den Motor an. »He asked me to drive you right to the *Forsthouse*.«

»Not really«, sagte Vera und kauerte sich auf der Rückbank zusammen. Im Wageninnern war es eisig. Leutnant Brown musste lange draußen vor der Sperre auf sie gewartet haben. »We all got really plenty to eat at Gatow. But could I first get rid of my trunk at my place? And I think, I should quickly change my dress, before I meet the Colonel.«

Brown nickte. »Sure, your flat is almost on the way to the *Forsthouse*, isn't it?« Er fuhr los.

Vera schloss die Augen.

Das zweite Wiedersehen mit Berlin hatte sie die ganze Zugfahrt über in tiefste Schwermut gestürzt und ihr zuvor bereits den Nachtschlaf geraubt, denn Karl, ihr geliebter Karl, war mit an Sicherheit grenzender Wahrscheinlichkeit tot, umgekommen im Brandinferno des *Adlon*.

Gleich zwei Personen hatte sie zufällig am Abend vor der Rückfahrt getroffen, die es ihr mit fast identischen Worten erzählt hatten: einer von den älteren Etagenkellnern aus dem *Adlon*-Volkssturmtrupp, dem sie beim Schneeschaufeln auf dem Hof des britischen Offizierskasinos begegnet war, und ein Page, der jetzt als Küchenhilfe dort arbeitete.

Karl war nach Aussage der beiden kurz vor Ausbruch des Brandes in den *Adlon*-Weinkeller hinuntergegangen und wäre nachher garantiert nicht unter den wenigen Menschen gewesen, denen noch rechtzeitig die Flucht auf den Pariser Platz geglückt war.

Langsam erwärmte sich der Wagen. Vera öffnete die Augen wieder.

»You look very tired«, sagte Leutnant Brown nach einem Blick in den Innenspiegel.

»It will pass away. The trip was horrible.«

»I can imagine«, bemerkte Colonel Teasdales Adjutant mitfühlend. »Just take a short nap, it helps.« Er schaute auf seine Armbanduhr. »Road conditions are bad. It'll probably take more than half an hour to reach your house.«

»I'll try«, versprach Vera und schloss die Augen erneut. Sie fühlte sich hundemüde und wie gerädert, aber an Schlaf war nicht zu denken.

Irgendwann musste sie dann doch eingenickt sein, denn als der Mercedes scharf in die kopfsteingepflasterte Straße einbog, die zu der Reihenhaussiedlung am Rande von Braunschweig führte, schreckte sie hoch und wusste sekundenlang nicht, wo sie war.

Es schneite immer noch heftig.

»It won't take long, Mr. Brown. I promise!« Vera, wie in einem Traum, der nicht der ihre war, trug den Koffer nach oben ins Dachgeschoss und zog sich schnell für das Essen mit Brian um, während unten der Mercedes mit laufendem Motor wartete. Sie streifte ein hochgeschlossenes, langes dunkelblaues Wollkleid über das eng anliegende Trikot, das sie auch bei ihren Akrobatikvorführungen in Berlin angehabt hatte. Sie und Leyla, die Sängerin, beide von ähnlicher Statur, trugen das Kleid abwechselnd zu entsprechenden Anlässen. Dann schlüpfte

Vera in ein Paar bordeauxrote Halbschuhe, das einzige Schuhwerk neben den zerkratzten Lederstiefeln und den Bühnenslippern, das sie besaß und das einigermaßen zu dem Wollkleid passte.

Erst dann schaute sie in den Spiegel über dem Spülstein ihrer Behelfsküche neben der Schlafkammer und begann wie in Trance Lippenrot aufzutragen.

Der Lippenstift war ein Geschenk von Brian. Eines der vielen, die sie nach der Bruchlandung mit dem Lazarettflugzeug auf einer Landstraße in der Nähe von Wolfenbüttel von ihm bekommen hatte. Und es waren alles Präsente ohne Gegenleistung gewesen, wenn sie die Stunden nicht aufrechnen wollte, die sie miteinander verplaudert hatten. Der Colonel hatte natürlich ein Auge auf sie geworfen, das war offensichtlich gewesen, sie aber nie bedrängt, nachdem sie ihm von Karl erzählt hatte. Brian Teasdale war zehn Jahre jünger als Karl, völlig anders in Aussehen und Temperament, aber ebenso ein Kavalier der alten Schule. »Better try to find out what happened to him«, hatte er gemurmelt, und dann sogar: »I'll see if I can help.« Brian hatte Wort gehalten. Ohne seine Fürsprache wären Vera und die anderen Künstler bei den strengen Kriterien für Fernreiseerlaubnisse, zumal noch recht komfortabel mit Transportmitteln der Alliierten, niemals in Berlin aufgetreten. Weder im Juli noch jetzt im Winter.

Vera zog sich die Augenbrauen mit einem Kohlestift nach. Auch ein Geschenk von Brian.

Sie waren sich Ende April in einem britischen RAF-Hospital außerhalb von Braunschweig zum ersten Mal begegnet. Er hatte dort mit zerbrochenen Rippen gelegen – die Folge eines Autounfalls –, Vera wegen der Gehirnerschütterung und etlicher Verstauchungen und Prellungen, die sie bei der Notlandung des Lazarettflugzeugs davongetragen hatte. Das war noch so ein Albtraum, der beständig wiederkam, obwohl er ein glückliches Ende genommen hatte.

Schon über Potsdam war vom Piloten angedeutet worden, dass sie es nicht bis Schleswig schaffen würden, weil einer der Motoren Probleme bereitet hatte. Über Funk hatte es dann eine Warnung vor starken feindlichen Luftbewegungen im Raum Mecklenburg, Hamburg und Kiel gegeben. Kurz darauf war der Funkverkehr gestört worden und das Flugzeug daraufhin die ganze Zeit über im gewagten Tiefflug an Magdeburg vorbei nach Westen geflogen.

Vera hatte nie an Schutzengel geglaubt, aber dennoch am eigenen Leibe erfahren, dass es diese barmherzigen Wesen gab. Die Lazarettmaschine war sowohl dem mörderischen Feuerring um Berlin als auch den Rotten an Nachtjägern entgangen, als der Pilot sie schließlich mit rauchendem Propeller hart auf der schmalen Landstraße niederbrachte.

Heerscharen von Schutzengeln waren es gewesen.

Noch bevor die Maschine, deren rechte Tragfläche im Ausrollen mit einem Baum kollidierte, in Flammen aufgegangen war, hatten sich alle Insassen, auch die Schwerverwundeten, mithilfe des Begleitpersonals retten können. Erst dann hatte Vera, die mit dem Kopf beim Zerbersten der Tragfläche gegen eine Metallstrebe der Bordwand geschleudert worden war, das Bewusstsein verloren. Seitdem hatte Brian, wann immer es ihm möglich war, sich ihrer fast wie einer Tochter angenommen.

»You look much better now«, komplimentierte Leutnant Brown sie wieder in den Fond des Wagens.

»Thank you. But only with the help of some colour. I still feel very beaten.« Vera schlug den Mantelkragen hoch, ließ sich auf die Rückbank fallen und schwieg.

Colonel Teasdales Adjutant verstand, dass sie sich nicht weiter mit ihm unterhalten wollte, und konzentrierte sich fortan ausschließlich auf die verschneiten Straßen. Hin und wieder musterte er Vera verstohlen im Rückspiegel und fragte sich, wieso der Colonel so einen Narren an der Frau gefressen hatte, dass er sich von ihr so hinhalten ließ. ›Gewiss, sie ist gut gebaut, spricht auch ausgezeichnet Englisch, aber was, zum Teufel‹, dachte Leutnant Brown, ›nützt einem eine schöne Frau, wenn man sie immer nur ansieht, mit ihr redet, sie zum Essen ausführt, ohne auch nur ein Mal mit ihr ins Bett zu steigen?‹ Hätten der Colonel und dieses »Froilein« etwas miteinander gehabt, wäre es ihm bestimmt nicht entgangen, denn als persönlicher Adjutant kannte er quasi jeden Schritt seines Vorgesetzten. Und seit dem Autounfall fuhr der nur noch selten selbst. Nach allen Treffen hatte Brown Vera jedes Mal allein in die Stadtrandsiedlung zurückchauffiert. ›Merkwürdiger Bursche überhaupt, der Alte‹, überlegte er. ›Könnte bei seinem Rang Mädels wie Sand am Meer abschleppen und begnügt sich mit gelegentlichen Plauderstündchen.‹ Der Leutnant wich einer Schneewehe aus. Er hatte es im Grunde genommen gut getroffen mit seinem Chef. Sein Adjutantenjob war weitaus angenehmer als der vieler Offizierskollegen, die etwa mit Entlausungskampagnen oder mit Wiederinstandsetzungsarbeiten von Kläranlagen der Deutschen betraut worden waren. Der Colonel war vor dem Krieg Anwalt für Wirtschaftsrecht gewesen und jetzt einer der Spezialisten in der Umgebung von Montgomery, die die Reparationsleistungen in der britischen Zone und im britischen Sektor von Berlin überwachten. Von seinem Vorgänger hatte Brown gehört, dass Teasdale geschieden war und dass einer seiner Söhne beim japanischen Vormarsch in Burma gefallen war. Ein weiterer galt seit Montgomerys Eroberung von El Alamein als in Nordafrika verschollen. Ob der Colonel weitere Kinder hatte, wusste Brown nicht. Er redete mit ihm kaum über Privatangelegenheiten. Browns jüngerer Bruder war auch in Burma geblieben. Wenn es nach Teasdales Adjutanten gegangen wäre, hätte er die verdammten Japsen mit Hunderten von Atombomben eingedeckt.

Vera auf der Rückbank ahnte nichts von den Überlegungen ihres Fahrers. Sie versuchte, das Karussell der Gedanken in ihrem Kopf zu ordnen.

Der Mercedes glitt an mehreren abgebrannten Bauerngehöften vorbei, und die Scheinwerfer erfassten in einer Kurve eine Ansammlung von schneebedeckten Bodenerhebungen mit hüfthohen Holzkreuzen. Sogar hier auf dem flachen Land hatte der Tod überall reiche Ernte gehalten.

Vera biss sich auf die Lippen und blickte starr nach vorn durch die Frontscheibe in den weißen Flockenwirbel.

Colonel Teasdale tastete nach dem Wecker und brachte das penetrante Schrillen zum Verstummen. Leise, um Vera nicht aufzuwecken, stand er auf. Die Eisfläche auf dem Gartenteich reflektierte matt die ersten morgendlichen Strahlen einer blassen Februarsonne.

Als er sich im Bad rasierte, hörte er Schritte.

»Brian?«

»Bin gleich fertig.«

Teasdale beendete die Rasur und ging in die Küche. Vera hatte nur ihren Morgenmantel übergezogen und setzte bereits das Teewasser auf.

»Du hättest wirklich nicht zu dieser unchristlichen Zeit mit mir aufstehen müssen.«

Vera zuckte mit den Achseln. »Was soll's. Wir proben ja erst am Wochenende. Und ich kann mich später noch mal hinlegen, wenn mir danach ist. – Wie immer?«

»Ja, bitte.«

Vera schob zwei Weißbrotscheiben in den Toaster, stellte auch Butter und Orangenmarmelade zu dem Frühstücksgeschirr auf den Tisch. Dann goss sie den Tee auf.

Der Colonel setzte sich. »Ich habe gestern erfahren, dass ich demnächst wieder für ein paar Tage nach Berlin muss. – Sag mir rechtzeitig Bescheid, falls du deine Meinung ändern solltest und doch mitwillst.«

»Ich fahre überall mit dir hin, Brian, aber bitte, bitte nicht nach Berlin!« Sie schüttelte energisch den Kopf. »Kannst du das denn nicht verstehen?«

Teasdale beugte sich über den Tisch und gab ihr als Antwort einen Kuss auf die Stirn.

4. Kapitel

Die Villa in Frohnau

Ein nicht abflauen wollender Ostwind hatte den Berlinern vor der Jahreswende viel Schnee und ab Januar auch klirrende Kälte beschert. Über den Häusern am S-Bahn-Damm im Frohnauer Kasinoweg stiegen im letzten Licht der Wintersonne dünne Rauchfahnen in den Himmel. Für die Bewohner der Außenbezirke war die Beschaffung von Heizmaterial wegen des waldreichen Umlands noch einigermaßen unaufwendig zu bewältigen. In den innerstädtischen Bezirken sah es damit schlechter aus. Außer dem täglichen Brot waren Holz und Kohlen mehr und mehr zu einer heißbegehrten Mangelware geworden.

Vor einer Villa mit schmiedeeisernem, mannshohem Zaun, deren verputzte Straßenfrontfassade Maschinengewehrgarben zerlöchert hatten, hielt ein zerbeulter Opel. Die Bausubstanz im Reinickendorfer Vorstadtteil Frohnau hatte zwar in den Endkämpfen auch gelitten, war aber im Vergleich zu den Verwüstungen im Berliner Zentrum glimpflich davongekommen.

Der Genosse Oberstleutnant war mit sich und der Welt zufrieden, als er aus dem Wagen stieg. Der Winter, über den die Deutschen jetzt stöhnten, entlockte ihm allenfalls ein mitleidiges Lächeln, denn er war in Sibirien aufgewachsen. Und auch wenn es tatsächlich ungewöhnlich kalt sein sollte, so spürte er die Kälte nicht. Er trug einen dicken langen Mantel aus gewachsenem Fell und darunter einen Anzug aus bestem dicken englischen Tuch.

Genosse Wladimir Wassilinski stapfte durch die Schneewehe auf dem Bürgersteig zum Gartentor und drückte auf den Klingelknopf neben der ebenfalls aus Gusseisen gefertigten Hausnummer. Ein Türschild, das über den Besitzer oder Mieter der Villa Auskunft geben konnte, war nicht vorhanden. Ohne sich aufzuhalten, drückte der Russe resolut die Gartentür auf und stieg vorsichtig die vereisten Stufen zur Villa hoch.

Auf Wassilinskis Klingeln hin hatte sich sogleich die Haustür geöffnet. Ein sportlich wirkender Mann Anfang vierzig, gleichsam in einen eleganten englischen Anzug gekleidet, begrüßte ihn auf Russisch.

Horst Brennecke und auch die beiden anderen Männer im Erdgeschosssalon der Villa, die den Oberstleutnant willkommen hießen, beherrschten Wassilinskis Muttersprache annähernd perfekt – ein Umstand, der die Geschäfte vereinfachte, denn das Deutsch des Genossen beschränkte sich bloß auf ein paar Alltagsfloskeln.

Wassilinski kam, mit einem Glas Wodka versehen, sogleich zur Sache. Er hatte den Mantel nur geöffnet und sich in den Ohrensessel neben dem Kachelofen gesetzt. »Es ist so weit. Morgen Abend könnt ihr eine Lkw-Ladung Schweinefleisch, eine mit Wurstkonserven und zwölf Kisten Krimsekt bekommen.«

Die drei Deutschen nickten zufrieden.

»Anlieferung wie immer?«, fragte Brennecke.

»Ja«, sagte der Genosse Oberstleutnant und trank das Glas auf ex aus.

Horst Brennecke füllte augenblicklich nach und reichte dem Russen einen roten Samtbeutel.

Wassilinski knüpfte das Verschlussband auf, zog einen Goldbarren heraus, prüfte kurz den Prägestempel und ließ dann den blanken Barren in seine Manteltasche gleiten.

Brennecke räusperte sich. »Wir könnten demnächst gut Papier gebrauchen.«

Wassilinski lachte. »Klopapier? Kann ich euch besorgen. Wie wäre es mit einer Waggonladung unserer Armeezeitung?«

Alle lachten.

»Dafür würden wir bestimmt auch Abnehmer finden«, sagte Brennecke, »aber uns geht es um ganz besonderes Papier.«

»Nämlich?«

»Nach unseren Informationen hat die SMAD in Eberswalde Spezialpapiere der Reichsbank eingelagert.«

»Das ist mir bekannt.«

»Wir brauchen einen bestimmten Ballen oder, besser noch, gleich mehrere davon.«

Der Oberstleutnant schürzte die Lippen. »Hm, das wird nicht einfach werden.«

Horst Brennecke wedelte mit dem Samtbeutel, den der Russe nicht mit eingesteckt hatte. »Einen Barren für einen Ballen.«

»Nein, unter zwei ist da nichts zu machen. Das Papier in Eberswalde, um das es euch vermutlich geht, stammt aus Restbeständen der Reichsdruckerei und ist bestens zur Herstellung von Geldscheinen geeignet. Um es präziser zu formulieren: für die Herstellung von Fünfzig-Reichsmark-Banknoten, falls jemand zusätzlich über die entsprechenden Druckplatten verfügen sollte. Und damit lässt sich ja immer noch einiges kaufen, sofern man nur über die nötigen Quantitäten verfügt.«

Die Deutschen sahen sich verdutzt an.

Wassilinski trank das zweite Glas auf ex aus. Dann grinste er breit. »Tja, meine Herren, wie gesagt: Zwei Barren für einen Ballen, und die Angelegenheit wäre zu regeln.«

»Äh, das mit dem Preis geht in Ordnung, Wladimir«, beeilte sich Brennecke zu versichern. »Wann?«

Der Genosse Oberstleutnant zuckte mit den Achseln. »Das könnte etwas dauern. Ich müsste da zuvor ein paar Leute kontaktieren.«

Brennecke hatte verstanden. Er zückte ein Bündel Dollarscheine. »Würde dieser Betrag helfen, die Angelegenheit zu beschleunigen?«

»Immens«, sagte Wassilinski und steckte das Geld zu dem Goldbarren. »Nächste Woche gebe ich euch Bescheid.«

Er erhob sich und wurde von Brennecke zur Tür geleitet.

Als Horst Brennecke in den Salon zurückkehrte, saß ein korpulenter Mann in dem Sessel am Kachelofen. Er hatte hinter einer angelehnten Tür im Nebenzimmer des Salons dem Gespräch mit dem Russen gelauscht. Die Haut seiner rechten Gesichtshälfte und die der Hände bis zu den Unterarmen war vernarbt wie die von Panzerfahrern, die sich noch knapp aus ihrem brennenden Sarg hatten retten können: Gewebe, das an straff gespanntes Pergamentpapier erinnerte.

»Dass er gleich wusste, wozu das Papier aus Eberswalde zu gebrauchen ist, hat mich ehrlich gesagt doch ziemlich überrascht«, sagte der Mann und betastete seine entstellte Gesichtshälfte. »Wassilinski scheint ja überall seine Finger drinzuhaben.«

Horst Brennecke nickte. »Das ist bekannt. Ich …«

»Aber können wir uns auch wirklich auf ihn verlassen?« Es war einer von den beiden Männern, die an dem Gespräch mit dem sowjetischen Offizier teilgenommen hatten, der die Frage stellte. Er war stiernackig, untersetzt und hatte bestimmt seit Kriegsende nie Hunger gelitten.

»Ich bin mit Adolf einer Meinung. Ich traue diesem Russenschwein auch nicht über den Weg, Hotte«, fügte der andere hinzu. Wie bei dem Mann im Ohrensessel war

Wolfgang Richters Gesicht von Narben verunstaltet, aber sie stammten nicht von Verbrennungen. Es waren Mensurnarben, glatte Schnitte, wie man sie auf dem Paukboden davonträgt. Richter war vor Übernahme der väterlichen Druckerei in Breslau während seines Ingenieurstudiums Mitglied einer schlagenden Verbindung gewesen.

Brennecke zuckte mit den Achseln. »Was bleibt uns denn übrig? – Aber solange er zuverlässig von uns sein Gold bekommt, sehe ich kein Risiko.«

»Ich auch nicht«, sagte der Mann im Ohrensessel. »Wie weit ist übrigens die Einrichtung der Werkstatt, Wolfgang?«

»Das dürfte noch gute drei, vier Wochen dauern.«

»Und was ist mit den nötigen Farben?«

»Das dürfte auch bald klappen. – Allerdings …«

»Ja?«

Horst »Hotte« Brennecke kratzte sich am Kopf. »Der Kerl, der sie uns angeboten hat, ist sich darüber im Klaren, was das Zeug wert ist.«

»Das heißt?«, wollte Adolf Wagener wissen.

Horst Brennecke grinste. »Mal sehen, auf welchen Preis wir uns letztlich einigen werden.«

Als der Genosse Oberstleutnant vom Kasinoweg über die provisorische S-Bahn-Überführung fuhr und dort nach rechts in die Burgfrauenstraße einbog, kam ihm aus der Gegenrichtung ein Lkw mit aufgeblendeten Scheinwerfern entgegen und blockierte dann sich quer stellend die Fahrbahn. Wassilinski ließ seinen Wagen im Schritttempo weiterrollen, hielt fünf Meter vor dem Hindernis an und kurbelte das Seitenfenster herunter.

Vier französische Soldaten auf der Ladefläche hielten

ihre Gewehre auf den Opel gerichtet. Aus der Beifahrertür des Lkws sprang ein Leutnant mit gezogener Pistole und verlangte in gebrochenem Deutsch barsch, die Fahrerlaubnis zu sehen.

Wassilinski zeigte dem Offizier seinen Dienstausweis. Der Franzose nahm sofort Haltung an und salutierte schneidig. »Pardon, mon Colonel!«

Der Genosse Oberstleutnant erwiderte salopp den militärischen Gruß, indem er mit dem rechten Zeige- und Mittelfinger gegen seine Schläfe tippte, und drehte die Fensterscheibe wieder hoch.

Bevor Wladimir Wassilinski schließlich nach seiner abendlichen Fahrt durch das verschneite Berlin die Siedlung in Tempelhof erreichte, in der Benno Hofmann neuerdings wohnte, musste er noch wiederholt seinen Armeeausweis zeigen.

Bei Hofmann brannte Licht. Wassilinski hupte dreimal. Jemand erschien in der Fensteröffnung und winkte. Der Genosse Oberstleutnant fuhr weiter bis zur übernächsten Straßenkreuzung und stellte den Opel ab. Bis zu dem Varietétheater *Aurora* – eigentlich mehr eine Mischung aus Bar, Restaurant und Tingeltangel-Bühne –, das die GIs vom Flugplatz zu ihrem Treffpunkt erkoren hatten, waren es nur ein paar Schritte. Im Innern war das *Aurora* spärlich von Kerzen erleuchtet, was nicht schlecht zu der Atmosphäre passte, aber andere Gründe hatte. Um Energie zu sparen, war in Berlin ab Mitte November der Befehl ergangen, nur noch Kerzen, Karbid oder Petroleum zur Beleuchtung zu verwenden.

Wassilinski setzte sich auf seinen Stammplatz am Tresen, und schon stand ein Glas Wodka vor ihm. Als Benno Hofmann zehn Minuten später neben dem Russen Platz nahm, war der bereits bei seinem dritten »Wässerchen« angelangt.

Bennos Russisch war so rudimentär wie das Deutsch von Genosse Oberstleutnant. Aber mithilfe von Bleistift und Papier und nicht unbedingt künstlerisch wertvoll dahingekritzelter Zeichnungen, neben denen Zahlen standen, wurde man sich schnell handelseinig.

Nachdem das Geschäftliche erledigt war und eine Handvoll Goldschmuck den Besitzer gewechselt hatte – auch bei Benno hielt es Wassilinski mit Vorkasse –, kündigte ein Conférencier die »Tanzvorführung« an, wegen der die GIs den Laden so schätzten. Eine junge, rothaarige Frau in einem grünen, perlenbestickten Abendkleid mit tiefem Ausschnitt stellte eine Karbidlampe auf das Bühnenpodest, und der Inhaber des »Theaters« verriegelte die Eingangstür.

Wladimir Wassilinski schaute nur einmal gelangweilt hoch, als die Dame auf dem Podest sich zu entblättern begann, und ließ sich einen weiteren Wodka geben. Der Genosse Oberstleutnant schätzte keine dürren »Ausdruckstänzerinnen«, an denen man die Rippen zählen konnte.

5. Kapitel

Stanislaw Gormullowskis Traum von Kalifornien

Kurz vor Beginn der Entkleidungsshow waren noch zwei Männer ins *Aurora* gekommen – ein amerikanischer Sergeant mit drei Reihen Ordensspangen und ein schmächtiger Zivilist. Seit er seine Edith hatte, verkehrte Burns eigentlich kaum noch in solchen Vergnügungsschuppen. Aber die Mädchen brauchten dringend warme Bettdecken, und der Sergeant hatte wieder den Mann kontaktiert, der Edith mit Kohlen versorgte. Auf der Straße vor dem Etablissement hatten sie sich dann getroffen.

Burns' Begleiter nickte Benno Hofmann beiläufig zu und setzte sich mit dem Amerikaner in eine Saalecke. Dass der schmächtige Mann das rechte Bein leicht nachzog und seine Unterlippe durch zwei Narben entstellt war, fiel bei der schummrigen Beleuchtung nicht weiter auf. Die Beinverletzung rührte von den Schlägen eines russischen Gewehrkolbens her, mit dem man ihn in einem Lager in der Nähe von Rowno verprügelt hatte, und die malträtierte Unterlippe war die bleibende Erinnerung an einen Wehrmachtsunteroffizier, der wortlos zugeschlagen hatte, als Gormullowski nicht schnell genug in den Viehwaggon geklettert war, der die Zwangsarbeiter ins »Reich« transportiert hatte.

Stanislaw Gormullowski hatte die Kriegswirren in Europa als Einziger der Familie überlebt. Oft hatte er sich verflucht, nicht beizeiten dem Rat eines Neffen gefolgt zu sein, nach Kalifornien auszuwandern. Nachdem Hitler und Stalin in Polen eingefallen waren und Stanislaw in den Osten seines Heimatlandes geflüchtet war, nur um dort von den Sowjets in ein Arbeitslager gesteckt zu werden, hatte er den deutschen Angriff auf Russland kurzzeitig fast als eine Art Befreiung empfunden. Sie währte nicht lange, die Freiheit. Die Deutschen waren den Russen als Besetzer in jeglicher Hinsicht ebenbürtig gewesen. Gormullowski hatte vor dem Krieg in Braunschweig Maschinenbau studiert und dort Deutsch gelernt, ein Umstand, der ihm vermutlich das Leben gerettet hatte, denn er war wegen seiner technischen Ausbildung und seiner Sprachkenntnisse als Zwangsarbeiter nach Berlin verschleppt worden, um bei der Weser Flugzeugbau GmbH in Tempelhof eingesetzt zu werden. Statt zum »Luftkreuz Europas« hatte man den Zentralflughafen sofort nach Kriegsbeginn in den militärischen Status eines Fliegerhorstes erhoben, und Tempelhof war ein kriegswichtiger Standort der deutschen Flugzeugindustrie geworden.

Stanislaw Gormullowski hatte nicht als einer der Arbeitssklaven geschuftet, die während der letzten beiden Kriegsjahre in den oberirdischen Hallen oder in dem Bahntunnel, der den gesamten Flughafen-Gebäudekomplex unterquerte, Jagdflugzeuge des Typs Focke-Wulf 190 und Messerschmitt 262 für die WFG unter menschenunwürdigen Bedingungen fertigen mussten. Der Pole hatte in einer Werkstatt in Kreuzberg die Heidelberger Tiegel gewartet, auf denen Betriebsanleitungen und Ähnliches für die Fw 190 und Me 262 gedruckt worden waren. Ein ehemaliger deutscher Kommilitone aus Braunschweig, zufällig bei den Weser-Werken als Konstrukteur für die Höhenmesserherstellung zuständig, hatte ihm diese relativ leichte Arbeit in der Druckerei beschaffen können.

Noch kurz vor dem Einmarsch der Roten Armee war Gormullowski nicht in die Barackensiedlung der Zwangsarbeiter am Columbiadamm zurückgekehrt, sondern in Berlin untergetaucht. Ein deutscher Sozialdemokrat, der das zweifelhafte Vergnügen gehabt hatte, gleich nach der Machtergreifung drei Wochen »Schutzhaft« zu genießen, und der auch in der Druckerei beschäftigt war, hatte ihn bei sich zu Hause versteckt. Dort, in einer verfallenen Remise in der Kreuzberger Zossener Straße, hatte Gormullowski sich überwiegend aufgehalten, bis die Westalliierten ihre Sektoren besetzten. Einmal die Bekanntschaft mit einem russischen Gewehrkolben gemacht zu haben genügte dem Polen vollauf. Irgendwann Mitte Mai hatte er dann Benno Hofmann auf dem Schwarzmarkt am Potsdamer Platz kennengelernt. Seitdem erledigte er immer noch gelegentlich ein paar Sachen für ihn. Gelegentlich – denn vom vergangenen Herbst an war er als Arbeiter bei den Amerikanern mit Anspruch auf eine Lebensmittelkarte der Stufe I weitaus besser dran als ein deutscher »Otto Normalverbraucher« mit seiner kärglichen Wochenration und kaum noch von Schwarzmarktgeschäften für den schieren Lebensunterhalt abhängig. Dass er dennoch hin und wieder mit Benno zusammenarbeitete, hatte ausschließlich mit seinem Traum zu tun.

Zuerst hatten die Amis niemanden an ihre Flugzeuge rangelassen, lange dauerte indes ihre Zurückhaltung nicht. Unter den Leuten, die sie auf dem Flughafen beschäftigten, waren viele, die sich aus alter Verbundenheit zur Luftfahrt dort um eine Stelle beworben hatten wie etwa frühere Piloten oder technisches Personal der Lufthansa. Auch der ehemalige Zwangsarbeiter, zudem Ingenieur und »Displaced Person«, war ohne Schwierigkeiten eingestellt worden und damit seinem Traum ein Stück näher gekommen, denn Gormullowskis Traum hieß Kalifornien. Das Problem war allerdings, dass er keine Adresse von seinem Neffen dort hatte, und obwohl er schon einen Visumantrag für die USA gestellt hatte, verlief die

Angelegenheit schleppend. Es gab Abertausende von polnischen DPs mit einem ähnlichen Schicksal wie dem Stanislaw Gormullowskis, die dem kriegsverbrannten Europa den Rücken kehren wollten und auch wenig Neigung verspürten, sich nochmals unter der russischen Knute zu krümmen. Wenn die Zeit gekommen war, in die USA überzusiedeln, würde er nicht mit gänzlich leeren Taschen einreisen. Und damit die sich weiterhin füllten, hatte er sich jetzt mit dem Sergeant im *Aurora* getroffen. Falls er es zusätzlich schaffte, die Druckfarbendosen aus seiner vormaligen Arbeitsstätte, die er in einem Hohlraum unter der Remise eingelagert hatte, zu seinen Bedingungen an den Mann zu bringen, würde er sogar über ein beträchtliches Startkapital verfügen.

Trotz kaputtem Knie, trotz zerschlagener Unterlippe war der Pole sich des ungeheuer glücklichen Ausgangs seiner Odyssee bewusst. Er lebte, aber seine beiden Wohltäter, der ehemalige Kommilitone und der Arbeiter aus der Druckerei, waren tot. Den Drucker hatte in den ersten Nachkriegstagen eine schwere Lungenentzündung dahingerafft, und der Kommilitone war schon im Januar 1945 bei einem Bombenangriff umgekommen.

Stanislaw Gormullowski beobachtete Benno aus dem Augenwinkel, während er sich mit Sergeant Burns über dessen Wünsche unterhielt. Burns' Deutsch hatte sich seit ihrer letzten Begegnung erstaunlich verbessert. Hofmann verhandelte derweil anscheinend auch mit einem Kunden, einem Russen, dem Wodkakonsum nach zu urteilen.

Stanislaw Gormullowski versprach Sergeant Burns, Edith die benötigten Bettdecken zu beschaffen. Ein »Greenback« war dem Unteroffizier die Sache als Anzahlung wert.

Burns wartete nicht auf das Ende des »Ausdruckstanzes«, den die magere Blonde auf dem Bühnenpodest aufführte, sondern verließ das *Aurora* vorzeitig. Auch Bennos Kunde knüpfte sich seinen langen Fellmantel zu und ging bald aus dem Saal.

Der Pole schlenderte zum Tresen und setzte sich neben Hofmann. »Hör mal, Benno, ich bräuchte bis zum Wochenende …«

Als Gormullowski nach einem halbstündigen strammen Fußmarsch durch die eisige Nachtluft in der Remise eintraf, in der er immer noch wohnte, versteckte er als Erstes die Eindollarnote hinter einem lockeren Ziegelstein in der Fachwerkwand neben seinem Matratzenlager. Heizen lohnte sich zu dieser späten Stunde nicht mehr. Gormullowski verkroch sich, nur den Mantel ablegend, eiligst in seine Schlafstatt, packte auch noch zwei dicke Wehrmachtsdecken auf das Federbett und fiel in einen traumlosen Schlaf. Kalifornien war noch sehr weit weg.

6. Kapitel

Ellenbogenhebel im Hinterhof

Wenn Karl Meunier den Erkerraum mit den schrägen Seitenwänden, den Benno und Lilo ihm in ihrem neuen Domizil überlassen hatten, mit der Pankower Küchenhöhle verglich, die zu verlassen er exakt vor einem Jahr im Mai gezwungen worden war, und wenn er sein Bett und das andere Mobiliar betrachtete, das Benno »organisiert« hatte, konnte er sich eigentlich glücklich schätzen. Glücklicher jedenfalls als die vielen Menschen, die sich immer noch zu viert oder zu fünft Zimmer in halb eingestürzten Häusern teilten. Den guten Wintermantel hatten die Plünderer zusammen mit den Küchenutensilien mitgenommen, aber die Armbanduhr und die goldenen Manschettenknöpfe waren noch in Karls Besitz. Er hatte sich auch bei den Hofmanns polizeilich angemeldet. Ohne eine gültige Meldekarte oder eine Arbeitsbescheinigung – die Karl nicht besaß – hatte niemand Anspruch auf die Lebensmittelkarten, mit denen man die zu festgesetzten Preisen erhältlichen Esswaren kaufen konnte. Dank Bennos Umtriebigkeit und geschickter Hand in geschäftlichen Dingen erging es Karl deutlich besser als den meisten Berlinern, was sein tägliches Brot betraf. Fettlebe herrschte nicht unbedingt im Hofmann'schen Haushalt, aber seit Lilo aus Eckernförde nach Berlin zurückgekehrt war, bekam Karl regelmäßig mittags oder abends eine warme Mahlzeit.

Wie Benno an das kleine, schmucke Haus in einer ganz und gar nicht großstädtisch anmutenden Siedlung im Westen des Flughafens Tempelhof gekommen war, darüber hatte er sich nicht weiter ausgelassen, sondern nur etwas von »juten Beziehungen« und »nötijem Kleenjeld« gebrummelt. An beidem haperte es nicht – ein Opel im Geräteschuppen neben dem Häuschen mit einer am Wagenheck angebrachten Holzgasanlage, kündete gleichsam von Bennos beständig wachsendem Wohlstand. Benzin war strengstens limitiert. Karls Freund war es selbst mit Geld und guten Worten nicht gelungen, eine Bezugsgenehmigung zu erhalten. Das Befeuern des Heckkessels mit Holzkloben und Kohlen war zwar umständlich, aber der Wagen tat einigermaßen verlässlich seine Dienste.

An alldem partizipierte Karl, seit er im vergangenen Mai zu Benno in die Schrebergartenlaube gezogen war. Übrigens keinen Tag zu früh, denn als er eine Woche später nochmals in der Florastraße vorbeigeschaut hatte, war sein Wohnhaus vollends eingestürzt.

Schon im Juni und Juli hatten Karl und Benno ein paar von den alten Sportkameraden wiedergetroffen – zumeist auf dem Reichstagsschwarzmarkt – und schon gelegentlich auf der Wiese hinter der Gartenlaube ihrem Steckenpferd Jiu-Jitsu gefrönt. Aber ohne Matten ließ es sich nicht unbedingt so gut üben. Bodenkampf und Standtechniken gingen, nur Würfe, bei denen der Angreifer über Hüfte oder Schulter geworfen wurde, erwiesen sich bei dem unebenen Untergrund für den Fallenden als kein Vergnügen. Benno war auch früher schon der kräftigste Trainingspartner von Karl gewesen, jetzt hatte er noch mehr Mühe, ihn zu Boden zu bringen, denn die Nachwirkungen der schweren Verstauchung des Fußknöchels bei seiner Flucht aus dem *Adlon* spürte er gelegentlich immer noch. Sie behinderte ihn zwar überhaupt nicht beim Gehen, machte sich aber bei einigen Übungen bemerkbar, wenn er das Standbein, etwa bei einem Hüftwurf, mit einem schweren Brocken wie Benno belasten musste.

Mit den Jiu-Jitsu-Nachmittagen hatte es ein Ende, als Lilo zurückgekommen war. Wegen der ohnehin prekären Versorgungslage der Bevölkerung, die sich nach dem Potsdamer Abkommen durch Ströme von Kriegsheimkehrern und Ostflüchtlingen abermals verschlechterte, hatte der Berliner Magistrat alle verfügbaren Grünanlagen und Parks in Äcker und Gärten umwandeln lassen. – Auch jedes freie Fleckchen Erde im Hofmann'schen Schrebergarten wurde genutzt, um Gemüse und Kartoffeln anzubauen. Und nach dem Umzug aus der Laube in die Siedlung hatte Lilo als Erstes gleich wieder zu Spaten und Harke gegriffen. Hasso, ein herrenloser Schäferhund, der ihr zugelaufen und liebevoll aufgepäppelt worden war, sorgte dafür, dass außer den Hofmanns und Karl niemand auf falsche Gedanken kam, sich etwa an dem Grünzeug im Garten zu bedienen.

Karl und Benno legten mit Hand an, wann immer sie Zeit fanden, aber die Hauptgartenarbeit blieb an Lilo hängen, denn Karl und Benno kehrten meist erst abends nach Hause zurück. Wie vereinbart, erledigte Benno den finanziellen Teil der »Geschäfte«, und Karl dolmetschte bei dessen Verhandlungen. Nichtdeutsche Kunden, bei denen seine Sprachkenntnisse nützlich waren, gab es reichlich. Die Amerikaner waren wild nach Nazidevotionalien, sei es ein Ehrendolch der Waffen-SS, sei es ein Ritterkreuz. Die Engländer interessierten sich ebenfalls für derartigen braunen Erinnerungsplunder, die Russen weniger. Seit längerer Zeit machte Benno Bombengeschäfte mit den Sowjetarmisten, indem er Micky-Maus-Uhren an sie verschacherte, die ihm einer seiner Leute von einem amerikanischen Sergeant besorgte, der auf dem Flughafen Tempelhof stationiert war.

Die Franzosen wollten häufig Kunst: Gemälde, Vasen und Meissener Porzellan. Benno verfügte auch da über diverse Kanäle und trieb für jeden Kunden das Gewünschte auf. Manchmal erledigte Karl für ihn Botendienste, zum Beispiel wenn größere Warenmengen abgeholt oder angeliefert werden mussten, denn er besaß im Gegensatz zu den anderen Männern, die Benno in seine Geschäfte einspannte, einen Führerschein und war berechtigt, sich mit dem Opel im Raum von Groß-Berlin zu bewegen. Der Freund hatte die begehrte Genehmigung bei seinem SMAD-Kontaktmann durch eine »Jratifikazzion« in Form von zwei jeweils in einen Greenback gewickelten Donald-Duck-Kinderuhren erwirkt.

Karl ging es den Umständen entsprechend also nicht schlecht, nur dass er noch immer nichts von Vera gehört hatte, lastete weiterhin schwer auf seiner Seele. Bei Lilo, deren Eckernförder Adresse Vera gekannt hatte, war sie jedenfalls nicht aufgetaucht. Karl fuhr noch ein paarmal in die Straße, wo ihre Eltern gelebt hatten. Aber dort sah es unterdessen so aus wie in der Pankower Florastraße: Nur etwa jedes dritte Haus war noch bewohnbar und wie überall in der Stadt zusätzlich mit ortsfremden Flüchtlingen überbelegt. Die Aufräum- und Enttrümmerungsarbeiten waren in vollem Gang. Schmalspurige Kipplorengleise durchzogen die Trümmerfelder wie rostige Arterien. Überwiegend waren es Frauen, die das Geröll in die Loren luden und zu den Sammelstellen schoben. Selten stand für die Knochenarbeit eine Kleinlokomotive zur Verfügung. Männer sah man bei den schweren Arbeiten kaum, es verwunderte nicht. Der Größenwahn des braunen Rattenfängers hatte sich bitter gerächt. Umso schmerzlicher war es, dass die frenetischen »Heil«-Schreier auch diejenigen Deutschen in die Massengräber mitgerissen hatten, denen schon beim Anblick einer SA-Uniform zum Kotzen gewesen war. Karl hatte in der *Berliner Zeitung* gelesen, dass in Berlin statistisch vier Frauen auf einen Mann kamen, das ungleichgewichtige Geschlechterverhältnis hatte sich auch nicht groß geändert, als die ersten aus der Kriegsgefangenschaft Entlassenen in die Stadt zurückgekehrt waren. Nicht dass die Ruinenberge sichtbar schrumpften, die Menschen weniger bleich und ausgemergelt waren! Aber die meisten Straßen und Bürgersteige konnten immerhin wieder einigermaßen benutzt werden, und das Streckennetz der öffentlichen Verkehrsmittel wuchs von Woche zu Woche. Die U-Bahn verkehrte bereits auf fast allen Linien regelmäßig.

Karl würde heute für Benno in besonderer Mission unterwegs sein. Er musste in der Schlüterstraße in der Nähe vom S-Bahnhof Savignyplatz ein Lokal anmieten. Benno Hofmann hatte große Pläne und träumte von einer Wiedergeburt der im Krieg zerbombten Nachtbar *Oriental.*

Als Karl aus seinem Erkerzimmer nach unten in die Küche ging, hatte Lilo ihm bereits seinen Morgenkaffee gebrüht und dazu zwei mit Mettwurst bestrichene Brotscheiben hingestellt. Er streichelte Hasso, der brav Männchen machte, da er wusste, dass garantiert ein Bröckchen für ihn abfallen würde.

»Morgen, Karl, mein Dickerchen ist schon weg. Er lässt dir ausrichten, dass du die ersten drei Mieten gleich mitnehmen sollst.« Sie schob ein Bündel Reichsmarkscheine über den Tisch.

»Benno meinte gestern, der Hausbesitzer würde mich gegen elf bei sich in der Wohnung in der Goethestraße erwarten. Ist es dabei geblieben?«

»Ja.«

Karl steckte das Geld in das Scheinfach seines Portemonnaies, ließ es in die Brustinnentasche der Anzugjacke gleiten und machte sich über sein Frühstück her. Bei den Hofmanns trank man keinen Ersatzkaffee. »Hat er den Wagen genommen?«

»Ja, er holt dich mittags gegen eins in dem Ku'damm-Café ab, wo ihr euch sonst auch trefft.« Lilo zeigte auf Karls linkes Handgelenk. »Und schließ den Manschettenknopf richtig, sonst ist er futsch!«

»Oh, danke.« Er folgte ihrer Aufforderung und schaute nach draußen in den Garten. Die Sonne schien. Einen Mantel würde man heute nicht brauchen. Hasso bekam natürlich wie immer sein Minihäppchen Wurstbrot und kringelte sich zufrieden unter dem Küchentisch zusammen.

Auf dem Weg zur U-Bahn überflog Karl die Überschriften der Zeitungen, die ein Verkäufer mit Wäscheklammern hinter seinem Klappstuhl an einen Gartenzaun geklemmt hatte.

Ein Jahr nach Kriegsende war die anfangs noch durchaus euphorische Stimmung, endlich wieder Frieden zu haben, einer breiten Ernüchterung gewichen, die zum Teil daher rührte, dass die Siegermächte sich bei der Frage, wie das neue Deutschland gestaltet werden sollte, uneins waren. Die amerikanischen und englischen Vorstellungen über Deutschlands Zukunft unterschieden sich nicht nur von denen der Russen, sondern teilweise auch von denen Frankreichs. Im *Tagesspiegel* las Karl: »Die SMAD gab gestern bekannt, auf Kompensationen aus der laufenden Produktion in ihrer Zone nicht verzichten zu wollen. Der stellvertretende US-Militärgouverneur General Clay hat daraufhin die vorübergehende Einstellung der Reparationslieferungen aus der amerikanischen Zone an die Sowjetunion angeordnet.« Karl und die Berliner spürten schon länger diese Spannungen, besonders nachdem sich mit russischer Rückendeckung in der Ostzone und im Ostteil Berlins SPD und KPD zur SED vereinigt hatten. Trotz alledem war von der Alliierten Kommandantur von Berlin in einem gemeinsamen Beschluss für alle vier Sektoren sowohl die SED als auch die SPD zugelassen worden. Karl war nicht der Einzige, der sich die Frage stellte, wohin die Besatzungsmächte, uneinig wie sie waren, den wracken Dampfer Deutschland steuern würden. Benno sah das nüchterner: »Politik is immer'n Scheißjeschäft, ejal wer jrade dran is. Solange ick dabei nich druffzahl, is mir ooch ejal, wer det Rennen macht. Bloß den Anstreicher wünsch ick mir nich zurück.«

Aber die braunen Ratten krochen schon wieder aus ihren Löchern hervor. Natürlich nicht laut lärmend, dafür hatten sie zu viel Kreide fressen müssen. Die *Welt* mahnte zu Recht: »Wir leben heute in einer Periode des steigenden Missmuts, die zu einer Renazifizierung, will sagen, zu einer Rückkehr zum nationalsozialistischen Denken führt ... Das ›Tausendjährige Reich‹ war eine Illusion, und überspannte Erwartungen an die Nachkriegszeit waren eine Illusion. Verfallen wir nicht in eine neue, in die Renazifizierung. Werden wir endlich Realisten!«

Karl löste im U-Bahnhof Flughafen einen Fahrschein und zwängte sich in den Zug der Linie C in Richtung Seestraße. Er schaute einem Mann über die Schulter, der in der *Berliner Zeitung* las. Ein Artikel handelte von der katastrophalen Ernährungslage in der britischen Zone. Karl musterte die anderen Fahrgäste. Schlechter als in Berlin konnte es ihnen dort auch nicht gehen. Abgehärmte Gestalten, wohin er blickte. Daran vermochte auch die Tatsache wenig zu ändern, dass die meisten Männer wie er gut rasiert waren und viele ganz korrekt Anzug und Krawatte trugen, als würden sie ins Büro fahren. Auch die Frauen waren wieder so sorgsam gekleidet, wie es ihnen unter den gegebenen Umständen möglich war. Zumeist waren Röcke und Jacken aus umgefärbten Wehrmachtsuniformen geschneidert, und für Blusen oder Hemden eignete sich Fallschirmseide. Normaler Kleiderstoff war unerschwinglich. Karl wusste das nur zu gut, denn Benno hatte gerade erst zwei Ballen mit saftigem Gewinn verhökert.

Am Halleschen Tor stieg Karl in die Linie B zum Wittenbergplatz um. Bis er den Hausbesitzer treffen würde, verblieb noch genügend Zeit, dem Buchladen hinter dem KaDeWe einen Besuch abzustatten.

Der Konsumtempel im einst so gloriosen Berliner Westen teilte das Schicksal mit dem *Adlon*-Hotel: Die Außenmauern standen noch, aber das Dach war ein nacktes Geflecht aus zerdrückten Stahlträgern, und die leeren Fensterhöhlen schauten auf die Schuttberge ringsherum.

Der Buchladen, in den er häufiger ging, seit er nicht mehr in Pankow wohnte, war ein kleines Geschäft in der Keithstraße und der Inhaber ein aus englischer Kriegsgefangenschaft entlassener Soldat, der zusammen mit Benno in Eckernförde stationiert gewesen war. Karl holte den Hemingway ab, den der Buchhändler zu beschaffen versprochen hatte. *Fiesta* auf Englisch.

»Schon gehört?«, fragte Bennos Kriegskamerad. »Die Kaiser-Wilhelm-Gedächtniskirche wird wieder aufgebaut, mit Spenden aus amerikanischen Kirchenkreisen. Zwei Millionen Mark soll das Ganze kosten.«

Karl nickte. »Einerseits pumpen sie Geld zu uns, die Amerikaner über allerlei Hilfsorganisationen, und Stalin lässt Getreide aus der Ukraine in seine Zone schaffen, aber im gleichen Augenblick räumen sie ab, was noch an einigermaßen intakter Industrie da ist. Das ergibt doch keinen Sinn! Ich würde es ja verstehen, wenn sie die Reste der Rüstungsbetriebe abtransportieren oder demontieren – aber warum um Gottes willen denn ausgerechnet eine Glühlampenfabrik, wie die Russen neulich in Magdeburg?«

»Vae victis!«, murmelte der Buchhändler. »Aber was

soll all das Jammern? Wir haben uns den Mist schließlich selbst eingebrockt. Das haben die meisten anscheinend vergessen.«

»Sie haben es nicht vergessen«, sagte Karl und seufzte. »Sie begreifen einfach immer noch nichts. Am Potsdamer Platz verkauft ein Invalide ohne Beine Streichhölzer. Ich hörte zufällig ein Gespräch mit einem Kunden: ›Gestern hat mir einer eine Schachteln geklaut, weil ich nicht aufgepasst habe. – Unter Hitler wäre das nicht passiert, den hätte man sofort ins Arbeitslager gesteckt.‹«

Den Weg von der Keith- in die Goethestraße zur Wohnung des Lokalvermieters legte Karl zu Fuß zurück. Eine gemischte Gruppe alliierter Soldaten ließ sich von einem französischen Leutnant mit einem Clarc-Gable-Lippenbärtchen vor der zerstörten Kaiser-Wilhelm-Gedächtniskirche fotografieren. Karl erinnerte sich an den Offizier. Er hatte gedolmetscht, als Benno ihm die Leica verkauft hatte.

Karl ging weiter bis zum Bahnhof Zoo. Die große Bahnhofshalle war im Krieg nie direkt schwer von Bomben getroffen worden, aber jegliche Verglasung fehlte. Eine Straßenbahn der Linie 77 näherte sich der Haltestelle an der Hardenberg-/Ecke Joachimstaler Straße. Karl fiel ins Auge, dass sie mit Werbung für Bullrich Salz beklebt war. Die Arzneimittelfirma, die das Wundermittel gegen Völlegefühl und Sodbrennen – etwa nach besonders fettem, schwerem Essen – anscheinend immer noch herstellte, machte derzeit wohl kaum nennenswerten Profit. Für Bullrich Salz nahm man auf dem Schwarzmarkt selbst Reichsmark ohne weitere Diskussion in Zahlung.

Vom Bahnhof Zoo war es nur noch ein kurzer Fußweg bis zur Goethestraße. Bevor Karl von der ruinengesäumten Hardenbergstraße nach links abbog, sah er am »Knie« drei deutsche Verkehrspolizisten mit weißen

Überzügen über den Tschakos und weißen ärmelschonerartigen Stoffröhren an den Armen den spärlichen Verkehr regeln.

Die Straßenfronthäuser in der Goethestraße waren zumeist zerbombt. Karl hatte mit Benno schon zweimal den Vermieter besucht, dennoch fand er den Zugang zu dessen Hinterhauswohnung nicht auf Anhieb. Ein Mann mit einer Schiebermütze hatte sich auf dem Bürgersteig gegen einen Laternenpfahl gelehnt und in die *Frankfurter Rundschau* vertieft. Seine Brille wurde über der Nase mit schwarzem Isolierband zusammengehalten. Im Vorbeigehen las Karl: »Auch der amerikanische Oberbefehlshaber General McNarney bezeichnet die Ernährungslage nach wie vor als kritisch.«

Durch einen breiten, gewundenen Gang aus zu mannshohen Mauern aufgeschichteten und bereits von Mörtel gereinigten Ziegelsteinen gelangte Karl schließlich zu der Haustür des Quergebäudes. Er stieg in den vierten Stock und klopfte dort wie verabredet fünfmal kurz. Aber erst nachdem er auch seinen Namen gesagt hatte, öffnete der Vermieter mit den Worten: »Vorsicht ist die Mutter der Porzellankiste, Herr Meunier.«

Karl zog sein Portemonnaie aus der Brustinnentasche, übergab das Geld und erhielt eine Quittung dafür.

»Wann will denn Herr Hofmann seine Bar eröffnen?«

»So schnell es machbar ist. Die Handwerker stehen quasi Gewehr bei Fuß. Nur an einigen Ausbaumaterialien hapert es noch. Besonders Elektrokabel und so weiter.«

»Na, wie ich den Herrn Hofmann kenne, wird er die schon auftreiben.«

Karl nickte, sagte: »Das glaube ich auch«, und verabschiedete sich.

Als er das Quergebäude verließ, verstellte ihm der Mann mit der Schiebermütze und der geflickten Brille von vorhin den Weg. Er war einen halben Kopf kleiner als Karl, aber fast so kompakt wie Benno. In der rechten Hand hielt er die zusammengerollte *Frankfurter Rundschau,* mit der Linken zeigte er Karl einen Zigarettenstummel.

»Ham Se mal Feuer?«

»Augenblick«, sagte Karl, der in seiner linken Hand Hemingways *Fiesta* hielt. Als er mit der anderen nach den Streichhölzern in der Hosentasche tastete, wurden der blitzende Manschettenknopf und die Armbanduhr sichtbar.

Der Schiebermützige, mit der Zeitungsrolle ausholend, sprang auf ihn zu. Karl schleuderte verdutzt das Buch in seine Richtung und glitt einen Schritt aus der Schlaglinie. Der Zeitungsstab krachte auf die Krone der Ziegelsteinmauer hinter ihm. Hätte der Hieb getroffen, wäre sein Schädel Brei gewesen, denn als der Mann den Stab wieder hochriss, sah Karl, dass sein Angreifer eine Eisenstange mit der Zeitung umwickelt hatte. Noch bevor sich der Schlagarm senkte, hatte Karl den Unterarm des Mannes beidhändig mit nach oben zeigenden Handflächen gepackt. Ein gleichzeitiger Kniestoß in den Unterbauch zeigte sofortige Wirkung. Der Mann krümmte sich, nur um sogleich erneut Bekanntschaft mit Karls Knie zu machen. Dieses Mal ging die Brille zu Bruch – irreparabel – und die Eisenstange, die die Hand des Angreifers noch immer gepackt hielt, fiel scheppernd zu Boden. Aber der Schiebermützige erwies sich trotz der harten Treffer als zäher Brocken. Mit seiner freien Linken schlug er wild um sich. Zum Glück fehlte den Hieben die Koordination. Trotzdem streifte einer Karls Stirn. Der hatte noch immer den rechten Unterarm des Mannes fest gepackt, zerrte ihn nun in einer halbkreisförmigen Bewegung nach unten und drehte ihn dabei so, dass die

Ellenbogenbeuge zu Boden wies. Dann wechselte Karl blitzschnell den Griff: Mit beiden Händen umklammerte er das Handgelenk des Angreifers und klemmte den gestreckten Arm des Mannes, noch immer mit nach unten weisender Ellenbogenbeuge, in seine linke Achselhöhle. Dabei streifte Karls rechter Jackettärmel einen der Ziegelsteintürme. Dann riss er das Handgelenk mit einem Ruck hoch. Der Mann schrie auf. Mit aller Kraft fegte Karl ihm das Standbein mit einer Fußinnensichel weg. Stöhnend klatschte er bäuchlings zu Boden. Karl löste sich von seinem Angreifer und holte sich die Eisenstange. Der Schiebermützige rappelte sich mühsam auf. Als er Karl mit der Stange in der Hand erneut auf sich zutreten sah, wimmerte er: »Bitte, bitte nich …«

Karl versetzte ihm bloß einen Fußtritt. »Verpiss dich, aber'n bisschen dalli!«

Für jemanden mit einem gebrochenen Arm, der außerdem zwei herbe Kniestöße verdaut hatte, machte sich der Schiebermützige in Rekordzeit davon.

Karl warf die Eisenstange weg, befühlte seine Stirn: nichts Schlimmes, nur eine Beule. Dann klopfte er den Mörtelstaub vom Jackenärmel und hob sein Buch auf.

Benno erwartete ihn schon in ihrem Stammcafé am Kurfürstendamm.

»Mensch, Karlchen, schaust ja ausser Wäsche, als hättste mit'm Kopp Bekanntschaft mit wat Hartem jemacht.«

Karl betastete seine Stirn. »Stimmt. Mit einer Faust, genauer gesagt.« Nachdem er dem Freund detailliert von dem Raubversuch im Hinterhof berichtet hatte, meinte Benno grinsend: »Jratuliere, meen Juter. Je oller, je doller!«

Diese Bemerkung trug ihm von Karl einen kameradschaftlichen Rippenstoß ein. »Hör mal, ich bin gerade mal zweiundsechzig geworden. Vater und Mutter sind erst mit weit über neunzig abgetreten. Ich befinde mich also mehr oder weniger noch im spätkindlichen Entwicklungsstadium.«

»Wie ooch imma, Karlchen, jedenfalls scheinste prima in Form zu sein. Wenn ick det neue *Oriental* uffmache, kannste jleich bei mir als Rausschmeißer anfangen«, feixte der Freund. »Unterm Laden inner Schlüter is übrijens 'n jroßer, hoher Keller, wo wa ooch Übungsmatten rinpacken sollten.«

Benno wurde plötzlich ernst. »Hast dennoch Schwein jehabt. Mit 'ner Eisenstange is nich zu spaßen. Den kleenen Hansi, der mir immer Kleiderstoff besorcht, hamse jestern Abend bös zusammenjekloppt. Aber wat sollet. Ende jut, allet jut! – Übrijens, Gormullowski hat eenen uffjetrieben, der Elektrokram vonnen Amis abstauben kann. Er bringt det Zeuch nachher bei uns vorbei. – Ach, noch wat! Ick bin vorhin am *Adlon* vorbeijefahren, oder wat sich noch so schimpft. Der triste Schuppen da inner Behrenstraße, zum Heulen! Versteh absolut, dass de nie versucht hast da wieder unterzukommen. 'ne schäbige Russenkneipe isset, mehr nich.«

Obwohl der Opel auf dem Weg nach Tempelhof einmal den Geist aufgab, weil der Heckkessel zu wenig Gas erzeugte und erst wieder umständlich Holz nachgelegt werden musste, kehrten die Freunde in prächtiger Laune nach Hause zurück, denn sie wussten, dass es Blutwurst mit Sauerkraut und Bratkartoffeln geben würde.

Lilo erledigte den Abwasch, als Hasso anschlug.

»Det wirta sein«, sagte Benno und ging zur Haustür, rief den Hund und sperrte Hasso in die Kammer neben der Küche.

Klaus Müller, in gewissen Kreisen auch als »Elektro-Klaus« bekannt und geschätzt, erschien hinter Benno in der Küchentür mit einem schweren Rucksack. Benno stellte seine Frau und Karl vor. Dann bat er ihn, am Tisch Platz zu nehmen, und sagte zu Lilo: »Hol mal 'ne Flasche vom juten Konjak aussem Keller, Lottchen, et jibt wat zu feiern.«

Klaus Müller ließ den Sack auf den Boden plumpsen. »Morgen kriegt ihr auch noch die Lampenfassungen.«

Elektro-Klaus erwies sich als munterer Unterhalter und ebenso guter Zecher. Er arbeitete auf dem Flughafen Tempelhof als »Strippenzieher«. Im Krieg war er Funker bei der Luftwaffe gewesen und sprach deshalb ein wenig Englisch. Bei den Amis hatte er die Bekanntschaft des Polen gemacht und war von ihm dann an Benno weitervermittelt worden. Man besprach ausführlich die anstehenden Bauarbeiten in der Schlüterstraße, auch dass in dem geplanten Jiu-Jitsu-Übungsraum unter dem Lokal Leitung für Licht gelegt werden musste. Die Cognacflasche leerte sich nachhaltig. Lilo musste nochmals in den Keller.

Als Elektro-Klaus dann erzählte, dass er bis Kriegsende in der Flugleitstelle von Admiral Dönitz eingesetzt worden war, horchten alle auf.

»Dann müsstest du eigentlich wissen, ob da Ende April noch Lazarettflüge aus Berlin gelandet sind«, fragte Karl plötzlich ziemlich ernüchtert.

»Aus Berlin, sagst du? Nein, Ende April ist überhaupt keine Maschine mehr zu uns durchgekommen. Aus Dänemark vielleicht noch nach Flensburg, aber garantiert nicht aus Berlin. Das hätte ich mitgekriegt.«

Karl biss sich auf die Lippen und griff nach der Flasche.

7. Kapitel

Major Millers Berlin-Erkundungen

Major Miller hatte seit einigen Wochen einen neuen Mitbewohner und teilte sich jetzt mit Leutnant John McCullen die komfortable Wohnung in der Nähe des amerikanischen Offiziersklubs in Dahlem. McCullen war ebenfalls auf dem Flugplatz Tempelhof beschäftigt. Oft fuhren er und der Major gemeinsam mit dem beschlagnahmten Horch der Nazischauspielerin zur Arbeit. Sergeant Burns war noch immer häufig Millers Chauffeur, aber nur in rein dienstlichen Angelegenheiten. Ansonsten war er der allgemeinen Fahrbereitschaft in Tempelhof zugeteilt.

John McCullen, ein dicker Mann aus dem Mittleren Westen der Staaten, war im Gegensatz zu dem hektischen Pionier-Oberst, mit dem Miller zuvor zusammengewohnt hatte, ein ruhiger Zeitgenosse. Seine Aufgabe bestand hauptsächlich darin, die Passagierlisten mit den Genehmigungen zu vergleichen, deren Duplikate von den westalliierten Besatzungsbehörden zuvor an die militärische Flughafenverwaltung weitergeleitet worden waren. Außer den gemeinsamen Fahrten von und nach Dahlem merkte Miller nicht viel von McCullen, und auch auf dem Flugplatz bekam er ihn selten zu Gesicht, weil der Leutnant sein Büro nur verließ, um in der Offizierskantine zu essen. Was er in seiner Freizeit trieb, wusste der Major auch nicht, bis er einmal zufällig den dicken Leutnant in voller Anglermontur im britischen Yachtklub an der Havel getroffen hatte. Angeln war McCullens Passion. Nachdem der Major sich lobend über diese nervenschonende Freizeitbeschäftigung geäußert hatte, die er im Grunde genommen stinklangweilig fand, war der Leutnant am nächsten Tag vorsichtig mit einer Bitte an ihn herangetreten. Ob es dem Major etwas ausmachen würde, das Angelzeug gelegentlich morgens mit dem Horch zum Flughafen mitzunehmen. Er würde demnächst jeden Tag mit einem gleichgesinnten Offizierskameraden, der einen Jeep zur Verfügung hatte, nach Dienstschluss in der Abenddämmerung – wenn die Fische gut anbissen – zum Angeln an die großen Seen im Osten Berlins fahren können. Miller hatte selbstverständlich keine Einwände.

»Well, John, no fishing at the Müggelsee today?«, begrüßte Miller seinen Mitbewohner, als der ausnahmsweise am Morgen eines wolkenlosen Hochsommertags ohne Angelzeug zu ihm in den Wagen stieg.

McCullen schüttelte missmutig den Kopf. »Nein, die Russen kurven da jetzt mit Patrouillenbooten rum, sowie wir auftauchen. Wir suchen uns in Zukunft einen anderen Ort, obgleich es da von Fischen nur so wimmelt.«

»Russen oder Volkspolizei?«

»Richtige russische Marinesoldaten«, sagte McCullen und machte ein Gesicht, als hätte er in eine Zitrone gebissen. »Sie kamen in der letzten Woche andauernd dicht zu uns ran, winkten sogar noch, aber danach hat natürlich kein Fisch mehr angebissen.«

»Sonst irgendwelche Probleme mit unseren sowjetischen Waffenbrüdern?«

»Es heftet sich fast immer jemand an unsere Fersen, wenn wir in den Osten fahren. Das ist schon gewöhnungsbedürftig, aber dass sie uns systematisch auch das Angeln verleiden, finde ich unverschämt. Those damned Iwans!«

»Also demnächst doch wieder auf Fischzug an der Havel!«

Der Leutnant verneinte. Es seien überall zu viele Badende und Sportboote. Miller stimmte ihm zu. Die Berliner ließen sich ihr Badevergnügen selbst dann nicht nehmen, wenn sie ihre Decken zwischen den vielen Kreuzen der an den Havelstränden beerdigten Soldaten ausbreiten mussten.

Der Major beschleunigte den Horch, aber er zog nicht richtig. Das war in letzter Zeit öfter passiert.

Miller stellte den Wagen bei der Fahrbereitschaft ab. Ein Mechaniker versprach, sich um ihn zu kümmern. Auf dem Rollfeld wurde die Frankfurt-Maschine betankt, die von dort nach New York weiterfliegen würde. Der Major betrachtete sie einen Augenblick sehnsüchtig, aber der nächste längere Urlaub stand erst im Winter an. Berlin. Über ein Jahr Berlin mit lediglich kurzen dienstlichen Abstechern nach Frankfurt oder Hamburg, wo die Stadtzentren ähnlich deprimierend waren, ließ manchmal in ihm den Wunsch übermächtig werden, einmal wieder in Städten herumzuschlendern, deren Bewohner nicht bleich und unterernährt ihr Leben inmitten von Trümmerbergen fristeten.

Kaum hatte der Major sein Büro betreten, klingelte das Telefon.

Bill Gleason war am Apparat. »Morgen, Paul. Ich hatte schon bei dir in Dahlem angerufen, aber du warst leider bereits weg.«

»Was gibt's?«

»Ich würde mich gern möglichst bald mit dir über ein paar Sachen unterhalten.«

»Bei euch?«

»Ja.«

Miller schaute auf seinen Terminkalender. »Kein Problem. In circa einer Stunde könnte ich bei euch sein.«

Er erledigte schnell den bürokratischen Kleinkram, der vom Vortag liegen geblieben war, und blätterte erneut in einem Schreiben der britischen Militärverwaltung. Ein gewisser Colonel Teasdale von der Reparationskommission würde am Nachmittag von Tempelhof nach Frankfurt fliegen und Miller das gewünschte Interview über die britische Sicht der wirtschaftlichen Lage Deutschlands geben. Miller rauchte noch in Ruhe eine Zigarette, dann ließ er Burns bestellen, dass er zum Föhrenweg wollte.

Der Sergeant kam mit einem offenen Jeep.

»Guten Morgen, Sir. Ich dachte, bei diesem Prachtwetter …«

Der Major kletterte auf den Beifahrersitz. »Ausgezeichnete Idee, Sergeant. – Wie geht's denn so?«

Der Fahrer zuckte mit den Achseln. »Mit Edith und den Kindern läuft es gut, falls Sie das meinen. Nur …«

»Ja?«

»Na ja, mit unseren russischen Kameraden gibt es andauernd kleine Reibereien.«

Miller nickte. »Das ist mir nicht verborgen geblieben, Sergeant.«

Burns überholte hupend einen Pferdewagen. Er war mit Astbruch hoch beladen. Jemand traf Vorsorge für den nächsten Winter. Im vergangenen hatten bereits viele der innerstädtischen Bäume dran glauben müssen, und in den Parkanlagen gab es kaum noch eine intakte Sitzbank.

Der Sergeant scherte vor dem Holzwagen ein. Die zwei Zugpferde sahen so dürr aus wie die beiden Frauen auf dem Kutschbock.

»Vorgestern hatte ich einen kleinen Unfall in Karlshorst, als ich den ›Big Boss‹ dorthin fuhr.« Burns nannte den Flughafenkommandanten von Tempelhof immer nur den »Großen Chef«. »Zum Glück nur Blech. Aber ich könnte schwören, der Russenlaster hat uns absichtlich gestreift.«

»Wie kommen Sie zu der Annahme?«

»Die Straße war breit genug, Sir. Der Russe ist plötzlich vor mir zickzack gefahren, als ich an ihm vorbeiwollte.«

»Die sind teils mit abenteuerlichen Vorkriegskisten unterwegs. – Vielleicht eine defekte Lenkung?«

»Nein, garantiert nicht. Nachdem sie mir den hinteren Kotflügel angeschrammt hatten, hat der Laster tadellos die Spur gehalten. Der Big Boss hat mir dann befohlen zu stoppen und den Fahrer zur Rede gestellt.«

»Und?«

»Der Bursche war ein Generalleutnant der Panzertruppen und sein Beifahrer ein Oberst. – Das ist doch oberfaul, Sir. Ein russischer *General*, der einen Lkw selber steuert? – Der hat doch für jeden seiner Stiefel einen Burschen, der ihn ihm putzt, und noch einen, der ihm beim Hineinschlüpfen behilflich ist.«

Miller sagte nichts, erinnerte sich nur an Leutnant McCullens Erlebnisse beim Angeln. ›There is something in the air recently‹, dachte er, ›and it does not feel good at all.‹

Sergeant Burns schnippte einen unsichtbaren Fussel von seiner makellosen Uniform. »Sir?«

»Was ist, Sergeant?«

»Bitte fassen Sie es nicht als Belästigung auf, wenn ich direkt frage, aber haben Sie nach Dienstschluss schon etwas vor?«

»Bis jetzt noch nicht. Weshalb?«

Burns druckste eine Weile herum, dann straffte er sich hinter dem Lenkrad, saß quasi stramm, und sagte: »Es ist so, meine Edith hat Obstkuchen gebacken und möchte Sie zu sich nach Hause einladen.«

Miller lachte. »Was denn für Kuchen? Apfel?«

»No, Sir. Something they call ›Rarebarber‹.«

»Rhabarber«, korrigierte der Major und schmunzelte. »Einverstanden, Burns. Wenn der Horch heute rechtzeitig fertig sein sollte, schaue ich gern vorbei. Wo wohnt denn Ihre Edith?«

Der Sergeant nannte eine Adresse nicht weit vom Charlottenburger Schloss. Klausener Platz 5, erster Stock rechts, Edith Jeschke.

»Das waren doch zwei Mädchen, oder?«

»Ja, Sir. Marianne und Rita, Marianne wird übermorgen sechs, und Rita ist fünf.«

»Würde es gegen achtzehn Uhr passen, falls mir nichts dazwischenkommt?«

Der Sergeant strahlte über das ganze Gesicht. »That would be perfect, Sir.«

Während Burns im Föhrenweg unten bei der Torwache blieb und von den Soldaten eine Zigarette angeboten bekam, geleitete ein baumlanger Militärpolizist den Major, nachdem der sich ausgewiesen hatte, zu Bill Gleasons Arbeitszimmer.

Auf Bill Gleasons Schreibtisch stand eine bemalte GI-Figur aus Keramik.

»He, wo hast du die denn her?«

»Das ist ein Mitbringsel von einem meiner Leute aus Bayern. Eine Werkstatt dort hat sich gleich nach unserer Besetzung auf so etwas umgestellt.« Gleason verzog das Gesicht. »Vorher war der Betrieb für seine Führerstatuetten bekannt. Kitschige Heiligenfiguren kaufen unsere

Jungs in dem Laden auch gern.« Dann kam der OSS-Officer zur Sache. »Zuerst das Unwichtige, Paul. Am Reichstag und auf dem Potsdamer Platz werden CARE-Pakete gleich im Dutzend verscherbelt. Du ahnst, was das bedeutet?«

Miller nickte. »Ja. Es muss eine undichte Stelle geben. Wo vermutest du das Leck?«

Gleason begann mit seinem Kugelschreiber zu spielen. »Ich denk bei euch.«

»Du meinst, in Tempelhof?«

»Wenn nicht dort direkt, dann bei der Auslieferung der Pakete.«

»Hm, damit sind viele beschäftigt: unsere Leute, das Rote Kreuz und meines Wissens auch einige deutsche Fuhrunternehmen.«

»Sonst noch wer?«

»Die Kirchengemeinden natürlich.«

Gleason kratzte sich mit dem Kugelschreiber an der Schläfe. »Ich habe schon Leute losgeschickt, um Genaueres herauszufinden.«

Major Miller, der wie stets vor dem Schreibtisch des OSS-Officer in einem Sessel Platz genommen hatte, der mindestens so abgewetzt war wie Gleasons geliebtes Cordjackett, schlug die Beine übereinander. »Es wundert mich ehrlich gesagt nicht, das mit den CARE-Paketen. Ich war neulich in Zivil in Potsdam auf einem der gewissen Märkte. Nicht nur unsere Männer sind da rege zugange: Englische Taschenlampenbatterien gab's, russische Fleischkonserven, sogar französische Unterwäsche wurde angeboten – alle Waren selbstverständlich aus den jeweiligen Armeebeständen abgezweigt. Hier, lies mal! Ein paar Beispiele für aktuelle Schwarzmarktpreise.« Er schob ihm eine Liste über den Schreibtisch: ein Paar Damenschuhe zwischen vierhundert bis achthundert Mark, ein Pfund Zucker hundertzwanzig Mark, Mehl ebenso, eine Tafel Schokolade hundert Mark ...

»Ich bin einigermaßen im Bilde, Paul. Neulich habe ich zufällig ein paar deutsche Bauarbeiter auf dem Flugplatz zu Beginn ihrer Mittagspause belauschen können. Einer hat ein Tischgebet gesprochen: ›Lieber Jesus, sei unser Gast, aber nur, wenn du Marken hast. Wenn du keine hast, bleib fern, denn wir essen selber gern!‹ – Eine Trümmerfrau verdient übrigens um die sechzig Pfennig in der Stunde. Ohne den Schwarzmarkt wäre die Ernährungslage in Deutschland wahrscheinlich noch viel düsterer, als sie ohnehin schon ist.« Miller gab Gleason die Liste zurück.

»Das sehe ich zum Teil auch so.« Der OSS-Mann legte den Kugelschreiber aus der Hand und verschränkte die Arme vor der Brust. »Deshalb habe ich aber eigentlich nicht mit dir sprechen wollen, Paul.«

»Sondern?«

»Der finanzielle Verlust, den die US-Militärverwaltung durch Schwarzmarktschiebereien hinnehmen muss, ist an sich schon enorm, doch das, worauf meine Leute jetzt gestoßen sind, könnte sich für uns schnell zu einer immensen Katastrophe auswachsen, wenn wir die Sache nicht in den Griff bekommen. – Der offizielle Kurs, zu dem die Militärverwaltung Reichsmark verrechnet, etwa bei Geschäften mit deutschen Behörden oder bei anzukaufenden Industriewaren, beträgt im Augenblick eins zu zehn, dahingegen tendiert der Schwarzmarktwert für einen Dollar gegen hundert Hitler-Mark. Das zeigt immerhin klar und deutlich, dass das deutsche Geld beständig weiter an Wert verliert und wir unsere stabile Währung für diese wertlosen Fetzen Papier hinblättern. Die Geschichte ist indes noch nicht zu Ende, Paul.«

Major Miller sah den OSS-Mann scharf an.

Bill Gleason griff wieder nach dem Kugelschreiber. »In den vergangenen Tagen sind in Berlin Unmengen von professionell gefälschten Reichsmarkscheinen in Umlauf gebracht worden.«

»KZ-Fälschungen?«, fragte Miller.

Um den Dollar und das Pfund zu destabilisieren, waren während des Krieges in einigen Konzentrationslagern perfekt gefertigte Geldscheine hergestellt worden, die allenfalls ein Experte von den amerikanischen und englischen Originalbanknoten zu unterscheiden in der Lage gewesen war.

»Nein, es sind druckfrische Noten. Und deshalb wollte ich dich bitten, ...«

Major Miller bekam am Nachmittag sein Interview mit Colonel Teasdale und lernte, dass sich in der britischen Besatzungszone die schwarzmarktbedingten Probleme kaum von denen in Berlin unterschieden. Was Deutschland brauchte, so der Colonel, sei eine Währung, in die die Bevölkerung Vertrauen hätte. Bei einem gemeinsamen Rundgang mit Miller war der englische Offizier sichtlich vom Fortschritt der Wiederinstandsetzungsarbeiten des Rollfelds und der vielen Hallen beeindruckt. Ihm fiel auch sofort auf, dass über dem Portal der Eingangshalle ein großes Flachrelief des amerikanischen Wappentiers, des Adlers, angebracht worden war. »Als ich beim letzten Mal hier abflog, Major, hing dort noch der Nazivogel mit dem Hakenkreuz.«

»Es gab einige Probleme, das verdammte Riesenteil da oben zu demontieren«, räumte Miller ein. Nachdem er den Colonel bis zur Gangway der Frankfurt-Maschine begleitet hatte, kehrte er in sein Büro zurück. Dort zog er die unterste Schreibtischschublade auf und entnahm ihr zwei große Tafeln Schokolade.

Sergeant Burns sorgte mit Sicherheit dafür, dass es seiner Edith an nichts mangelte, aber den beiden Mädchen wollte er dennoch ein Geschenk mitnehmen.

Der Horch beschleunigte wieder gut. Der Mechaniker hatte das Problem beheben können und irgendeine Einstellung am Vergaser korrigiert.

Major Miller fuhr nicht auf dem kürzesten Weg zum Klausener Platz nach Charlottenburg, sondern beschloss, vor seinem Besuch bei Edith Jeschke noch einen kurzen Abstecher zum Reichstag zu machen. Der Schwarzmarkt dort war so bekannt, dass ihn selbst schon die Schaffner der öffentlichen Busse ausriefen.

Die Razzien der westalliierten Stadtkommandanten und der Berliner Polizei in den vergangenen Monaten hatten nicht im Geringsten bewirkt, dass vor dem Reichstag und den angrenzenden Teilen des Tiergartens weniger Menschen verbotene Geschäfte abwickelten. Trotz aller Illegalität gaben sich dort außer Abertausenden von Berlinern auch unvermindert Uniformierte aller vier Besatzungsmächte ein Stelldichein.

Major Miller fuhr langsam zum Sowjetischen Ehrenmal an der Charlottenburger Chaussee weiter. Den Tiergarten von früher gab es nicht mehr. Aus den Deutschen war ein Volk von Kleingärtnern geworden. Miller hatte sogar ein Heftchen vom Institut für Ernährung und Verpflegungswissenschaft in die Hand bekommen, in dem die Bevölkerung über das Sammeln und die Verwendung von Wildkräutern aufgeklärt wurde. Gleich in unmittelbarer Nähe des Monuments begannen die landwirtschaftlich genutzten Flächen. Überall in der Stadt wurden jetzt wegen der Lebensmittelnot auf geeigneten Flächen von Kartoffeln bis Tabak fast alle Feldfrüchte angebaut. Auch hier feilschte man eifrig. – Und plötzlich stutzte er.

Niemand anders als sein Mitbewohner, Leutnant McCullen, gestikulierte beidhändig mit einem stiernackigen Zivilisten und einem anderen dicken Mann, dessen Gesicht von Mensurnarben zerfurcht war. Dann schüttelten beide dem Leutnant die Hand. Der entfernte sich mit einem flachen, länglichen Metallkasten unter dem Arm durch die Menschenmenge in Richtung auf einen offenen Jeep am Straßenrand vor dem Ehrenmal, in dem ein weiterer amerikanischer Leutnant saß. Miller passierte den Jeep im Schritttempo. Offenbar war es McCullens Anglerfreund, denn auf der Rückbank lagen mehrere Angelruten. Miller gab Gas, bevor sein Mitbewohner aus der Menschentraube auftauchte.

Das Haus Klausener Platz 5 hatte den Krieg glimpflich überstanden, wenn man von den MG-Einschusslöchern in der Fassade absah.

Edith Jeschke und Sergeant Burns öffneten dem Major die Wohnungstür. »Welcome, Sir!« Der Sergeant grüßte militärisch.

Edith reichte Miller mit einem Lächeln die Hand. »Please come in, Major! Would you like coffee or do you prefer tea?«

Burns' deutsche Freundin sprach ausgezeichnet Englisch. Sie war, bevor sie die Kinder bekommen hatte, Englischlehrerin gewesen und unterrichtete jetzt auch wieder halbtags an einem nahen Gymnasium. Sogar die Mädchen konnten schon ein paar Brocken. Miller überreichte ihnen die Schokoladentafeln. Sie knicksten brav und bedankten sich: »Thank you very much!«

Edith verschwand in der Küche, um Kaffee zu kochen, Burns folgte ihr mit der Bemerkung: »Ich hole schon mal den ›Rarebarber‹-Kuchen, Sir.«

Miller tat das, was er immer tat, wenn er Gelegenheit dazu hatte – er inspizierte den Bücherschrank seiner Gastgeberin hinter dem bereits eingedeckten Wohnzimmertisch: Die deutschen Klassiker wie Goethe und Schiller waren stark vertreten, meist in Schmuckausgaben, aber der Major entdeckte auch mehrere Bände Heinrich Heine, Hermann Hesse, Thomas Mann sowie englischsprachige Literatur von Shakespeare über Kipling bis Edgar Wallace. Die Bücher in einem verglasten Regal neben dem Schrank waren naturwissenschaftliche Fach- und Sachbücher, zumeist zum Themenkreis Physik, aber auch christliche Werke.

»Das sind Bücher von meinem Mann. Er war auch Lehrer«, sagte Edith Jeschke auf Englisch und stellte die Kaffeekanne in die Tischmitte. »Physik und Mathematik. Er und ich haben die Nazibande gehasst wie die Pest. Zwei unserer besten Freunde, Kommilitonen von der Universität, sind in Oranienburg ermordet worden.«

»Juden?«

»Nein, einer war Kommunist, der andere gehörte dem Kreis von Pastor Niemöller an.«

Miller zeigte auf ein gerahmtes Foto über dem Bücherregal. Ein Mann mit zwei Kleinkindern auf dem Schoß. »Ist er das?«

»Ja.«

»Ich hörte von Sergeant Burns, dass er nicht aus Russland zurückgekehrt ist.«

»Yes, indeed, Major.« Sie wechselte ins Deutsche. »Er ist in Stalingrad umgekommen. Elendig krepiert nach einer Beinamputation.« Miller horchte auf. Wenn die Deutschen davon sprachen, dass jemand im Krieg getötet wurde, sagten sie meistens, dass der Betreffende »gefallen« war.

»Das tut mir leid«, murmelte Miller etwas verunsichert durch die Offenheit, mit der die junge Frau mit ihm über den Tod ihres Mannes redete. Sie war eine sympathische, gut aussehende Brünette, vielleicht ein, zwei Jahre jünger als der Sergeant.

Burns brachte die Rhabarbertorte aus der Küche.

Edith sprach weiter deutsch mit Miller. »Kurz vor seinem Tod hat er mir noch einen traurigen Brief geschrieben. Er muss geahnt haben, dass er mich und die Kinder nicht wiedersehen würde. Er bat mich, dafür Sorge zu tragen, dass, was auch immer mit ihm geschehen würde, die Mädchen es einmal gut haben sollten. – Major, wenn ich John nicht kennengelernt hätte, ginge es uns jetzt ziemlich dreckig. Verstehen Sie das Wort ›dreckig‹?« Ihr Gesichtsausdruck verdüsterte sich. »In dem Gymnasium, wo ich jetzt unterrichte, haben wir einen Kollegen, der Jagdflieger war. Mir wird speiübel, wenn er von seinen glorreichen Luftkämpfen spricht, und unter uns wohnt eine Frau Hansen, auch Kriegerwitwe. Ihr Mann war ein hohes Tier beim Finanzamt, ein Jurist, ›alter Herr‹ in einer schlagenden Verbindung, wie man seiner zerfetzten Visage deutlich ansehen konnte. Auch privat hat er sich mit ehemaligen Korpskameraden, überwiegend SS- und Polizeioffizieren, hier im Haus getroffen. Dann haben sie bis spät in die Nacht hinein Karten gespielt und sich volllaufen lassen. Sich über den Lärm zu beschweren hatte, wie Sie ahnen werden, natürlich niemand gewagt. Sie sollten die Wohnung von Frau Hansen einmal sehen, Major. Vollgestellt mit teuren antiken Möbeln, die ihr Herr Gemahl für einen Pappenstiel – selbstverständlich preußisch korrekt gegen Quittung – den Juden in der Umgebung vor ihrer Deportation abgekauft hat. Dem Doktor

Rosenbaum von schräg gegenüber, dem Rechtsanwalt Hirsch hier im Haus, dem Apotheker Mandelspan auf der anderen Seite vom Klausener Platz, um nur einige zu nennen. – Frau Hansen hat objektiv gesehen recht, wenn sie heute verlauten lässt, dass die Zeiten unter dem Führer besser waren.« Edith Jeschke blickte Miller fest in die Augen. »Aber ich will nur noch eines: Weg mit den Kindern, weg aus Berlin, weg aus Deutschland. – Verstehen Sie das, Major?«

Miller nickte.

Der Sergeant hatte die Stirn gerunzelt, als sein Name gefallen war, hatte aber mit seinen paar Brocken Deutsch der Unterhaltung nicht folgen können.

»I was just going to tell the Major about our future plans, John.«

Als Miller nach Hause zurückkehrte, machte der dicke Leutnant auf der Wiese neben der Garage konzentriert Angeltrockenübungen. Er schleuderte mehrfach mit der dreigliedrigen Teleskopstange einen glitzernden Gegenstand am Ende der Angelschnur in die Richtung eines mit Handtüchern geformten Kreises am Wiesenende.

»Versuchen Sie Vögel zu fangen, McCullen?«

»Nein, Major. Ich will nur ein Gefühl für meine neuen Hechtblinker bekommen.« Er deutete auf den länglichen Metallkasten, den er am Sowjetischen Ehrenmal im Tiergarten erstanden hatte.

»Dann mal Petri Heil!«

»Danke, Sir!«

8. Kapitel

Die Klaviersaite

Fräulein Schwandt verließ ihr Haus im Frohnauer Kasinoweg lediglich, um einmal in der Woche zum Kaufmann und Bäcker am Ludolfinger Platz zu gehen. Berlin hungerte, Fräulein Schwandt nicht. Das, was der Garten hergab, hatte stets ausgereicht, um sie zu ernähren, und viel mehr als die paar Lebensmittel, die sie jetzt auf ihre Berechtigungskarte der Stufe V erhielt, hatte sie sowieso nie dazugekauft. Sie war spindeldürr, war immer spindeldürr gewesen, kerngesund und brauchte auch im achten Lebensjahrzehnt weder eine Brille zum Lesen noch zum Beobachten der Schwalben, deren Nester unter der Dachtraufe der Villa auf dem Nachbargrundstück klebten. Fräulein Schwandt liebte Schwalben. Überhaupt liebte sie alle Tiere. Mehr jedenfalls als die Gattung Mensch. Sie besaß keine Freunde, keine Verwandten und hatte seit Jahrzehnten selbst keinerlei Kontakt zu ihren unmittelbaren Nachbarn, litt aber keineswegs unter diesem Zustand, denn Fräulein Schwandt lebte nur physisch in dieser Welt. Ihr eigentliches Zuhause war die Welt der Theosophie, der Anthroposophie und die des Buddhismus. Was in der äußeren Welt, im Sansara, in den Regionen des »roten Staubs«, passierte, tangierte sie nur peripher. Alles in der Dingwelt war vergänglich, auch »Tausendjährige Reiche«.

Während sie nach dem morgendlichen Unkrautjäten auf einem Klappstuhl hinter der Gartenhecke gerade *Die Stimme der Stille* von Madame Blavatsky aufschlug, hielt ein Lastkraftwagen vor dem Nachbargrundstück.

Wie mit den Vorbesitzern der Villa hatte sie auch mit den neuen Bewohnern kein einziges Wort gewechselt. Fräulein Schwandt, die davon überzeugt war, dass sie die Schwalbenpärchen voneinander unterscheiden konnte, entging selbstverständlich nicht, dass die drei Männer im Blaumann, die nun mehrere dicke, brusthohe Dachpappenrollen ausluden, dieselben waren, die – sonst immer makellos in Anzug und Krawatte gekleidet –, zusammen mit dem Herrn mit der grauenhaft entstellten Gesichtshälfte in der Villa nebenan wohnten. Fräulein Schwandts ausgezeichnetes Gehör stand im Übrigen ihrem Sehvermögen in nichts nach. Das verhaltene, zischende, rhythmische Geräusch, das sie manchmal vom Nachbargrundstück vernommen hatte, wenn dort das kleine Kellerfenster offen stand, störte bereits seit Tagen ihre Morgenlektüre nicht mehr.

Horst »Hotte« Brennecke wischte sich den Schweiß von der Stirn. »So, das hätten wir vorerst.«

»Hat Wassilinski gesagt, ob er weiterhin Papier beschaffen kann?« Der Mann im Ohrensessel des Salons massierte seine rechte Wange.

Brennecke lachte heiser. »Er meinte, das könnte schwierig werden, faselte etwas von einem neuen Lagerverwalter in Eberswalde, mit dem er sich erst einigen müsste.«

»Ich hab immer gesagt, dass wir diesem Russenschwein nicht trauen dürfen.« Adolf Wagener, seinen Specknacken mit einem Taschentuch betupfend, betrat den Salon, dicht gefolgt von dem schnaufenden Wolfgang Richter.

»Natürlich hat er vor, den Preis nach oben zu treiben,

weiter nichts, falls du meine Meinung wissen willst«, ereiferte sich Letzterer. »Er kam mit einer Indian angeknattert, hat das Dollarbündel eingesteckt wie einen Stapel Klopapier und meinte zum Schluss nur, dass wir beim nächsten Mal das Doppelte hinblättern müssten, weil es noch andere Interessenten für das Papier gäbe.«

Der Mann im Ohrensessel ballte die Fäuste. »Scheiße! Gormullowski verlangt für die Druckerfarben von Mal zu Mal mehr, und jetzt wird auch Wassilinski größenwahnsinnig. – Hotte!«

Horst Brennecke war zu der geöffneten Terrassentür gegangen und starrte gedankenversunken in den Nachbargarten. Die alte Jungfer von nebenan trug ihren Klappstuhl in den Schatten eines Apfelbaums.

»Hotte!«

Brennecke ging wieder zu den anderen. »Ich denke, wir sollten uns langsam darauf einstellen, dass wir in Zukunft geschäftlich umdisponieren müssen. Mit dem Papier von Wassilinski wird Wolfgang noch eine Weile beschäftigt sein. Wenn die Umtauschrate so bleibt, entspräche unser Gewinn immerhin noch annähernd fünfzigtausend Dollar.«

»Falls Gormullowski heute Abend keine Schwierigkeiten mit der Farbe macht«, warf der Stiernackige ein. »Hotte! – Wir brauchen seine gesamten Vorräte, sonst sehe ich schwarz mit deiner Prognose.«

»Das sehe ich auch so, und deshalb statten wir ihm besser nachher einen Besuch zu dritt ab.«

Der Mann im Ohrensessel nickte. »Gut, erledigt das! – Während ihr das Papier geholt habt, war ich übrigens nicht untätig. Hotte weiß, worum es geht. Wir haben uns gestern Nacht noch ausführlich besprochen, als ihr die Blüten zu den Verteilern geschafft habt.«

Wagener und Richter schauten sich verblüfft an.

»Könntest du uns vielleicht verraten, was ihr da bekakelt habt?«, fragte Wagener.

»Sicher. Wir brauchen in Zukunft ein paar legale Standbeine. Das hätte sogar den Vorteil, dass wir unsere Scheinchen noch besser an den Mann bringen könnten. Ich war heute bei diversen Gewerbeämtern. Firmen zu gründen ist kein Aufwand, wenn man die Branchen gut wählt und, wie wir, über genügend Kapital verfügt.«

»Und woran dachtest du?«

»Das liegt doch auf der Hand. Im Baugewerbe kann man sich bei geschickter Vorgehensweise derzeit eine goldene Nase verdienen, besonders falls man irgendwie mit den Westalliierten ins Geschäft kommen kann. – Da, lest mal, letzte Seite!«

Der Mann warf Richter und Wagener den *Berliner Telegraf* zu.

Es war eine Annonce der Bezirksbauverwaltung Tempelhof. Für den Flugplatz wurden dringend erfahrene Maurer, Dachdecker, Elektriker und Schweißer gesucht. Außerdem standen eine Druckerei in Schöneberg und ein Weddinger Betrieb zum Verkauf, der auf die Bergung von Eisen- und Stahlschrott spezialisiert war.

Die drei Männer im Blaumann, die in der Zossener Straße in der Fahrerkabine des Lastwagens auf Stanislaw Gormullowskis Heimkehr vom Flughafen Tempelhof warteten, vertrieben sich die Zeit mit einer Runde Skat. Plötzlich stieß Adolf Wagener Brennecke an. »Das ist er doch!«

Der Pole schlug die Beifahrertür eines holzgasgetriebenen Opels zu und verschwand in dem Haus, auf dessen Hinterhof die Remise stand, in der er wohnte.

Wolfgang Richter stieß einen leisen Pfiff aus. »Sieh mal einer an, wer da am Steuer sitzt!«

Brennecke und Wagener schauten durch das Seitenfenster.

»Meine Fresse! Hofmann! – Der ist doch nicht etwa auch hinter den Farben her?«, knurrte Wagener.

»Zuzutrauen wär's ihm. Mit Wassilinski kungelt er ja auch.«

»Ich dachte, von dem bezieht er nur Fleischkonserven«, sagte Wagener. »Aber vielleicht ist Hofmann der Grund, dass der Scheißrusse den Preis für das Papier hochdrücken will?«

Brennecke schüttelte den Kopf. »Das glaube ich nicht. Der lässt die Finger von solchen Geschäften. Die sind einfach nicht seine Kragenweite. Ich sehe ihn häufiger hier und da. Hofmann verdient sich mit Lebensmitteln dumm und dämlich.« Er lachte. »Und um Geld zu drucken, fehlt ihm schließlich das Wesentlichste.«

»Die Russen drucken in Leipzig auch, was das Zeug hält, um es den Amis unterzujubeln. Könnte doch durchaus sein, dass Wassilinski ihm ein paar Druckplatten besorgt hat.«

Erneut schüttelte Brennecke den Kopf und griente. »Nein. An die Platten, die die Russen in Leipzig für ihre Reichsmarkblüten benutzen, kommt auch der verehrte Genosse Oberstleutnant nicht ran.«

»Aber was hat Hofmann dann mit Gormullowski zu schaffen?«

Brennecke zuckte mit den Achseln. »Keine Ahnung. Der Pole ist in letzter Zeit ziemlich umtriebig gewesen. Wahrscheinlich hat er einen guten Draht zu einigen Amis auf dem Flugplatz, der auch Hofmann von Nutzen ist. Am Reichstag sehe ich ihn öfter mit Elektro-Klaus die Köpfe zusammenstecken; der arbeitet ja auch für die Amis.«

»Schade, dass unser dicker Leutnant nur ein Bürohengst ist und nichts mit den interessanten Warentransporten zu tun hat«, sagte Richter. »Neulich haben Adolf und ich ihn mit einem Kasten Blinkköder beglückt, beste Qualität von einem aus dem Reichsforstministerium. Wir haben ihm den Bären aufgebunden, dass der Kasten im Besitz von Göring gewesen ist.« Er kicherte. »Nun, er hat den Köder quasi geschluckt. – Wenn es um exquisites Angelzeug geht, würde der sogar seine eigene Großmutter verkaufen.«

Benno Hofmanns Opel bog in die Gneisenaustraße in Richtung Hasenheide ein.

Brennecke tastete nach dem Türhebel. »Haltet euch den Mann unbedingt warm. Wer weiß, wozu er uns noch nützlich sein kann.«

Brennecke ging allein zu Gormullowski. Er durchquerte den Hinterhof zur Remise.

Jemand hatte das Radio bei offenem Fenster auf volle Lautstärke gestellt und hörte die Achtzehn-Uhr-Nachrichten vom RIAS: Auf der Tagung des Zonenbeirats der britischen Zone war beschlossen worden, die deutschen Regierungschefs der vier Besatzungszonen zu einer Aussprache über Probleme der deutschen Wirtschaftseinheit und die einer Zentralregierung zusammenzurufen. Ferner waren die ersten Volkswagen des Werkes Fallersleben an deutsche Behörden in der britischen Zone ausgeliefert worden.

Als Brennecke zum Lkw zurückkehrte, verlas der Radiosprecher den Wetterbericht. Er nickte seinen Kumpanen nur zu, worauf die, jeder mit einem leeren Kohlensack unter dem Arm, ihm durch den Hinterhof zu

Gormullowskis Remise folgten. Dort hatte Brennecke einen in die Fußbodendielen geschnittenen Lukendeckel aufgestellt. Der Hohlraum unter der Klappe war angefüllt mit runden Druckfarbendosen. Wagener und Richter knieten sich neben dem Bett des Polen hin und steckten einen Teil der Dosen, Behältnisse in der Größe von Keksbüchsen und schwer wie Panzerhaftminen, in die Säcke. Während sie mehrmals zwischen dem Wagen und der Remise hin- und hergingen, blieb Horst Brennecke in der Remise.

Als die letzten Farbdosen auf dem Lkw verstaut waren, kam Richter nervös zu ihm. »Mensch, trödel doch nicht so lange hier rum, Hotte!«

»Ich hab den richtigen Schlüssel nicht gleich gefunden. – So, jetzt ist der Laden dicht!« Er ließ ein dickes Schlüsselbund in der Brusttasche seines Blaumanns verschwinden, wo sich auch schon die um ein Springmesser gewickelte Klaviersaite befand.

Wolfgang Richter schaute durch das verschmutzte Fenster neben der Tür zu Gormullowskis Behausung und grinste breit. »Sieht fast aus, als ob er schläft.«

Aber Stanislaw Gormullowski, der zusammengerollt auf seinem Bett neben dem wieder abgedeckten Hohlraum lag, schlief nicht. Er träumte auch nicht von Kalifornien. Tote träumen nicht.

Brennecke hatte das Springmesser nicht benutzen müssen. Gormullowski war ein schmächtiger Mann. Die Klaviersaite hatte ausgereicht, um den Polen in einem günstigen Moment von hinten zu erdrosseln.

Eine erfreulich lautlose Methode, jemanden ins Jenseits zu befördern, fand Brennecke.

Aus dem Radio auf dem Hinterhof erklang die Ouvertüre aus der *Hochzeit des Figaro*.

9. Kapitel

Razzia

Karl Meuniers Sonntagmorgen begann bereits miserabel. Er schnitt sich beim Rasieren, stieß seine volle Kaffeetasse um und trat auch noch Hasso auf die Pfote, als er ihm den Fressnapf hinstellen wollte. Die flüchtige Zeitungslektüre war ebenfalls nicht geeignet, ihn positiv auf den Tag einzustimmen. Der Personenverkehr in der sowjetischen Zone war wegen des großen Bedarfs an Lokomotiven für den Gütertransport um fünfundvierzig Zugpaare eingeschränkt worden. Die Russen schlossen sich dem Abkommen der drei Westalliierten über den freien Austausch von Zeitungen und Zeitschriften natürlich nicht an und meldeten auch, dass von den Regierungschefs ihrer Zone die Herren Hübner, Steinhoff und Paul nicht zur Bremer Interzonenkonferenz reisen würden. Immerhin wollte der Internationale Militärgerichtshof in Nürnberg endlich am 30. September das Urteil über die hauptangeklagten Nazikriegsverbrecher verkünden.

Benno und Lilo hatten den Wagen genommen und Karl einen Zettel auf dem Küchentisch hinterlassen. Er möge gegen Mittag die letzte Micky-Maus-Uhr am Reichstag vorbeibringen. Nach Gormullowskis Ermordung erledige dort Elektro-Klaus an den Wochenenden kleinere Geschäfte für Benno. Es gebe einen russischen Interessenten für die Uhr. Weshalb der Pole erdrosselt worden war, wusste niemand genau, aber Benno hatte die Vermutung geäußert, dass er höchstwahrscheinlich in dubiose Geschäfte im Zusammenhang mit gefälschten Lebensmittelkarten verstrickt gewesen sein musste. Das jedenfalls sei die Meinung in einschlägigen Kreisen, deren Buschtrommeln im Allgemeinen recht gut funktionierten. Benno hatte seine Finger am Puls des Geschehens, überall, der Konkurrenzkampf tobte heftig. Er war einer der Glücklichen, der dank seiner Menschenkenntnis auch kaum von den Verteilern betrogen wurde. Schließlich musste Benno ihnen die Waren, überwiegend Lebensmittel oder begehrte Gebrauchsgegenstände, meistens auf Kreditbasis überlassen. Nur mit der Eröffnung des *Oriental* wollte es nicht so recht vorankommen, was aber weniger an den Umbauarbeiten lag – die waren fast beendet – als an der behördlichen Genehmigung. Auf dem zuständigen Amt saß ein Sturkopf, der sich partout nicht schmieren ließ. Das war eine lästige Charaktereigenschaft, ärgerlich in Zeiten, wo ein dezent überreichtes Präsent fast immer Wunder bewirkte. Andererseits hatte der Mann die Gewährung der Konzession für Ende Oktober, Anfang November in Aussicht gestellt. Es blieb zu hoffen, dass er Wort hielt. Im Ostsektor wäre die Angelegenheit binnen Tagen erledigt gewesen, aber Benno wollte an den Mythos des alten *Oriental* anknüpfen, und da kam eben nur eine Adresse in Kurfürstendamm-Nähe infrage. Zumindest war der Übungskeller unter dem Lokal schon für die Jiu-Jitsu-Gruppe benutzbar.

Karl legte seine Armbanduhr ab und ersetzte sie durch die Kinderuhr mit dem bunten Zifferblatt. Ein leichter Nieselregen bewog ihn, doch den dünnen Übergangsmantel anzuziehen, den er am Vortag auf dem Potsdamer Platz gegen eine Flasche Krimsekt aus Wassilinskis Lieferung eingetauscht hatte. Nach der Ablieferung der Uhr beabsichtigte er dem Buchladen hinter dem KaDeWe wieder einen Besuch abzustatten, um dort seine Schulden zu bezahlen. Der Buchhändler hatte ihm vor einer Woche eine stattliche Sammlung amerikanischer und englischer Literatur für den Spottpreis von fünfhundert Mark verkauft.

Als Karl am Reichstag eintraf, regnete es heftiger, was indes keinen Einfluss auf das geschäftige Treiben dort hatte: Menschen über Menschen, vom Sowjetischen Ehrenmal bis zu der DEM DEUTSCHEN VOLKE gewidmeten Ruine. Er schaute sich nach Elektro-Klaus um. Dessen bevorzugter Standort war neben der zerbombten Kroll-Oper. Einem Regenschirm ausweichend, bemerkte er eine Frau mit hochgesteckten Haaren, die ein dickes Reichsmarkbündel nachzählte, das ihr ein untersetzter, stiernackiger Mann in die Hand gedrückt hatte, anscheinend alles Fünfzigmarkscheine.

Plötzlich kam hektische Bewegung in die Menschenmenge. Trillerpfeifen gellten, und jemand schrie: »Vorsicht, Polente!« Eine Gruppe Frauen lief kreischend zur Kroll-Oper-Ruine und entledigte sich dabei etlicher Speckseiten, einiger Päckchen englischer Armeenotrationen und amerikanischer Taschenlampenbatterien.

Die Polizei war auf einmal überall. Nicht bloß deutsche Schupos, sondern auch amerikanische, britische und französische Militärpolizisten rückten an. Karl versuchte sich mit anderen Schwarzmarktbesuchern in Richtung Brandenburger Tor in den sowjetischen Sektor davonzumachen, aber es war zu spät. Eigentlich ärgerte er sich, weggerannt zu sein, denn er hatte im Grunde genommen nichts zu befürchten. Der Besitz einer Micky-Maus-Uhr war schließlich kaum ein justiziables Verbrechen.

Eine Polizeikette versperrte den Weg in den Osten, eine weitere schwärmte aus und kesselte die Flüchtenden ein. Von der Charlottenburger Chaussee preschte blau blinkend ein Konvoi grüner Minnas mit jaulenden Sirenen heran. Ein mit einer Plane gedeckter amerikanischer Armee-Lkw fuhr direkt bis zu der eingekreisten Gruppe.

Ein amerikanischer Captain separierte daraufhin auf Anweisung eines Zivilisten ein Dutzend Leute, darunter auch die Frau mit dem Fünfzig-Mark-Bündel und der untersetzte Mann. Dann zeigte er auf Karl. Der Zivilist zögerte und sagte: »I'm not quite sure, but …«

»Let's take him as well.« Der Captain bedeutete Karl mit einer unmissverständlichen Geste, zu den anderen Ausgesonderten – acht Männer und fünf Frauen – in den Armee-Lkw zu klettern, und zwei Militärpolizisten verriegelten die Heckklappe. Auf der Ladefläche befahl ein Sergeant den Arretierten in gebrochenem Deutsch, nicht miteinander zu reden, was angesichts der entsicherten MPis dreier weiterer Soldaten auch ohne weitere Widerrede befolgt wurde.

Karl musterte seine Schicksalsgefährten. Obwohl es auf der Ladefläche spürbar kühl war, schwitzte der stiernackige Mann unbändig und wischte sich permanent die Schweißperlen auf der Stirn mit einem Taschentuch ab. Eine normale Razzia war das mit Sicherheit nicht, in die Karl da zufällig geraten war. Gewissheit erhielt er vollends, als der Lkw nicht zu einem der Polizeireviere fuhr, in denen man normalerweise Schwarzmarkthändler verhörte, sondern zum Flughafen Tempelhof und dort durch ein Gittertor am Columbiadamm zu einem Wellblech-Barackenkomplex am Ostflügel des Flughallenbogens.

Die Männer wurden von den Frauen getrennt und in eine der Baracken in einen kahlen Warteraum gebracht. Miteinander zu reden war weiterhin strikt verboten. Einer nach dem anderen wurden sie, während ein Leutnant ihre Namen notierte, in einem weiteren schmucklosen Raum gefilzt, Karl als Letzter der Gruppe. Seine Micky-Maus-Uhr fand keinerlei Beachtung, aber man nahm ihm die Brieftasche ab. Dann musste er wieder in den Warteraum. Von dort brachte der Leutnant, den jeweiligen Namen bellend, die Männer anschließend separat zu einer Tür neben dem Durchsuchungszimmer. Nach und nach leerte sich der Warteraum. Von denen, die durch die Tür gegangen waren, kehrte niemand zurück. Der Stiernackige war als Erster von dem Leutnant hinausbegleitet worden. Wieder war Karl der Letzte, der schließlich nach annähernd anderthalb Stunden aufgerufen wurde.

Er betrat ein schlauchähnliches, fensterloses Zimmer mit gewölbter Decke und beschirmte seine Augen mit der Handfläche, denn die Türöffnung und ein davorstehender Stuhl wurden von zwei starken Lichtquellen auf einem Schreibtisch weiter hinten im Raum angestrahlt. Dort saß, soweit er in dem gleißenden Licht erkennen konnte, ein Mann in Zivilkleidung.

»Herr Karl Meunier?«, fragte er auf Deutsch mit steinernem Gesicht und griff nach einem Gegenstand auf dem Tisch.

»Ja.«

»In Ihrer Brieftasche befinden sich achthundertvierzig Mark. Was für Geschäfte hatten Sie damit am Reichstag vor?« Während der Mann in der Brieftasche wühlte, kam er mit dem Ellenbogen an den Fuß einer Bürolampe. Der rechte Lichtkegel erfasste Karl nicht mehr.

»Keine.« Er sah den Mann jetzt deutlicher. Er trug ein abgewetztes braunes Cordjackett.

»Sie haben eine große Geldsumme dabei. Doch wohl nicht grundlos, oder?«

»Unter einer großen Geldsumme verstehe ich heutzutage etwas anderes. Die Fetzen sind doch kaum noch was wert.«

»Um das eine oder andere Schwarzmarktgeschäft zu tätigen, werden sie wohl noch ausreichen. Also, was hatten Sie mit dem Geld beabsichtigt?«

Karl lachte. »Meine Schulden bezahlen. Ich hatte Bücher gekauft und wollte dem Buchhändler das Geld vorbeibringen.«

»Was für Bücher?«

Karl sagte es ihm. Jemand räusperte sich im hinteren Teil des Raums, den er nicht einsehen konnte. Der Mann mit der Cordjacke erhob sich und verschwand hinter den Lichtkegeln. Karl hörte, wie der Unbekannte ihm etwas zuflüsterte. Dann setzte er sich wieder und drehte auch den linken Lampenschirm derart zur Seite, dass das Licht nicht mehr blendete. Sein Gesichtsausdruck war wie verwandelt. Der Mann in dem abgewetzten Cordjackett lächelte!

An einem zweiten Schreibtisch, ganz hinten an der Rückwand des Raums, saßen zwei Uniformierte. Ein Oberleutnant und ein Major. Der Oberleutnant schrieb etwas in eine Kladde, der Major schaute Karl an.

Irritiert fragte der auf Englisch: »Ich würde doch zu gern wissen, warum ich hier befragt werde, falls das gestattet ist.«

»Just by mistake, Mister Meunier. Here, please, take your wallet. You may leave.« Der Mann streckte Karl die Brieftasche entgegen. »Aber vorher möchte Major Miller noch mit Ihnen reden.«

Der Offizier war bereits aufgestanden und trat um den Tisch des Zivilisten herum mit ausgestrecktem Arm auf Karl zu. »What a pleasure to see you in good health, Mister Charles!«

»Mein Gott, Mister Miller! – Mister Paul Miller von der *Washington Post,* nicht wahr?« Karl und der Major schüttelten sich lange und herzlich die Hände.

»So at least, you survived all the ›braunen Spuk‹, Mister Charles.«

Karl nickte. »Ja, but it was a narrow escape.«

Major Miller hakte Karl unter und trat mit ihm vor

den Schreibtisch des Zivilisten. »Bill, Mister Charles ist der *Adlon*-Hausdetektiv, von dem ich dir erzählt habe.«

Auch der Zivilist schüttelte freudig Karls Hand. »Falls du mich brauchen solltest, Bill, ich bin mit Mister Charles in der Kantine.« An Karl gewandt, fügte er hinzu: »Selbstverständlich nur, falls Sie nach Ihrem unfreiwilligen Aufenthalt hier überhaupt noch Lust haben, mit mir einen Kaffee zu trinken.«

»Unbedingt, Major. – Zumal sich bei mir der Verdacht auf Verteilung von Falschgeld nicht bestätigt zu haben scheint, nehme ich Ihre freundliche Einladung sehr gern an.«

Major Miller und Bill Gleason blickten sich verblüfft an, dann lachte Miller lauthals los. »Immer noch der alte Profi, Mister Charles!«

»Ich will es nicht leugnen, Major. Wenn das eine gewöhnliche Razzia gewesen wäre«, Karl entblößte das Handgelenk mit der Micky-Maus-Uhr, »hätte man mir deshalb bestimmt einige Fragen nach dem Woher gestellt. Aber da sich alle nur für die Geldscheine in meiner Brieftasche interessierten, habe ich mir erlaubt, gewisse Schlussfolgerungen zu ziehen.«

Major Miller nickte und sagte grinsend: »Sie verstehen natürlich, dass wir über unsere Intentionen keine Auskunft geben dürfen.«

Der Zivilist, den Miller mit »Bill« angesprochen hatte, grinste ebenfalls. »Militärische Geheimhaltung von höchster Priorität. Aber gratuliere, Mister Charles. Sie sind ein guter Beobachter. Ist Ihnen eine von den Personen bekannt, die wir vor Ihnen … äh … befragt haben?«

»Nein. Mir ist nur das dicke Geldbündel aufgefallen, das der untersetzte Herr der Dame mit dem hochgesteckten Haar auf dem Schwarzmarkt zugesteckt hat. Alles Fünfziger, nicht wahr? Aber ich habe volles Verständnis, wenn Sie mir darauf nicht antworten dürfen. ›Top secret‹, oder?«

Der Zivilist lachte wie zuvor Miller. »So ist es, Mister Charles!« Er begleitete Karl und Miller bis zur Tür. »Wir sehen uns dann abends in Dahlem, Paul?«

Der Major bejahte.

Als Karl schließlich zum Abendbrot bei Benno und Lilo auftauchte, wussten die bereits von der Reichstags-Razzia und auch, dass man ihn mitgenommen hatte. Elektro-Klaus hatte beobachtet, wie er von den Militärpolizisten auf dem Armeelaster abtransportiert worden war.

»Wat wollten se denn von dir? Du hast doch nischt Verbotnet dabeijehabt.«

»Die waren auf Falschgeld aus. Mich haben sie nur zufällig mit einkassiert.«

Karl berichtete den Hofmanns ausführlich von seinem Nachmittag auf dem Flughafen Tempelhof und dem Wiedersehen mit Paul Miller.

Benno kratzte sich am Kopf und brummelte. »Milla? Milla? Eener vonna Zeitung?«

»Ja. Er war Stammgast in der *American Bar* im *Adlon*.«

»Eener aus Waschington, der richtich jut Deutsch konnte, so jroß wie du, aber 'ne Ecke jünger?«

»Ja.«

»Ick gloobe, dein Major war ooch bisweilen früher bei uns im *Oriental*. So'n mehr ruhijer Ami?«

»Gut möglich, dass Miller und er dieselbe Person sind. Überraschen täte es mich jedenfalls nicht. Miller hat sich damals in Berlin wie in seiner Westentasche ausgekannt. Brachte die Arbeit als Journalist eben so mit sich.«

Lilo deckte den Abendbrottisch. Karl lehnte sich wohlig auf seinem Küchenstuhl zurück.

Benno zog die Augenbrauen hoch. »Du scheinst ja ausnahmsweise mal in Prachtlaune zu sein, Karlchen. Is noch watt Besondret passiert, watte uns ooch beichten willst?«

»Ja. Morgen früh soll ich mich auf dem Flugplatz bewerben. Major Miller hat versprochen, ein gutes Wort für mich einzulegen. Er meinte, die suchen da gerade händeringend Dolmetscher.«

Lilo kicherte. »Mensch, wenn du Glück hast, machst du demnächst womöglich noch Karriere bei den Amis. Und Lebensmittelkarte I bekämst du obendrein.«

»Det sollten wa vorsorchlich schon mal feiern«, meinte Benno und entkorkte eine Flasche. »Uff jeden Fall würde dir det besser liejen, als für mir uffem Schwarzmarcht zu maloochen. 'ne Naturbegabung als Schieber haste ja nich jrade, mein Bester!«

Lilo verteilte die Schnapsgläser.

Benno schenkte ein, Danziger Goldwasser, und hob sein Glas. »Denn lasst uns mal uff Karlchens Jlück anstoßen. – Möje der Dollar bei dir in Zukunft rollen!«

Karl lachte laut. »Nix Dollar. Die zahlen in Reichsmark.«

Alle tranken auf ex.

»Was ist jetzt eigentlich mit der Konzession fürs *Oriental*?«

Benno schürzte die Lippen und brummte dann missmutig: »Ick gloobe, det wird nischt vor Ende November. Der Heini uffem Amt is krank, und sein Vertreter ooch so 'ne lahme Ente. Doof, aber nich zu ändern.«

»Dabei ist alles schon fix und fertig eingerichtet«, schimpfte Lilo. »Ist echt zum Mäusemelken, wie diese Bürohengste sich wegen dem kleinsten Mist ausmären!«

Lilo schenkte nach und prostete ihrem Mann zu. »Aber was soll all das Jammern, mein Dickerchen! Kopf hoch, wird bestimmt alles gut!«

Die Stimmung an einem anderen Berliner Abendbrottisch, in einer Frohnauer Villa, war weitaus gedrückter.

»Adolf muss doch einer ins Gehirn gepisst haben, dass er den Leuten die Blüten am helllichten Tag und ausgerechnet auf dem Reichstagsmarkt übergeben hat!« Der Mann mit der entstellten Gesichtshälfte schlug mit der Faust auf den Tisch. »Dieser Penner!«

Horst Brennecke zuckte mit den Achseln. »Wie man's nimmt. Normalerweise ist die Geldübergabe am Reichstag wegen der Menschenmassen weniger riskant als an einer dunklen Straßenecke. – Ich bin überzeugt, dass Adolf verpfiffen worden ist. Einer unserer Verteiler, dem er noch kein Geld gegeben hatte, meinte, dass er ganz gezielt von den Amis eingesackt wurde.«

»Woher könnte der Tipp gekommen sein?«

Brennecke zuckte mit den Achseln. »Ich denke, wir haben genug Neider auf dem Schwarzmarkt.«

»Hofmann?«

»Wir sollten ihn schon ein wenig im Auge behalten. Er ist schließlich groß im Geschäft. Ich vermute aber eher, dass es jemand aus Gormullowskis Umfeld war. Jemand, der wusste, wozu seine Druckfarben gebraucht werden.«

»Aber Gormullowski hat für Hofmann gearbeitet!«

»Gormullowski hat für jeden gearbeitet, der gut bezahlt hat. Hofmann plant gerade, ein Nachtlokal aufzumachen, und verdient sich auch schon ordentliche Summen mit Lebensmittelschiebereien. Hofmann und Blüten? – Nein,

Adolf wird einer angeschwärzt haben, dem wir in letzter Zeit zu einflussreich geworden sind. Oder zu gefährlich. Wassilinski zum Beispiel. Einen von unseren Leuten sollte man besser auch auf ihn ansetzen.«

Wolfgang Richter nickte. »Das sehe ich genauso, und deshalb müssen wir hier schleunigst weg. Neue Papiere brauchen wir dann natürlich auch.«

»Das ist das geringste Problem«, sagte Brennecke.

Die Augen des Mannes mit der pergamentartigen Gesichtshaut verengten sich zu Schlitzen. »Adolf wird doch nicht etwa wagen, uns zu verpfeifen?«

Brennecke schüttelte entschieden den Kopf. »Es ist ganz einfach: Plaudert er, dann plaudern wir. Und er will schließlich nicht baumeln! Die Dokumente, die ich uns beschafft habe, sind echt und halten jeder Prüfung stand: Ausweis, Geburtsurkunde, Wehrpass, Lebensmittelkarte – alles Originalpapiere! – Es müsste schon mit dem Teufel zugehen, wenn Adolf ausgerechnet von den Amis als der ›Bluthund von Wilna‹ identifiziert werden sollte. Dennoch fände auch ich es besser, wenn wir hier schnellstmöglich die Zelte abbrechen und gleich morgen die Druckerei verlegen. Sicher ist sicher.«

»Was ist mit dem Haus deiner Tante in Westend? Könnten wir da vorerst unterkommen?«

»Übergangsweise bestimmt, aber zu dritt ist die Wohnung für uns auf Dauer zu klein.«

Der Mann mit dem verunstalteten Gesicht nickte einigermaßen beruhigt. Hotte hatte recht. Adolf Wagener, der sich nach Kriegsende in Adolf Hübner verwandelt hatte, musste schon aus eigenem Interesse die Klappe halten.

»Gut, morgen verdrücken wir uns also hier. Ich schlage vor, dass wir auf dem Schwarzmarkt sicherheitshalber vorerst den Ball flach halten und die Blüten auf Halde legen. Wir werden uns auf die anderen Unternehmen konzentrieren, bis wir genau wissen, was mit Adolf passiert.«

Fräulein Schwandt war ungehalten, denn sie liebte es überhaupt nicht, andauernd bei ihrer meditativen Morgenlektüre gestört zu werden. Selbst das Krähenpärchen auf dem Komposthaufen beschwerte sich lautstark über den stinkenden Lastwagen, der jetzt mit dröhnendem Motor bereits zum dritten Mal vor der Nachbarvilla hielt. Fräulein Schwandt legte verärgert das in gelbes Leder gebundene Bändchen mit Buddha-Reden aus der Hand. Drei Bewohner der Nachbarvilla, auch der mit dem abstoßenden Gesicht, und fünf weitere Männer im Blaumann schleppten wieder diverse Kästen zum Lastwagen. Dafür fehlte der Stiernackige.

Bei der ersten Fuhre hatten sie eine riesige Holzkiste aus der Kellergarage der Villa auf den Wagen gewuchtet, unter deren Gewicht sie fast zusammengebrochen wären. Die große schwarze Limousine ihrer Nachbarn, die sonst vor der Garageneinfahrt stand, parkte auf dem Bürgersteig.

Mit der zweiten Fuhre waren dann die Dachpappenrollen und voluminöse Pappschachteln weggeschafft worden. Alles wäre für Fräulein Schwandt aber noch einigermaßen erträglich gewesen, wenn die Männer bei der Arbeit nicht ständig geflucht hätten. Wer so gotteslästerlich fluchte, der sammelte schlechtes Karma an. Darum ermahnte sich Fräulein Schwandt, ihre Gedanken zu zügeln, denn wer seinen Mitmenschen gegenüber unheilvolle Gedanken hegte, lud letztendlich ebenfalls böses Karma auf sich.

Nebenan brach eine Kiste auseinander, und Metallteile fielen scheppernd zu Boden. Um Fräulein Schwandts Gelassenheit war es geschehen. Das Wort, das sie mit einem vernichtenden Blick auf das Nachbargrundstück zischte, barg die Gefahr, im nächsten Leben als ein sehr niederes Wesen wiedergeboren zu werden.

Fräulein Schwandt ahnte nicht, dass die Gefahr schlechten Karmas sich an diesem Morgen drastisch für sie minimieren sollte. Das Letzte, was sie jemals noch von den Bewohnern der Villa hörte, war die Stimme des Mannes mit der Lederhaut, wie er, nicht mehr im Blaumann, sondern in Anzug und Krawatte, in die Limousine stieg und den anderen zurief: »Also bis später in Westend.«

10. Kapitel

Die Wiedereröffnung des *Oriental*

Der Oktober 1946 war schon ausgesprochen kühl gewesen, aber seit Mitte November sagten sich die Berliner, dass ihnen wohl wieder ein kalter Winter bevorstand. Dass er den vergangenen bei Weitem übertreffen sollte, ahnte zu diesem Zeitpunkt indes noch niemand.

Karl hatte die Stelle als Dolmetscher in Tempelhof bekommen. Er betreute deutsche Baukolonnen auf dem Gelände und übersetzte für die Flughafenverwaltung, zum Beispiel Arbeitsanweisungen oder Dienstpläne. Seine Arbeit war nicht sonderlich anstrengend, nur manchmal etwas nervenaufreibend, denn er fand sich bisweilen zwischen allen Stühlen wieder.

Von morgens bis abends wurde in den Hallen gehämmert, geschweißt und gemauert. Es würde dauern, bis der Flughafen wieder so aufgebaut war, wie Karl ihn zu seinen Glanzzeiten kurz vor Kriegsbeginn als Luftkreuz Europas in Erinnerung hatte.

Gelegentlich half er auch Major Miller, die deutschsprachige Presse zu sichten. Nicht erst seit von Churchill der Begriff »Eiserner Vorhang« geprägt worden war – als Bezeichnung für eine Barriere, die das Nachkriegseuropa zunehmend in zwei Interessensgebiete teilte –, hatte sich die Kluft zwischen den vier Alliierten stetig vertieft. Die politischen Vorstellungen der Siegermächte über ein zukünftiges Deutschland drifteten mehr und mehr auseinander. Englands und Amerikas Haltung unterschieden sich nicht sonderlich, aber selbst Frankreich war nicht immer auf der gleichen Linie, wenn es darum ging, den russischen Ideen einer Neuordnung Europas Paroli zu bieten.

Karl traf sich mit dem Major häufig nach Dienstschluss privat. Miller hatte ihm den Gefallen getan, über militärische Kanäle mit dem Roten Kreuz im Raum Schleswig-Eckernförde Kontakt aufzunehmen. Dem Suchdienst dort war ein Fräulein Vera Binder nicht bekannt. Auch in den verschiedensten zivilen Melderegistern fand sich keine Person dieses Namens. Die Hoffnung stirbt zuletzt. Miller gab Karl sein Ehrenwort, die Anfrage von Zeit zu Zeit zu wiederholen.

Im Hofmann'schen Haus wurde es eng. Ein Dutzend Familienangehörige von Lilo aus Brandenburg, vom Baby bis zum Greis, deren Bauernhof zwangsenteignet worden war, weil er, statt der noch erlaubten Fläche von einhundert, einhundertacht Hektar betrug, wohnten jetzt zusätzlich dort. »Junkerland in Bauernhand« lautete das Schlagwort der von der SMAD angeregten und von den ostzonalen Regierungen rigoros durchgeführten Bodenreform. Lilos Onkel war weder ein Junker noch ein ostelbischer Großgrundbesitzer. Er hatte als Zentrums-Abgeordneter sogar nach 1933 für ein paar Wochen die zweifelhafte Wohltat einer »Schutzhaft« zu spüren bekommen und war dementsprechend nicht besonders gut auf den sozialistischen Weg zu sprechen, der in der sowjetischen Zone propagiert wurde. Lilos Verwandte waren zwar nette Leute, aber die Enge in dem kleinen Haus war für Karl von Tag zu Tag schwerer zu ertragen.

Wieder ließ Major Miller seine Beziehungen spielen. Karl bekam eine winzige, zugige Dachwohnung in einem Haus in der Dahlemer Podbielskiallee zugewiesen, das von den amerikanischen Behörden beschlagnahmt worden war.

Benno installierte als Erstes einen Kanonenofen, den

Rest der Einrichtung besorgte Karl sich nach und nach. Beim Transport seiner unterdessen wieder ansehnlichen Büchersammlung sprang Miller mit dem geräumigen Horch ein. Natürlich war der Major öfter Gast im alten *Oriental* gewesen. Er erkannte Benno sofort wieder, auch ohne die Fantasie-Admiralsuniform, die der damals immer dort getragen hatte.

»Wenn Se demnächst mal abends wieder fein ausjehen wollen wie früher, Herr Major, könnte ick Ihnen 'nen juten Tipp jeben. Inner Schlüter 97 is 'ne Reenkannazzion vom ollen *Oriental* – so sacht ihr Jebildeten doch, Karlchen, oder? Ejal! Am 26. mach ick jedenfalls den Laden uff. Achtzehn Uhr, Mista Milla! Ick hoffe sehr, Se beehren uns denn ooch zu meener kleenen Eröffnungsfeier.«

Der Major versprach es.

»Kommste morjen Abend übrijens zum Training, Karlchen? Die andern wollten ooch alle vorbeischneien. Ick hab jetzt ooch so 'nen Böllerofen wie bei dir zu Hause innen Keller jestellt.«

»Klar, ich bin dabei!«

Jeder mit einem selbst gemachten Glas Stachelbeermarmelade von Lilo beschenkt, fuhren Miller und Karl, der zusätzlich von Benno einen Sack Brikettbruch spendiert bekam, zur Podbielskiallee.

»Immer noch auf der Matte aktiv, Mister Charles?«

»Wo es so kalt ist, weniger, aber zweimal pro Woche turne ich da noch rum.«

Miller half Karl, die Bücher hinaufzutragen, Karl schulterte den Kohlensack.

Der Major sah sich in Karls Behausung um, entdeckte aber außer weiteren Büchern und einfachem Mobiliar, Tisch, Bett, Stuhl und Schrank, keine Reichtümer. An der Wand neben dem Bullerofen war zerkleinertes Astbruchholz bis zur Zimmerdecke aufgeschichtet. »Sie nennen nicht unbedingt ein Luxusappartement ihr Eigen, Mister Charles.«

»Doch«, widersprach der. »Ich besitze immerhin ein einigermaßen solides Dach über dem Kopf und einen Ofen, der funktioniert.«

Miller nickte. »Sie haben recht. Ich habe heute Vormittag wegen einer Reportage diverse Flüchtlingsunterkünfte und auch Altenheime in allen Westsektoren besucht. Dreimal pro Woche gibt es für die Leute da Kohlsuppe – mit Fleischeinlage von homöopathischen Dimensionen. Ein Zimmer, so groß wie Ihres, teilten sich mindestens fünf Personen, die Kinder nicht mitgerechnet. – Dagegen ist das hier tatsächlich eine Art von Luxus.«

Karl musste an die ungemütliche Enge bei den Hofmanns denken. »Ich hörte, dass man demnächst auch die Lebensmittelrationen wieder kürzen will.«

»Ja, eine Kürzung ist wegen der schlechten Ernte in diesem Jahr unumgänglich. In welchem Maß sie anfällt, hängt aber größtenteils davon ab, ob der Winter streng wird. Die Transportkapazitäten der Reichsbahn sind begrenzt. Wird es sehr kalt, hat wie im Vorjahr die Energieversorgung der Berliner Kraftwerke Vorrang vor den Nahrungsmittellieferungen.«

Major Miller verabschiedete sich. Karl zündete einen Kerzenstummel an. Schon jetzt war die Stromversorgung der privaten Berliner Haushalte auf täglich zwei Stunden limitiert. Dann heizte Karl sorgfältig den Kanonenofen. Erst warf er zu Fidibussen gedrehte Papierschnipsel hinein, danach eine Lage Zweige, es folgten die dickeren Aststücke. Als das Holz richtig brannte, packte er vorsichtig ein kleines, mit angefeuchtetem Zeitungspapier umwickeltes Stück Bruchbrikett auf die Glut.

Elektro-Klaus und Benno hatten ihn wiederholt zu überreden versucht, nach der Arbeit noch gemeinsam in Flugplatznähe ein Bier zu trinken, aber außer an den Jiu-Jitsu-Abenden verspürte Karl kaum Lust, seine neue Bleibe zu verlassen. Lieber las er, bis der Schlaf ihn übermannte. Und immer noch wachte er bisweilen mitten in der Nacht schweißgebadet auf. Dann hatte der alte Traum ihn wieder heimgesucht.

Vera.

In der Woche vor der Eröffnung des *Oriental* schaffte es Karl nicht mehr, sich mit seinen Jiu-Jitsu-Freunden im Schlüterstraßenkeller zu treffen. Zwei Dolmetscherkollegen, deren Aufgaben ihm zusätzlich aufgebürdet worden waren, lagen mit einer fiebrigen Grippe darnieder. Das kalte Novemberwetter in Verbindung mit ungenügender Ernährung und spärlicher Kohlenversorgung forderte überall Opfer, auch unter den Bauarbeitern auf dem Flughafengelände, deren Zahl sich von Tag zu Tag krankheitsbedingt dezimierte. Karl selbst spürte gelegentlich ein Kratzen im Hals, blieb aber gesund. Nach Möglichkeit nahm ihn der Major immer zur Podbielskiallee mit zurück. Anfangs war auch der dicke Leutnant McCullen mitgefahren, der sich mit ihm die Dahlemer Wohnung teilte, aber der Dicke hatte seit zwei Wochen einen eigenen Wagen. Wenn Karl von der Arbeit nach Hause kam, hatte er das Gefühl, eine Eiskammer zu betreten. Der Kanonenofen heizte ausgezeichnet und schnell, hielt aber ohne genügend Briketts oder Steinkohle die Wärme nicht lange. Wachte Karl morgens auf, schmückten Eisblumen die einfach verglasten Fenster.

Es lohnte sich nicht mehr, Feuer zu machen. Der Major würde in einer halben Stunde wiederkommen und ihn abholen. Karl hatte also nur mit einem Tauchsieder Wasser erhitzt, sich dann für Bennos Feier zum zweiten Mal an diesem Tag rasiert und in Windeseile umgezogen. Viel Garderobe stand ihm für seinen Antrittsbesuch im *Oriental* nicht zur Verfügung. Ein gebügeltes weißes Hemd mit einer von Elektro-Klaus geliehenen Krawatte und ein günstig am Reichstag erstandener dunkler Tweedanzug (mit einem kunstgestopften Riss in der Ziertuchtasche) mussten ausreichen. Als Karl seinen langen Wintermantel, ebenfalls vom Schwarzmarkt, anzog und den Kragen hochschlug, hörte er ein dreifaches Hupen. Er trat ans Fenster und schabte ein Loch in die Eisschicht. Unten stand bereits der Horch.

Auf der Fahrt nach Charlottenburg gab gleich hinter dem Breitenbachplatz die Heizung ihren Geist auf. Aus den Lüftungsklappen am Armaturenbrett kam plötzlich nur noch eisige Luft. Die Frontscheibe beschlug augenblicklich von innen. Während Miller fluchend vorsichtig weiterfuhr, sorgte Karl mit seinem Taschentuch für ein Sichtfenster in der Scheibe.

Der 26. November 1946 sah nicht nur die erste Sitzung des Berliner Stadtparlaments, auch die Café-Bar *Oriental* machte an diesem Tag tatsächlich wie geplant in der Charlottenburger Schlüterstraße ihre Pforten auf. Ein Foto aus dem Parlament würde sich am nächsten Morgen in allen Zeitungen finden: Hinter Alterspräsident Wuschik am Rednerpult saßen uniformierte Vertreter der alliierten Siegermächte und beobachteten die Anfänge der parlamentarischen Arbeit in Berlin.

Von der grandiosen Eröffnung des *Oriental* gab es kein Foto, aber alle waren gekommen. Ein kurzer Blick von Karl in den Saal genügte. Benno und Lilo hatten seit Wochen emsig die Werbetrommel gerührt. Goldelse war da, die auf dem Potsdamer Platz »in Juwelen machte«, Genosse Oberstleutnant Wassilinski prostete einer drallen Schönheit zu, Leutnant McCullen diskutierte mit einem Gast über die Kunst des Fliegenfischens. Elektro-Klaus und Major Millers Fahrer, Sergeant Burns, hockten, in ein Gespräch über Briefmarken vertieft, ebenfalls am Tresen. Neben Goldelse saß ein Mann in einem grauen Anzug und blätterte in der Getränkekarte, handgeschrieben von Lilo. Die Elektrik hatte Elektro-Klaus wieder auf Vordermann gebracht, dennoch war das neue *Oriental* wegen der Stromlimitierung nur von Kerzen erleuchtet. Benno hatte sich nicht lumpen lassen: Hunderte von ihnen erhellten den Raum. Eine Garderobenfrau nahm Miller und Karl die Mäntel ab und gab ihnen eine Blechmarke mit einer Nummer.

Uniformierte und Zivilisten, Männer und Frauen hielten sich in etwa die Waage. Von den Damen trug allerdings bloß eine britische Armeeärztin Uniform. Die meisten der nicht militärischen Herren kannte Karl vom Sehen, weil sie Bennos »Geschäftsfreunde« waren. Und die, die er nicht kannte, gehörten kaum zur frierenden, hungernden Bevölkerung der Stadt. Ein Mann an einem Tisch neben der Tanzfläche schenkte seiner Begleiterin Sekt ein.

In dem rechteckigen Raum gab es ungefähr achtzig Sitzplätze an verschieden großen runden Marmortischen, die in einem Halbkreis um die Tanzfläche vor dem Orchesterpodest angeordnet waren. Kalt war es auch nicht. Ein riesiger Kachelofen am Gang zu den Toiletten verstrahlte eine wohlige Wärme. Ein paar Männer, die in seiner unmittelbaren Nähe saßen, hatten sogar ihre Jacketts ausgezogen und die Krawattenknoten gelockert.

Über der Tanzfläche rotierte wie im alten *Oriental* eine

medizinballgroße Kugel, die mit winzigen farbigen Glas- und Spiegelscherben beklebt war. Die Reflexionen der Kerzenflammen verteilten sich wie Konfettiregen über die Gäste. Fünfzehn weitere Plätze fanden sich am Tresen gleich neben der Eingangstür. Für die Theke hatten Benno und Lilo original amerikanische Barhocker aufgetrieben. Auf dem Podest spielte ein fünfköpfiges Männerorchester ruhige Jazzmelodien.

»Wellkamm, Mista Milla! – 'n Abend, Karlchen!«, begrüßten der Wirt und seine Frau ihre Gäste. »Wir ham für euch beede 'nen Tisch anner Tanzfläche freijehalten.«

Benno ging voran. Miller nickte Leutnant McCullen und Sergeant Burns im Vorbeigehen nur zu und bedeutete ihnen mit einer Geste, sitzen zu bleiben. Der russische Oberstleutnant hob beim Anblick des amerikanischen Waffenbruders zackig sein Glas. Der Major erwiderte den Gruß durch ein angedeutetes militärisches Salutieren. Der Mann in dem schlichten grauen Anzug bestellte ein Bier.

»So, da wärn wa!« Benno klopfte auf die Tischplatte und strahlte vor Stolz übers ganze Gesicht. »Echta Marmor, wie früher!«

Miller sah sich in der Tat beeindruckt um und zeigte dann auf die Kugel: »Wie sind Sie denn bloß an das Teil gekommen? Ich dachte immer, das alte *Oriental* wurde total zerstört.«

»Det is ooch nich die olle Kugel, Major. Det is wochenlange Heimarbeit von meenem Liselottchen. – Wein oder Sekt, die Herren? Jeht heute allet uffs Haus. Ick kann den roten Bordoh bestens empfehlen. Klasse Qualität!«

»Wenn Sie uns dazu raten, dann nehmen wir den«, sagte Miller, »oder würden Sie lieber Sekt trinken, Mister Charles?«

Karl verneinte und musste innerlich lachen. Das mit der Qualität stimmte. Der Wein stammte aus Beständen des Offizierskasinos in der Reinickendorfer Napoleon-Kaserne. Er selbst hatte dem fotografierbesessenen französischen Leutnant, dem Benno bereits eine Leica verscherbelt hatte, für die Bordeaux-Kisten mehrere Wechselobjektive übergeben.

Benno entschuldigte sich bei Miller und Karl, da ein weiterer Gast das *Oriental* betrat. »Det Jesicht musste dir merken, Karlchen, falls de den mal bei dir uffem Fluchplatz treffen solltest«, raunte er seinem Freund zu. »Der macht neuerdings Kohle ohne Ende mit seenen Bautrupps da.«

»Wie heißt er?«

»Ick weeß nur den Vornamen. Hotte heeßt er. Vorher war er dick am Reichstag im Jeschäft, weil er jut Russisch kann. Mit Wassilinski hatte er meenet Wissens ooch wat zu schaffen.«

Benno entfernte sich in Richtung Eingangstür, Karl musterte den Neuankömmling. Er mochte Mitte, Ende vierzig sein, war schlank, ohne dürr zu wirken, machte einen sportlich trainierten Eindruck. Er trug einen gut geschnittenen, dunklen Flanellanzug, der aussah, als wäre er maßgeschneidert. Karl hatte in Tempelhof berufsbedingt viel mit deutschen Firmen zu tun, die für die Amerikaner arbeiteten, aber dieser Mann war ihm weder dort noch jemals auf einem der Schwarzmärkte begegnet. Dennoch hatte er ihn irgendwo schon einmal gesehen. Karl vergaß selten ein Gesicht, die langen Jahre als Hoteldetektiv hatten ihn darin geschult. Es musste eine sehr flüchtige Begegnung gewesen sein, dass er sich an die Umstände nicht mehr erinnern konnte.

Der Bauunternehmer grüßte den Genossen Oberstleutnant mit einem beiläufigen, kaum erkennbaren Nicken, als er dicht an Wassilinski vorbei mit Benno zu einem großen Tisch in einer Saalecke zusteuerte, wo bereits ein englischer Colonel saß. Neben dem Tisch stand eine Gruppe Frauen und Männer, die sich einander vorstellten und danach zu dem Colonel gingen. Der Mann vom Tresen mit dem grauen Anzug hatte den Platz gewechselt und bekam soeben an einem kleinen Tisch neben dem des britischen Offiziers ein weiteres Bier serviert.

Auch Major Miller schaute interessiert in die Richtung.

»Haben Sie einen Bekannten entdeckt?«, fragte Karl.

»Ja. Einen Colonel aus Braunschweig, den ich im Sommer in Tempelhof über Reparationsfragen interviewt habe.«

Ein befrackter Kellner brachte eine Flasche Bordeaux und entkorkte sie. Der Major musste erst einen Schluck probieren, bevor ihnen eingeschenkt wurde.

Das Orchester begann Tanzmusik zu spielen. Die ersten Paare schlenderten zur Tanzfläche. Miller und Karl stießen mit den Weingläsern an. Fast jeder Platz im *Oriental* war jetzt besetzt, aber noch immer trafen weitere Gäste ein.

Eine blonde Frau am Tisch des Colonels hatte sich umgedreht und winkte einen Kellner heran. Sie trug ein tief ausgeschnittenes, langärmeliges, sehr kurzes schwarzes Wollkleid und darunter eine eng anliegende dunkle Hose. Neben ihr saß ein glatzköpfiger Herr.

Karl erstarrte, erhob sich wie in Trance und murmelte: »Entschuldigen Sie mich bitte einen Moment, Major. Ich kenne da auch jemanden.«

»Nur zu, Mister Charles. Ich frage unterdessen Burns, ob er später mal nach der Heizung vom Horch sehen kann. Vielleicht hat sich ja nur so ein verdammter Schlauch hinter der Armatur gelöst.«

Karl schlängelte sich durch die Tischreihen, dann bemerkte die Frau auch ihn. Sie sprang auf und stürmte freudig auf ihn zu. »Mein Gott! – Karl!«

»Birgit! Ich dachte, ich seh nicht recht!«

Sie umarmten sich.

»Mensch, Karl, weißt du, dass du der Erste bist, den ich von früher wiedertreffe?«

»Geht mir auch so, Birgit.«

»Sag mal, was ist mit Vera?«

Karl zuckte resigniert mit den Achseln. »Weiß ich nicht. Verschollen, umgekommen, keine Ahnung. Hab alles Mögliche versucht, es herauszufinden. Ohne Ergebnis bis jetzt. Leider.«

Birgit Kellner nickte. »Ich verstehe dich nur allzu gut. Meine zwei jüngeren Brüder sind beide vermisst, der älteste ist tot. Stalingrad. – *Opa Gieseckes Künstlereck* existiert auch nicht mehr. Ich wollte mich dort nach Vera erkundigen. Der gesamte Häuserblock ist weg.«

»Ich weiß. Ich war ebenfalls da.«

»Und wie schlägst du dich so durch, Karl? In dem dürftigen Rest, der vom *Adlon* übrig geblieben ist, arbeitest du ja bestimmt nicht mehr.«

»Nein. Ich hab etwas auf dem Flugplatz Tempelhof gefunden, als Dolmetscher bei den Amis.«

»Das freut mich. Dann schiebst du zumindest keinen Kohldampf. Ihr kriegt doch alle Lebensmittelkarte I, oder?«

»Ja. – Und du? Trittst du manchmal wieder auf?«

»Ganz selten. Deshalb bin ich eigentlich ins *Oriental* gekommen. Herr Schwarz«, Birgit deutete auf den Glatzköpfigen am Tisch des britischen Colonels, »betreibt in Schöneberg eine Künstleragentur. Er will mich später dem Besitzer hier vorstellen.«

»Kennst du den denn nicht? Der hat schon im alten

Oriental gearbeitet. Hofmann, Benno Hofmann. Er war da der Doorman.«

»Nein. Ich weiß zwar, dass Vera dort gelegentlich mit einer Solo-Rollschuhnummer aufgetreten ist, aber ich nie.«

»Wovon lebst du? Siehst übrigens gut aus. Ein bisschen mager wie alle derzeit, aber nicht so, als wärst du gerade am Verhungern.«

»Ach, ich kellnere in einer Kneipe in Reinickendorf. Ich war ja vor den Wenduras lange auf Tournee in Frankreich und spreche die Sprache einigermaßen. Wir haben viele französische Soldaten als Kunden. Nicht unbedingt ein rosiger Broterwerb, aber immerhin muss ich nicht Steine klopfen gehen, und das Geld stimmt auch.«

»Du hattest dich doch im letzten Kriegsjahr noch mit einem Piloten von der Lufthansa verlobt, erinnere ich mich.«

Birgits Lippen wurden schmal, aber sie wich Karls Blick nicht aus. »Auch tot.«

Karl konnte nicht weiter nachfragen, denn Benno, der sich neben den Glatzkopf gesetzt hatte, drehte sich zu ihnen um.

»Karlchen, könnteste uns mal die hübsche junge Dame für 'ne Weile ausborjen?«

»Gerne!« Karl begleitete Birgit zum Tisch. »Das ist übrigens Fräulein Kellner, Benno, die andere von den Wendura-Schwestern.«

»Wat? 'ne Kollegin von Vera?«

»Ja.«

Birgit und Benno schüttelten sich die Hand.

»Ick höre jrade von Heribert, det Se wat suchen, wo Se ufftreten können. Wat machen Se denn so?«

»Boden- und Rollschuhakrobatik.«

»Aha! Solo?«

»Notgedrungen.«

»Und wat jenau?«

Anstelle einer Antwort schob Birgit zwei Stühle am Rand der Tanzfläche weg und fiel in den Spagat. Das, was Karl für eine eng anliegende Hose gehalten hatte, war das Unterteil eines langbeinigen Übungstrikots. Auf den Spagat folgte eine schnelle Sequenz atemberaubender Sprünge und Pirouetten, alles auf einer Fläche von kaum fünf Quadratmetern.

Als Birgit an den Tisch zurückkam, begleitete sie brausender Applaus. Bei der spontanen Vorführung war ihr ein Kleiderärmel bis zum Ellenbogen hochgerutscht, den sie hastig wieder hinunterzog, aber Karl waren die wulstigen Narben an ihrem Unterarm nicht entgangen.

Benno ging ihr lachend entgegen. »Jebongt, Frollein Kellner. Eenmal inner Woche können Se von mir aus ab jetzt hier turnen. Ick besprech mal jleich mit Heribert die Details.«

»Danke, Herr Hofmann. Ich würde am liebsten auch wieder unter meinem alten Künstlernamen auftreten – Birgit Wendura.«

Benno war ein guter Beobachter, auch er hatte die Narben bemerkt. Karl hörte, wie er ihr zuflüsterte: »Von mir aus könn Se sich hier ooch Mutter Maria nennen – und keene Sorje: Turnen und nischt weeter sonst soll'n Se. Schtrippen müssen Se bei mir im *Oriental* nich. Ham wa uns vastanden?«

»Danke.«

»Keene Ursache. – So, Karlchen, denn unterhalt dir mal noch'n bisschen weiter mit die Dame.«

Am Tresen gab es zwei freie Plätze. Wassilinski hatte sich zu anderen russischen Offizieren im Saal gesellt. Elektro-Klaus tanzte mit Goldelse, und Leutnant McCullen war während der akrobatischen Kostprobe mit seinem Gesprächspartner zum Tisch des britischen Colonels gegangen. Beide schienen den Bauunternehmer zu kennen, denn sie unterhielten sich angeregt miteinander.

Karl ging mit Birgit zum Tresen. Am anderen Ende redete Major Miller immer noch mit Sergeant Burns.

»Mensch, Karl, das war ja heute Abend ein Volltreffer, hierherzukommen.«

»Freut mich. Auf Benno ist Verlass. Wenn der Ja sagt, meint er auch Ja. – Aber sag mal, wie ist es dir denn eigentlich so ergangen?«

Birgit redete, Karl redete. Viel gab es zu erzählen. Die Tanzfläche füllte sich mehr und mehr.

Bevor Birgit wieder an ihren Tisch zurückkehrte, schrieb sie ihm die Adresse der Reinickendorfer Kneipe auf, in der sie arbeitete. »Komm mich doch einfach irgendwann mal besuchen. Montags ist der Laden meistens leer. Versprochen?«

»Bestimmt!«

»Schön. Ich freue mich drauf.« Birgit gab ihm einen Kuss auf die Stirn und glitt vom Barhocker.

Karl schlenderte zu Miller und Burns.

»Der Sergeant meint, es ist bestimmt nur ein loser Schlauch. Bevor ich fahre, schaut er mal nach.«

»Bleiben Sie noch lange, Major?«

»Auf einen Drink vielleicht. Und Sie?«

»Ich bin ehrlich gesagt ziemlich müde. Aber ein Glas Wein trinke ich auch noch. Könnten Sie mich wieder mit nach Dahlem zurücknehmen?«

»Selbstverständlich, Mister Charles.«

»Ich mach mich erst etwas später davon, Sir«, meinte Sergeant Burns. »Leutnant McCullen setzt mich dann nachher am Klausener Platz ab.

Major Miller kramte in einer Brusttasche seiner Uniformjacke. »Falls Sie die Kinder treffen sollten, geben Sie ihnen das bitte von mir. Mehr habe ich leider nicht dabei.« Er drückte Burns zwei Päckchen Kaugummi in die Hand.

»Danke, Sir. – Oh, mit Erdbeergeschmack! Die mögen sie besonders.«

Als Miller und Karl von der Garderobenfrau die Mäntel entgegennahmen, ging die Eingangstür halb auf. Die zwei Männer in der Türöffnung betraten das *Oriental* nicht, sondern machten auf der Stelle kehrt.

»He, spinnst du? Zerr nicht so an mir herum!«

»Los, schnell, steig ein!«

Ehe Wolfgang Richter sich's versah, hatte sein Begleiter die Tür des Mercedes geöffnet und sich im Fond zusammengekauert.

»Mensch, red doch mal!«, grummelte Richter und klemmte sich verblüfft hinter das Lenkrad.

»Gleich! Fahr erst bis zur nächsten Ecke weiter«, zischte der Mann mit einer Stimme, die keinen weiteren Widerspruch zuließ.

Also tat Richter, wie ihm aufgetragen.

»So, hier kannst du halten.« Der Mann im Fond richtete den Oberkörper auf und starrte durch die Heckscheibe. Er sah zwei amerikanische Soldaten, wie sie sich über den Motorraum eines Horch beugten. Neben ihnen stand ein Zivilist und hielt die Haube auf.

»Könntest du mir jetzt vielleicht erklären …«

»Scheiße, das ist eindeutig Meunier. – Und ich war mir absolut sicher, dass er beim *Adlon*-Brand mit draufgegangen ist!«

»Von wem, verdammt noch mal, redest du?«

Die Antwort waren zwei geballte Fäuste.

»Meunier, Meunier. – Wer zum Teufel ist das?«, insistierte Richter wütend.

»Karl Meunier, der Hoteldetektiv vom *Adlon.*«

»Na und? Ist das etwa ein Grund, mir fast den Mantelärmel abzureißen?«

»Durchaus. Wenn der mich nämlich eben im *Oriental* erkannt hätte, könnten wir in Berlin einpacken.«

»Mensch, Otto, red doch endlich mal Klartext!«

Die beiden Amerikaner richteten sich auf. Der Zivilist ließ die Motorhaube fallen.

»Meunier war einer von den heimlichen Roten im *Adlon.* War mein Oberleutnant '14/'18 und hat zum Schluss den Volkssturmtrupp der Hotelbediensteten befehligt. Ein schlauer Hund, dieses Schwein. Weil der Direktor große Stücke auf ihn hielt und er auch von Udet und anderen hohen Luftwaffenoffizieren protegiert wurde, konnte unsere *Adlon*-NSDAP-Zelle ihm nie etwas Illegales nachweisen.«

Für Otto, den strammen Parteigenossen der ersten Stunde, war auch schon ein Zentrums-Sympathisant ein Roter gewesen. Dass aber Meunier sein Stillhalten quasi erpresst hatte, weil der Detektiv herausgefunden hatte, dass von ihm auf der hauseigenen Hoteldruckerei ab 1943 Lebensmittelkarten im großen Stil gefälscht worden waren, fühlte Otto Kassner sich indes nicht genötigt, Richter zu erzählen.

Der schaute nun ebenfalls durch die Heckscheibe. Einer der Amis, ein Sergeant, salutierte und ging ins *Oriental* zurück. Der andere Uniformierte, ein Offizier, und der Zivilist stiegen in den Horch. Der Wagen wendete und fuhr in Richtung Kurfürstendamm davon.

»Aha, langsam begreife ich«, sagte Richter. »Gesehen habe ich den Kerl mit Hotte auch schon irgendwo. Ich meine, auf dem Reichstagsmarkt zusammen mit Hofmann. Im *Adlon* damals aber bestimmt nicht. Wir sind ja alle erst am 30. April in Berlin eingetroffen. Und in der Nacht, als Adolf, Hotte und ich die Reichsbank-Kisten in den Keller geschafft haben, war die Volkssturmtruppe schon verschwunden.«

»Nicht alle. Meunier war noch da, das weiß ich genau. Aber ich Idiot dachte immer, dass er beim Brand verreckt ist, weil mir das ein paar Leute unabhängig voneinander erzählt hatten.«

Otto Kassner biss sich auf die Lippen und überlegte. Dann sagte er: »Ob du Wolfgang Richter oder Schulze heißt und Hotte jetzt Brandermann oder was weiß ich, ist egal. Euch kennt kaum einer in Berlin, und Adolf auch nicht. Aber wenn ich hier als Otto Böhme durch die Welt spaziere, können wir alle unsere Pläne begraben, falls Meunier mich jemals zu Gesicht bekommt.«

»Das heißt?«

»Das bedeutet, dass ich mich auch weiterhin in der Öffentlichkeit rarmachen werde. Auf keinen Fall darf ich im *Oriental* aufkreuzen, solange Meunier in dem Laden verkehrt.«

»Man könnte doch ...« Richter strich mit dem ausgestreckten Zeigefinger um seinen Hals.

»Du kannst Gift drauf nehmen, dass ich diesbezüglich intensiv nachdenken werde. Aber vorerst versucht herauszufinden, was er so treibt. Ich fahre nach Westend zurück. Informier du gleich erst mal Hotte.«

Richter stieg aus, und Kassner setzte sich ans Steuer.

11. Kapitel

Hungerwinter

Der Wind kam gleichmäßig und schneidend. Das matte Licht einer silbrigen Januar-Sonnenscheibe beschien eine weiße Fläche, die sich wie ein sorgfältig geglättetes, schier endloses Tuch bis zu der Anhöhe am Horizont erstreckte. Das Birkenwäldchen, das dort gestanden hatte, war von den Anwohnern der Braunschweiger Stadtrandsiedlung bereits vor Weihnachten restlos abgeholzt worden.

Vera hatte den Kindern ihrer Wirtin zwei »Pazifiks« vorbeigebracht, zwei Verpflegungspäckchen, die eigentlich für britische Truppen in Fernost bestimmt waren und die je eine Tagesration Nahrung für einen Soldaten enthielten. Danach war sie der Witwe dabei zur Hand gegangen, für die Zwillinge einen Wintermantel aus einem amerikanischen Rucksack zu schneidern. Sie würden ihn abwechselnd anziehen müssen. Bei der Näharbeit trugen die Frauen Handschuhe mit abgeschnittenen Fingern, denn die letzte Fuhre Holz und Kohlen, die Brians Adjutant vorbeigebracht hatte, wurde dringend zum Kochen in dem Haus in der Vorortsiedlung benötigt, wo Vera noch immer die Dachkammern bewohnte.

Der Colonel war jetzt oft in Berlin, und er und Vera trafen sich seltener. Seit man die Erkennungsmarke des zweiten Sohnes in einem Massengrab bei El Alamein gefunden hatte, war er von Stunde an wie verändert gewesen. Er vergrub sich zunehmend in seine Arbeit. Den jovialen, charmanten Brian Teasdale gab es nicht mehr. Nicht dass er sich Vera gegenüber in irgendeiner Weise inkorrekt verhielt, aber der Schmerz über den Verlust beider Söhne hatte ihn mehr und mehr zur Flasche greifen lassen. Erst wenn er genügend Alkohol getrunken hatte, war er bisweilen wieder gesprächig wie früher. Er redete dann oft von Malta. Durch Freunde im Londoner War Office hatte er erfahren, dass man beabsichtigte, ihn eventuell dorthin zu versetzen.

»Würdest du mitkommen? Auf Malta schneit es nie. Man kennt dort keinen Frost, es gibt Oliven- und Zitronenhaine und rundherum blaues Meer.«

Vera hatte weder Ja noch Nein gesagt, obwohl der Gedanke schon sehr verlockend war, Deutschland, den Ruinen, dem Hunger und Frost den Rücken zu kehren. Aber dann war ihr eine englische Zeitschrift mit Fotos von Malta in die Finger gekommen. Darauf waren keine Zitronen- oder Olivenhaine zu sehen gewesen, sondern verwüstete Städte und Dörfer, und sie hatte gelesen, dass die deutsche und italienische Luftwaffe mehr Bomben über dem maltesischen Archipel pro Quadratkilometer abgeworfen hatten als die Alliierten über Berlin.

Vera stieg die Treppe zum Dachgeschoss hinauf. In der vorherigen Nacht hatte ein Knacken sie geweckt. Der Steingutkrug, in den sie das Kaffeewasser fürs Frühstück gegossen hatte, war auf dem Küchentisch zersprungen. Inmitten der Scherben hatte ein Eisblock gestanden.

Vera stellte vorsichtshalber den Wecker auf fünf und kroch, ohne die Kleider abzulegen, ins Bett. Sie war nicht müde, aber vielleicht döste sie doch ein wenig ein. Leutnant Brown, Brians Adjutant, würde sie um achtzehn Uhr abholen und zum *Forsthaus* fahren. Der Colonel wollte im kleinen Kreis seinen Geburtstag feiern. Vera hoffte nur inständig, dass er sich dann nicht wieder sinnlos mit Gin betrinken würde.

Die Café-Bar *Oriental* war vermutlich die luxuriöseste Wärmestube in Berlin, aber auch dort legte niemand mehr das Jackett ab. Es lag keineswegs daran, dass Benno das Heizmaterial ausgegangen wäre: Der an sich gut dimensionierte Kachelofen der Restauration vermochte den großen Saal einfach nicht mehr ausreichend zu erwärmen. Immerhin verblieben wegen Bennos Schwarzmarktkontakten vielfältige Möglichkeiten, innerlich genügend Wärme zu tanken. Wohl auch dank des vielseitigen Unterhaltungsprogramms, das im *Oriental* geboten wurde, florierte der Laden trotz der grimmigen Kälte, die die Stadt lähmte. Benno hatte es geschafft, diejenigen Leute zu schröpfen, die in Zeiten, wo jeder jeden Pfennig umdrehen musste, das Geld mit vollen Händen ausgaben. Er tat es mit Genugtuung, denn noch immer war Lilos vielköpfige Verwandtschaft bei ihm zu Hause davon abhängig, dass etwas zu beißen auf den Tisch kam. Da der Laden stets voll war, hatte Benno die meisten Schwarzmarktaktivitäten aufgeben können. Nur die wirklich lukrativen Geschäfte wickelte er mit Elektro-Klaus' Hilfe noch ab. Ansonsten nahm das *Oriental* seine Zeit zur Genüge in Anspruch.

Karl ging, außer zur Arbeit, nur aus dem Haus, wenn er sich einmal in der Woche mit Birgit traf. Wegen der großen Kälte fanden auch die Jiu-Jitsu-Abende seit Ende November nicht mehr statt. Im Mattenraum unter dem *Oriental* herrschten Temperaturen wie in einer Gefrierkammer.

Birgit trat immer sonntags bei Benno auf. Der Sonntag war ihr freier Tag in der Reinickendorfer Kneipe. Eine neue große Liebe war es nicht, die sich zwischen den beiden angebahnt hatte, eher eine unkomplizierte Zweckgemeinschaft, um gelegentlich mit jemandem eine warme Nacht im Bett zu verbringen. Mal schlief Karl bei Birgit, mal sie bei ihm in Dahlem. Mit den Akrobatikvorführungen kam sie im *Oriental* gut an und erhielt nach der Darbietung reichlich Trinkgeld zugesteckt. Während ihrer Solonummer sah sie hinreißend aus. Sie trug dabei langärmlige, eng anliegende Trikots, die den zierlichen, aber durchtrainierten Körper appetitlich zur Geltung brachten, besonders wenn sie in dem strassbesetzten Trikot mit dem tiefen Ausschnitt auftrat. Die Unterarmnarben, die sie mit den langen Ärmeln kaschierte, waren das bleibende Resultat eines Bombenangriffs, als sie es nicht mehr rechtzeitig in den Luftschutzkeller geschafft hatte. Sie war von der Druckwelle einer Luftmine gegen einen Spiegelschrank geschleudert worden. Es war Glück im Unglück gewesen, dass sie keine größeren Verletzungen davongetragen hatte.

Eigentlich hätte Karl mit seiner attraktiven Freundin zufrieden sein können. Sie stritten sich fast nie und fanden auch im Bett durchaus Freude aneinander. Kochen konnte Birgit ebenfalls, sie zauberte aus den spärlichsten Zutaten und den Lebensmitteln, die Karl gelegentlich bei den Amis abstaubte, auf ihrer »Kochhexe«, einem transportablen Miniherd, den die AEG aus Wehrmachtsschrott wie Stahlhelmen und Granatenhülsen herstellte, wahre Leckerbissen.

Aber dennoch fehlte beiden etwas. Sie sprachen bisweilen ganz offen darüber. Der Altersunterschied an sich war es nicht, Birgit war im gleichen Jahr wie Vera geboren, es war etwas anderes, und Karl grübelte lange nach, wieso der Funke nicht überspringen wollte, fand aber keine schlüssige Antwort. Birgit sah das Problem klarer und benannte es auch eines Tages, ohne viel zu beschönigen.

»Weißt du was, Karlchen, da sollten wir uns einfach nicht viel den Kopf zerbrechen. Es ist, wie es ist. Wie Topf und Deckel. Manchmal passt's, manchmal nicht.« Sie legte ihm beide Hände auf die Schultern und gab ihm einen Kuss. »Und außerdem …«

Karl nickte. Birgit musste nicht weitersprechen.

Karl und Birgit blieben gute Freunde, auch als sie ihm Ende Februar eröffnete, dass sie sich in einen Stammgast des *Oriental* verliebt hatte.

——

»Na, Paul, was tut sich in der Stadt?«

Major Miller streifte die gefütterten Lederhandschuhe ab, entledigte sich seines dicken Offiziersmantels und legte seine steifen Finger an den lauwarmen Heizkörper neben Gleasons Schreibtisch. Das Thermometer vor dem Fenster zeigte minus zwölf Grad. Man schrieb bereits den 13. März.

»Sibirien pur, Bill. Ohne Ketten hätte ich es nicht hierher geschafft.« Millers Horch hatte schon bei der ersten schlimmen Kältewelle im Dezember den Geist aufgegeben, und der Major hatte einen allradgetriebenen Wagen vom Flugplatzfuhrpark bekommen. Leider war die Heizung überhaupt nicht mit der des Horch vergleichbar. Eine Fahrt in dem Jeep, ohne festes Dach, sondern mit Stoffverdeck, hatte immer etwas von einer Arktisexpedition.

Gleason, der unter dem Cordjackett einen dicken Rollkragenpullover trug, wedelte mit einem Blatt Papier. »Die Wetterfrösche sind optimistisch.«

Miller lächelte gequält. »Das waren sie Ende Dezember und Mitte Januar auch, und jedes Mal ist es nur noch schlimmer geworden.«

Gleason schaute auf den Trampelpfad, den die Militärpolizisten entlang des Zauns in die Schneewehen gegraben hatten.

»Mir reicht dieser verdammte Winter auch. Was soll's, Paul, ewig wird er nicht mehr dauern.«

Miller betrachtete nur skeptisch die Schneewüste, die das Haus im Föhrenweg umgab, und dachte an die unzähligen katastrophalen Pressemeldungen aus allen Teilen Deutschlands, die er mit Meunier in den vergangenen Monaten durchgegangen war. Es sah böse aus. Brot war eine absolute Luxusware geworden und musste mit bis zu sechzig Prozent Maismehl gestreckt werden. Protestmärsche und Arbeitsniederlegungen fanden allerorts statt. Auf dem Flugplatz Tempelhof waren die Wiederaufbaumaßnahmen völlig zum Erliegen gekommen. Fleischrationen konnten nur noch zu zwanzig Prozent ausgeteilt werden. Krankheiten und Seuchen grassierten, da die Menschen mangels vernünftiger Ernährung geschwächt waren. Das öffentliche Leben war mehr oder weniger überall zusammengebrochen. Selbst bewachte Kohlenzüge wurden ausgeplündert. Ungezielte Warnschüsse schreckten niemanden ab. Im Tiergarten stand kein einziger Baum mehr. Mord und Totschlag wegen einer Handvoll Lebensmittel waren an der Tagesordnung. Es existierten keine verlässlichen Zahlen, wie viele Menschen in der ehemaligen Reichshauptstadt erfroren oder verhungert waren, aber es durften bislang einige Hundert, wenn nicht einige Tausend gewesen sein.

Bill Gleason starrte unverwandt nach draußen.

Miller räusperte sich. »Ich nehme an, dass du mit mir kaum über das Wetter reden wolltest, Bill.«

Gleason schüttelte matt den Kopf. »Natürlich nicht, Paul. Das Wetter und die damit verbundenen Probleme sind schon beschissen genug, aber was mir meine Leute neuerdings melden, sind auch keine Nachrichten, die mich erheitern. – Es ist wieder viel Falschgeld in Umlauf gebracht worden.«

»Hier in Berlin?«

»Ja. Zwar keine enormen Beträge, aber es läppert sich doch beachtlich zusammen.«

»Wo?«

»Seit der Blütenschwemme im Vorjahr machen unsere Experten Stichproben bei den Geldinstituten, weil ein normaler Bankmensch ja kaum imstande ist, die falschen Scheine von echten zu unterscheiden. Bis Anfang März entdeckten sie nur hin und wieder eine falsche Fünfzig-Mark-Banknote. Jetzt finden sie jeden Tag gleich mehrere.«

»Haben die Russen wieder die Druckmaschinen in Leipzig angeworfen?«

»Die Experten meinen, nein. Die Berliner Falsifikate sind mit denen vom Vorjahr vergleichbar, chemische Analyse und so weiter. Die russischen Nachdrucke aus Leipzig sind von nicht so bestechender Qualität.«

»Also sind davon auch wieder welche aufgetaucht.«

»Sicher, unsere russischen Waffenbrüder haben da keine Skrupel, nur sind es bei weitem nicht mehr so viele wie früher.«

Major Miller setzte sich vor den Besucherstuhl vor Gleasons Schreibtisch. Er traf sich regelmäßig mit dem OSS-Mann und meinte, ihn recht gut einschätzen zu können. Gleason erzählte ihm viel, aber nicht alles. Doch heute hatte Miller das Gefühl, dass Bill eine weitere Überraschung für ihn bereithielt. Er sollte sich nicht täuschen. Gleason begann mit seinem Kugelschreiber zu spielen, ein sicheres Zeichen, dass er noch etwas auf Lager hatte.

»Paul?«

»Ja?«

»Du erinnerst dich an die Schwarzmarkthändler an dem Tag, an dem du Mister Charles wiedergetroffen hast?«

»Sicher.«

»Da war doch ein stiernackiger dicker Mann dabei, der von mehreren der Inhaftierten als Lieferant der bei ihnen gefundenen Reichsmarkblüten belastet wurde.«

»Ich meine, er hieß mit Vornamen Adolf, richtig? Der Nachname ist mir entfallen.«

»Hübner, Adolf Hübner«, half der OSS-Mann Millers Gedächtnis auf die Sprünge. »Ich hatte ihn ja am gleichen Tag noch nach Frankfurt ausfliegen lassen, damit die Kollegen dort sich intensiv mit ihm beschäftigen.«

»Ich erinnere mich, Bill. Was ist mit diesem Hübner?«

Gleason lehnte den Kugelschreiber behutsam gegen die bayerische Keramik-GI-Figur auf dem Schreibtisch. »Alles, was er zugab, war, dass er das Falschgeld von einem Unbekannten bekommen hatte. Ansonsten war er leider nicht sehr gesprächig.«

»War?«

»Ja. Er ist tot, erschossen bei einem Fluchtversuch.«

»Interessant. Und ich dachte immer, eure Leute sind hyperpenibel, wenn es um Sicherheit geht.«

Gleason überhörte den Seitenhieb geflissentlich. »Es waren entschuldbare Umstände für die Kollegen. Und schließlich ist er ihnen ja auch nicht entkommen. Wegen der Irrsinnskälte ist vorgestern die Stromversorgung in dem Haus, wo er verhört wurde, exakt in dem Augenblick zusammengebrochen, als ein Wärter ihn in seine Zelle zurückbringen wollte.«

Miller zog die Augenbrauen hoch. Gleason griff wieder nach dem Kugelschreiber. »Ich will dir die Details ersparen, wie er es geschafft hat, den Wärter zu entwaffnen und durch ein Toilettenfenster zur Grundstücksmauer zu gelangen.«

Miller nickte und ahnte, dass sich ein paar Leute in Frankfurt deswegen einen gewaltigen Anschiss eingefangen hatten.

»Wie dem auch sei! Der Posten im Garten hat nicht geschlafen. Hübner hat auf ihn gefeuert. Unser Mann war besser.«

»Zu gut?«

Gleason starrte wieder nach draußen. »Er hatte keine andere Wahl. Natürlich hätte ich es lieber gesehen, wenn er noch leben würde, wie du dir vorstellen kannst.«

»Dumm gelaufen.«

»Das kannst du laut sagen. Hübner war ein Volltreffer, sonst hätte er nicht so viel riskiert.« Bill Gleason warf den Kugelschreiber auf den Schreibtisch. »Aber es kommt noch besser, Paul. Morgen kannst du es garantiert in allen Zeitungen lesen. – Nach der Obduktion im US-Hospital heute Morgen hat man Hübner ins städtische Leichenschauhaus gebracht. Da war gerade ein Rudel Korrespondenten aller großen Zeitungen Deutschlands eingetroffen, die einem Gerücht von Hungerkannibalismus nachgehen wollten. Man hatte am Mainufer die Körper von zwei merkwürdig verstümmelten Frauen in einer Ruine aufgefunden.«

»So? Ein ähnlicher Verdacht wurde neulich in der britischen Zone geäußert.«

»Ich weiß. – Jedenfalls hat einer der Journalisten zufällig Hübners Gesicht gesehen, weil beim Transport das Tuch auf der Bahre verrutscht war. Der Journalist war während des Kriegs im Baltikum stationiert. Er schwört Stein und Bein, dass unser Adolf Hübner niemand anders ist als der berüchtigte SS-Sturmführer Adolf Wagener.«

Wie elektrisiert richtete Miller sich kerzengerade auf. »Was? Doch nicht etwa der ›Bluthund von Wilna‹?«

Gleason nickte. »Genau der, Paul.«

Miller überlegte fieberhaft, dann sagte er: »Könnt ihr die Nachricht nicht einfach unterdrücken?«

Gleason schüttelte den Kopf. »Das ist leider unmöglich. Unser Hauptquartier hat viel zu spät davon erfahren, und dann auch nur, weil dieser Journalist sich bei ihnen gemeldet hat. Nein, eine Zensur würde nicht mehr rechtzeitig greifen. Die Zeitungen sind schon alle im Druck.«

»Das bedeutet ...«

»... nicht mehr oder weniger, als dass Wageners Hintermänner oder Komplizen spätestens morgen früh wissen, dass er nichts mehr ausplaudern kann. Und dass er die ganze Zeit über dichtgehalten hat, können sie sich ohnehin ausmalen.«

»Stimmt, sonst hätten wir sie schon längst hochgenommen. – Haben wir überhaupt Anhaltspunkte, wer hinter dem Falschgeld in Berlin steckt?«

»Vage, Paul. Das Geld ist zuvor im Zusammenhang mit Schwarzmarktaktivitäten aufgetaucht und jetzt unter den Kassenbeständen mehrerer Berliner Geldinstitute. Wir versuchen natürlich, den Weg der Blüten zu rekonstruieren. Aber es wird schwer werden, herauszufinden, ob ein System dahintersteckt, und wenn ja, was für eins. – Wie gesagt, alle aufgespürten Falsifikate sind von bestechender Qualität.«

»Also?«

Gleason spielte wieder mit dem Kugelschreiber. »Wir brauchen verlässliche deutsche Informanten aus dem Schwarzmarktmilieu. – Hör dich doch mal vorsichtig um.«

»Ich wüsste schon einige. Ich schätze die zwar so ein, dass man sie kaum dafür gewinnen könnte, jemanden ans Messer zu liefern, nur weil er CARE-Pakete verscherbelt, aber wenn es sich um untergetauchte SS-Mörder wie Wagener handelt, stehen die Chancen besser. – Und wir liegen doch mit unserer Vermutung nicht weit auseinander, dass Wagener kaum allein in einem stillen Kämmerlein die Blüten fabriziert hat, oder?«

»Keineswegs, Paul. Keineswegs.«

»Wagener wurde übrigens im August 1943 zu ›besonderen Aufgaben‹ in die Reichshauptstadt versetzt. Das ging aus seiner Personalakte hervor, die man hier im Berlin Document Center fand.«

Major Miller war eine Stunde später wieder von dem baumlangen Militärpolizisten zum Ausgang der Föhrenweg-Villa begleitet worden, als die Tür von Gleasons Büro aufging. Ein Mann in einem grauen Anzug betrat den Raum und setzte sich zu Gleason an den Schreibtisch. Er war aschblond, älter als der OSS-Mann, auch kleiner und überhaupt eine unauffällige Gestalt, weder dick noch dünn.

»Nun, Richard, was hältst du von Millers Plan?«

Richard Bloomsfield verzog das Gesicht. »Ihr solltet mal bei Gelegenheit die Mikrofone hier im Zimmer austauschen. Miller war gut zu verstehen, aber bei dir hat es immer gerauscht. Egal. Ich glaube, ich habe trotzdem alles einigermaßen mitbekommen, was du gesagt hast.«

»Und?«

»Major Millers Plan ist gut. – Falls es wirklich eine Naziclique ist, die die Blüten unters Volk bringt. Wir sollten es dennoch keinesfalls versäumen, weiter ein Auge auf die Russen zu werfen. Dieser Wassilinski trifft im *Oriental* ziemlich viele Leute, die mir mehr als suspekt erscheinen.«

Gleason entnahm einer Schreibtischschublade eine Liste, die Bloomsfield ihm gegeben hatte und die ständig auch von Miller um Namen ergänzt wurde, und murmelte: »Brandermann … Hofmann … Kellner … Meunier … Schulze. – Was ist eigentlich mit diesem Colonel Teasdale, der verkehrt doch weiterhin regelmäßig im *Oriental,* wenn er in Berlin ist? Trinkt er immer noch so viel?«

Richard Bloomsfield zupfte an seinem Krawattenknoten. »Colonel Teasdale? Tja, ich habe neulich mal mit einem britischen Kollegen über ihn gesprochen. Denen ist das Problem bekannt, aber da der Colonel im Dienst keinen Tropfen Alkohol anrührt, liegt gegen ihn nichts vor, disziplinarisch, meine ich. Außerdem wird er demnächst nach Malta versetzt.«

»Und weshalb lässt er sich abends immer so mit Gin vollaufen?«

»Der Kollege erzählte mir, dass Teasdale vor zwei Monaten erfahren hat, dass auch sein zweiter Sohn, der in Nordafrika als vermisst galt, tot ist. Seitdem trinkt er.«

»Spricht er gelegentlich mit Wassilinski?«

»Nein, nie.«

Gleason schaute auf die Liste. »Leutnant McCullen?«

Bloomsfield lachte. »Der kommt nur selten ins *Oriental,* Bill. Kein Wunder. Gesprächspartner, mit denen er über Hechtköder oder Angeltechniken fachsimpeln kann, sind da dünn gesät.«

Gleason schmunzelte. »Dabei ist Benno Hofmanns deutsche Kundschaft eigentlich überwiegend vom Fach.«

»Äh, wie meinst du das?«

Gleason tippte auf die Liste. »Na, Goldelse zum Beispiel fischt doch ziemlich erfolgreich nach Juwelen. Neulich hat sie einem meiner Leute auf dem Schwarzmarkt am Schlesischen Bahnhof eine Brosche angedreht. Angeblich eine aus dem Besitz von Eva Braun.«

»Und?«

»Ich glaube kaum, dass Frau Hitler unechten Schmuck getragen hat.«

Als Edith Jeschke am späten Nachmittag vom Unterricht nach Hause zurückkam, fand sie auf dem Küchentisch einen Zettel von Robert und daneben auf einem Teller das versprochene Stück Fleisch – gutes Suppenfleisch, das bestimmt wieder der befreundete Koch aus der Mannschaftskantine in Tempelhof abgezweigt hatte. Der Küchensergeant war eine verlässliche Quelle, denn er sammelte Briefmarken. Elektro-Klaus, den Robert im *Oriental* kennengelernt hatte und der in Tempelhof beschäftigt war, sammelte auch Briefmarken. Zigaretten gegen Briefmarken, Briefmarken gegen Suppenfleisch. Eine Schüssel mit Trockenerbsen, von Robert bereits für die Abendmahlzeit eingeweicht, stand ebenfalls auf dem Küchentisch.

Robert hatte die Kinder, wie zuvor vereinbart, zum Flugplatz Tempelhof mitgenommen. Sie würden in etwa einer Stunde wieder zurück sein. Plötzlich fing Edith laut an zu fluchen: Nicht bloß, dass die Wasserleitungen im Haus seit Wochen eingefroren waren, jetzt streikte auch die elektrische Kochplatte ausgerechnet in der Zeit, wo es Strom gab! Sie befühlte das Kabel. Irgendwo musste ein Wackelkontakt sein, denn der Stecker war in Ordnung. Dabei hatte sie allen fest versprochen, dass es abends eine heiße Suppe geben würde.

Edith schaute in den Kohlenkasten neben der Kochmaschine. Leer. Sie ging ins Kinderzimmer. Mit den letzten Briketts aus dem Kasten hatte Robert den Kachelofen dort angeheizt. Zum Glück war der Vorrat im Keller noch recht ansehnlich. Edith lehnte sich eine Weile gegen den Ofen und spürte, wie die Wärme langsam durch ihren Wintermantel drang. In der Schule war es vor Kälte kaum auszuhalten gewesen. Die Holzscheite, Kohlen- und Papierreste, die die Kinder jeden Tag zum Unterricht mitbrachten, verhinderten gerade so, dass in den Klassenzimmern die Temperaturen unter null sanken.

Edith holte die Brennholzkiepe, nahm den Kellerschlüssel vom Haken, zündete die Petroleumlampe an und öffnete die Wohnungstür. Eine Treppe tiefer klopfte jemand gegen eine Tür, die sich gleich darauf quietschend öffnete. »Ah, Sie sind's!«, hörte sie Frau Hansen sagen. Die Tür fiel wieder zu.

Als Edith die schwere Holzkiepe abstellte, um die Kellertreppentür hinter sich abzuschließen, ging, ohne sie zu beachten, ein korpulenter Mann durch den Hausflur an ihr vorbei zum Eingangsportal. Edith sah ihn bloß für eine Sekunde im Profil, erkannte ihn aber sofort. Es war der Besucher von Frau Hansen. Der Mann mit den Schmissen im Gesicht kam seit Neuem öfter zu der Witwe. Er musste in der Nähe wohnen, denn auch auf dem Klausener Platz oder vor dem Schloss Charlottenburg war sie ihm mehrmals begegnet.

Edith mochte den dicken Mann nicht. Er erinnerte sie zu sehr an die früheren mensurnarbigen Saufkumpane von Frau Hansens Mann.

12. Kapitel

Teilweise Erleuchtung durch Fräulein Schwandt

Vom 23. März an gab es in Berlin noch leichten Nachtfrost, aber die mittleren Tagestemperaturen lagen endlich stabil im Plusbereich. Karl war am Rande des Rollfelds gerade damit beschäftigt, einer Gruppe von Vorarbeitern die abgeänderten Pläne der Flughafenverwaltung bezüglich der Ausbesserung von Frostschäden auf der Landepiste zu übersetzen, als Burns mit einem Jeep heranpreschte.

»Der Major will Sie sprechen, wenn Sie hier fertig sind.«

»Give me five more minutes, Sergeant!«

»O. k. I'll wait.«

Es geschah selten, dass Major Miller Karl, außer mittwochs, wenn beide gemeinsam die aktuelle Presse durchgingen, zu sich ins Büro kommen ließ.

»Please, have a seat, Mister Charles!«

Karl rückte einen Stuhl vor den Schreibtisch. »What can I do for you, Major?«

»Ich habe ein Anliegen, Mister Charles, und will nicht lange um den heißen Brei herumreden. Ich könnte in einer sehr diffizilen Angelegenheit Ihre Hilfe gut brauchen. Und auch die Unterstützung von Herrn Hofmann. Aber bevor ich weiterspreche, möchte ich Ihnen versichern, dass, worum ich Sie bitten werde, nichts mit, sagen wir mal, normalen Schwarzmarktgeschäften zu tun hat.« Er grinste. »Mir sind Herrn Hofmanns Aktivitäten diesbezüglich bekannt.«

Karl nickte. Jeder Gast im *Oriental,* der eins und eins zusammenzählen konnte, wusste, dass, wer den Laden in der Schlüterstraße so aufwendig in Gang halten konnte, über ausgezeichnete Kontakte zum Schwarzmarkt verfügen musste: russischer Krimsekt und Wein aus Frankreich und ganz zu schweigen von den T-Bone-Steaks, die man wohl kaum auf Lebensmittelkarte erhielt, oder dem geräucherten Stör aus fernen Sowjetrepubliken.

Major Miller war oft Gast im *Oriental,* und er war nicht blind.

»Weshalb ich meine Bitte an Sie und Herrn Hofmann richte, hat einen Grund. Ich kenne Sie beide noch aus Vorkriegszeiten – Sie und Ihre politische Einstellung. Aus sicheren Quellen, die ich nicht preisgeben kann, weiß ich, dass in Berlin in den letzten Wochen ein Netzwerk von hohen Nazifunktionären und SS-Offizieren auffällig geworden ist.«

»In den letzten Wochen erst? Gleich nach Kriegsende sind einige der braunen Ratten schon wieder aufgetaucht. – Ein ›Persilschein‹ oder neue Identitätspapiere für ein Bündel Fünfzigmarkscheine, und die Sache ist geritzt. Ich habe mir sagen lassen, dass es selbst für einst linientreue NSDAP-Mitglieder nicht sonderlich schwer sein soll, irgendwo bei einer Behörde unterzukommen, sogar bei der Polizei.«

Major Miller schaute Karl scharf an. »Sie erwähnten eben Fünfzigmarkscheine.«

Karl musterte seinerseits den Major. »Ich erinnere mich noch gut an den Anlass meiner Festnahme bei der Reichstags-Razzia. – Geht es wieder um Falschgeld?«

Miller lachte. »Volltreffer, Mister Charles. Ja. Genauer gesagt geht es um Fünfzig-Mark-Blüten.«

»Und der Herstellung verdächtigen Sie eine Naziorganisation?«

»Es gibt gewisse Anzeichen, die die Vermutung nahelegen.« Miller reichte Karl ein Foto. »Kennen Sie diesen Mann?«

Karl besah das Bild genauer. Ein bartloser, wohlgenährter Mann Mitte vierzig. Ein Porträt bis zum Halsansatz. »Die Augen erscheinen mir sehr merkwürdig, überhaupt ist der Gesichtsausdruck seltsam. – Das ist doch eine Aufnahme von einem Toten, oder?

»Ja.«

»Ich bin mir nicht völlig sicher, aber es könnte durchaus einer der Herren sein, die man damals mit mir hier in Tempelhof verhört hatte.«

»So ist es, Mister Charles.«

»Wer ist diese Person?«

»Sein Personalausweis und die Lebensmittelkarte waren auf den Namen Adolf Hübner ausgestellt. Als Wohnort eine Adresse im Bezirk Mitte, aber die war auch falsch.«

»Aber Sie haben seine wahre Identität in Erfahrung bringen können?«

»Durch Zufall. In der Presse wurde darüber ausführlich berichtet, allerdings hatte man in einigen Zeitungen ein altes Foto veröffentlicht, eines, das den SS-Sturmführer Adolf Wagener in Uniform und mit Bart zeigt.«

»Was, dieser Kerl ist der ›Bluthund von Wilna‹?«

»Genau der. Er ist zweifelsfrei identifiziert worden.«

Karl holte tief Luft. »Natürlich hatte ich davon gelesen, Major. Ich meine aber, dass im *Telegraf* kein Foto von ihm war.«

»Gut möglich. Viele Zeitungen haben nur eine reine Textmeldung gebracht.«

Nachdem Miller von Wageners Fluchtversuch in

Frankfurt berichtet hatte, griff Karl erneut nach dem Foto. »Kennen Sie seine richtige Adresse in Berlin?«

»Nein. Die Geldverteiler trafen ihn immer nur auf dem Reichstagsmarkt.«

Karl tippte auf das Foto. »Ich brauche noch ein paar davon.«

Das *Oriental* war voller als sonst, und daran mochte das Wetter schuld sein. Die Schneematschreste waren zwar nicht völlig weggeschmolzen, aber es gab auch keinen strengen Nachtfrost mehr.

Benno machte seine übliche Runde bei den Stammgästen und setzte sich gerade zu Oberstleutnant Wassilinski an den Tisch. Dort saßen ferner Brandermann, der Bauunternehmer, der jetzt mit Birgit liiert war, und andere bekannte Gesichter. Brandermann unterhielt sich angeregt mit dem Russen, der sichtlich froh war, mit jemandem in seiner Muttersprache plaudern zu können, denn diese schien der Bauunternehmer gut zu beherrschen. Wiederholt war Karl Zeuge gewesen, wie Sowjetoffiziere in schallendes Gelächter ausgebrochen waren, als Brandermann etwas zu ihnen gesagt hatte. Karl hatte nur das Wort »Amerikanski« verstanden. Offenbar war ein derber Witz über die Amerikaner gerissen worden. Karl traf Brandermann in der letzten Zeit häufig auf dem Flughafen, wenn der nach seinen Bautrupps schaute, wechselte dann aber nur selten mehr als ein paar beiläufige Worte mit ihm. Birgit selbst entdeckte Karl nicht unter den Gästen. Von Benno hatte er gehört, dass sie nicht mehr in der Franzosenkneipe in Reinickendorf arbeitete, sondern viel bei offiziellen Feiern in der sowjetischen Zone auftrat. Brandermann und Wassilinski schienen sich angefreundet zu haben. Gegen gewisse Gratifikationen hatte der Genosse Oberstleutnant bestimmt seine Beziehungen spielen lassen.

Karl machte Benno ein Zeichen, dass er ihn im Lagerraum hinter dem Tresen sprechen wollte.

»Na, Karlchen, welch seltener Besuch«, wurde er von Lilo begrüßt, die dort leere Weinflaschen sortierte.

Schon erschien auch Benno in der Tür. »Wo brennt's denn, meen Bester?«

»Mach mal bitte erst hinter dir zu«, sagte Karl und hockte sich auf eine Bierkiste. Dann gab er den beiden ein Foto von Adolf Wagener. »Kennt ihr die Visage?«

Lilo schüttelte den Kopf, aber Benno nickte.

»Mensch, det is doch der Hübner vom Reichstag, oder ick brooch doch bald endlich 'ne neue Brille! – Wofür zeichste uns denn det Bild?«

Karl sagte es ihnen.

»Der hat immer viel mit Gormullowski rumgehangen, is mir uffjefallen«, murmelte Benno. Seine Augen verengten sich zu Strichen. »Det Schwein hat doch nich etwa den Pollacken uffem Jewissen?«

»Für Skrupel war der ›Bluthund von Wilna‹ ja nicht unbedingt bekannt. – Miller braucht jedenfalls unbedingt die Adresse, wo Hübner alias Wagener in Berlin gewohnt hat, und er muss wissen, wer dessen Kumpane sind.«

Benno steckte das Foto ein. »Sach dem Major, ick bin mit vonner Partie. Ick hör mir morjen jleich mal um. – Oder wat meenste, meen Schatz?«

Lilo konnte ihrem Dickerchen angesichts des – überwiegend aus alliierten Armeebeständen – gut gefüllten Getränkelagers nur von ganzem Herzen zu einer Kooperation mit Major Miller raten.

Karl ging in den Saal zurück, setzte sich an den Tresen und bekam ein Bier. Neben ihm löste der Mann im grauen Anzug Kreuzworträtsel. Hin und wieder fuhr er sich mit dem Bleistiftende durch sein aschblondes Haar. Karl war, seit er und Birgit sich getrennt hatten, nur noch selten ins *Oriental* gekommen. Nicht weil er ihr aus dem Weg gehen wollte, sondern lediglich, weil wegen der Kälte die Jiu-Jitsu-Übungstreffen ausgefallen waren, aber jedes Mal hatte dann dieser Mann über einem Kreuzworträtsel gebrütet. Mit jemandem zu reden schien er nie. »Det is 'n janz ruhijer Zeitjenosse, Karlchen, 'n Ami, arbeetet in Dahlem inner Buchhaltung, hatter mir jesacht.«

Karl trank sein Bier aus. Bevor er sich auf den Heimweg machte, erfuhr er noch, dass die Jiu-Jitsu-Truppe sich ab der nächsten Woche wieder regelmäßig treffen wollte. »Sons rosten wa, meen Bester! – Ick sach dir sofort Bescheid, wenn ich wat über Wageners Adresse rausjefunden hab. Am besten is, du kommst morjen Mittach wieder her, denn weeß ick ja vielleich schon wat. Oder arbeeteste ooch annem Samstach?«

»Manchmal schon, aber morgen nicht.« Benno stellte vier Ginflaschen auf den Tresen.

»Gibt's hier noch 'ne Feier?«

»Teasdale will noch mit 'n paar Kumpels seene Versetzung nach Malta bejießen.«

Als Karl auf der Schlüterstraße stand, hielt eine britische Militärlimousine, dessen Fahrer salutierte, als er für Colonel Teasdale die Fondtür öffnete. Der Colonel erwiderte leicht schwankend den Gruß und verschwand im *Oriental*.

Karl hatte noch lange gelesen, deshalb weckte ihn das heftige Klopfen an der Wohnungstür mitten aus dem Tiefschlaf. Benommen stand er auf. Es war acht Uhr.

Das Klopfen wurde heftiger. »Moment!«, rief er.

»Mensch, Karlchen, raus aussen Federn, draußen is'n Prachtwetter, und du poofst bis inne Puppen!«

Karl sperrte die Tür auf, und Benno, mit einem Sack in der Hand, kam herein.

»'ne Morjenjabe, meen Juter. Beste Bruchbriketts.« Er stellte den Sack neben den Kanonenofen.

»Sag mal, bist du aus dem Bett gefallen, dass du schon um diese Zeit hier antanzt?«

»Ick bin ooch nich jrade überjlücklich, ausjerechnet am Samstag so früh rauszukriechen, aber besondre Umstände bewogen mir dazu, meen Bester. – Ick hab nämlich wahrscheinlich Wageners Adresse.«

Karl war augenblicklich hellwach. »Wie denn das so schnell?«

»Kaum biste jestern wegjejangen, kam der kleene Hansi. Ick gloobe, den kennste nich. Der besorcht mir immer Kleiderstoff für Anzüje.«

Während Karl sich anzog, setzte Benno Kaffeewasser auf und berichtete.

Der kleine Hansi hatte Wagener alias Hübner auf dem Foto sofort erkannt. Er war ihm wiederholt auf den verschiedenen Berliner Schwarzmärkten begegnet. Außerdem besaß Hansi einen Abnehmer für seine Stoffe in Frohnau, im Kasinoweg. Im letzten Sommer hatte er dort Hübner im Garten einer Villa gesehen. Die Nummer des Hauses wusste er natürlich nicht, aber er hatte das Grundstück gut beschreiben können.

»Und da fahren wa jetz ma hin, nachdem de 'nen Happen jejessen hast«, sagte Benno und brühte den Kaffee auf.

Das mit dem Prachtwetter stimmte. Endlich schien der Frühling den Hungerwinter vertrieben zu haben. Karl hatte zum ersten Mal seinen Übergangsmantel an und die dicke Filzkappe mit den Ohrenschützern durch einen leichten Hut ersetzt. Bei strahlendem Sonnenschein erreichten die beiden Freunde Frohnau. Benno fuhr langsam durch den Kasinoweg und wies plötzlich auf ein Haus am S-Bahndamm mit einer abschüssigen Rampe zu einer Garagentür. »Det dürftet sein!«

Sie parkten den Opel in der Welfenallee und schlenderten zum Kasinoweg zurück. Die Villa sah unbewohnt aus. Es gab keine Gardinen oder Vorhänge an den Fenstern, und der Garten wirkte verwildert. »Wennste mir frachst, die Bande hat sich hier verdrückt.« Am Pfeiler der Gartenpforte über dem Briefkasten hing nur die Hausnummer, aber kein Namensschild.

»Schau mal, da ist nebenan jemand im Garten – ich geh mal fragen.«

»Und ick probier mal meen Jlück bei dem Haus uffer andren Seite.«

Auf der Fahrt nach Frohnau hatten sich Benno und Karl eine unverfängliche Geschichte zurechtgelegt. Sie würden sich als Hübners Verwandte aus der sowjetischen Zone ausgeben, die ihren Cousin suchten.

Die Frau im Garten, eine hagere, ältliche Jungfer mit einem Dutt, schrubbte eine kniehohe Steinstatue mit einer Wurzelbürste ab. Es war ein in Meditationshaltung sitzender Buddha. Sie erblickte Karl vor ihrer Gartenpforte und legte die Bürste aus der Hand.

Karl lüftete seinen Hut. »Entschuldigen Sie bitte, gnädige Frau, aber vielleicht können Sie mir helfen. Ich suche einen Cousin von mir, der hier im Kasinoweg wohnen soll.«

Fräulein Schwandt wollte den lästigen Störenfried

schon kurz abwimmeln, als der plötzlich sagte: »Übrigens, gnädige Frau, das ist wirklich eine schöne Figur des Erhabenen Gautama, die Sie da soeben säubern. Handelt es sich womöglich um ein Replikat des Großen Buddhas von Kamakura?«

Fräulein Schwandt war augenblicklich wie verwandelt. »Oh, der Herr kennt sich ja in buddhistischer Ikonografie bestens aus. Das ist in der Tat eine Miniaturkopie des Großen Buddhas von Kamakura.«

Karl setzte sein gewinnendstes Lächeln auf. »Mein Cousin und ich sind nur auf Durchreise in Berlin und wollten bei der Gelegenheit einen Verwandten von uns besuchen – falls er nach all den schrecklichen Jahren überhaupt noch lebt. Man sagte uns, er würde da wohnen.« Karl zeigte auf die Villa und zog Wageners Foto aus der Manteltasche. »Nur sieht mir das Haus recht verlassen aus. – Hier, das ist er. Adolf Hübner heißt er.«

Fräulein Schwandt betrachtete das Bild und nickte. »Der Herr hat in der Villa gewohnt, ist aber im letzten Herbst weggezogen.«

»Mit seiner Frau und den beiden Kindern?«

»Kinder? Nein, mit den anderen drei Herren, mit denen er dort gleich nach Kriegsende eingezogen ist.«

Karl machte ein betroffenes Gesicht. »Oh, Sie haben wirklich nie Frau Hübner gesehen, eine kleine, freundliche Frau, und ihre zwei reizenden Jungen?«

»Ganz bestimmt nicht. Das wäre mir aufgefallen.«

»Sie wissen nicht zufällig, wo Herr Hübner oder die anderen Herren jetzt wohnen? – Waren das etwa die Herren Hartmann, Klinke und Rauchberg, so ein kleiner dicker Mann?«

Fräulein Schwandt lächelte milde. »Ich versuche in einer Welt des Wahnsinns ein Leben in Stille und geistiger Sammlung zu leben, mein werter Herr.«

Karl nickte verständnisvoll.

»Weder wusste ich, wie der Mann auf dem Foto heißt, noch kenne ich die Namen seiner damaligen Mitbewohner. Aber ich meine gehört zu haben, dass am Tag ihres Umzugs einer gesagt hat, dass er nach Westend vorfahren würde. – Und richtig dick von den vier Männern war eigentlich nur Ihr Verwandter. Die anderen Herren …« Fräulein Schwandt beschrieb Karl die Männer. Leute mit Brandverletzungen im Gesicht gab es nach dem Krieg unzählige und mensurnarbige Akademiker auch. Über den dritten Mitbewohner von Wagener sagte sie nur: »Das war ein gut aussehender Mann, etwa von Ihrer Statur, aber deutlich jünger.«

Karl zog erneut den Hut. »Ich danke Ihnen vielmals für die Auskunft, gnädige Frau.«

Benno kam ihm auf der Straße entgegen. »Ick hab bloß Nieten jezoogen. Da ham Flüchtlinge aus Pommern jewohnt, die von nischt wussten.«

»Ich nicht. Wagener war tatsächlich bis letzten Herbst in der Villa.«

»Wir haben sofort ein paar Spezialisten in die Villa geschickt, Paul. Die Analyse der Papierschnipsel in der Garage und gewisse Farbspritzer auf dem Boden lassen ohne Einschränkungen die Schlussfolgerung zu, dass dort Falschgeld gedruckt wurde. Natürlich ist die Aussage der Nachbarin, einer der Männer sei nach Westend gefahren, und auch ihre Personenbeschreibung nicht sonderlich hilfreich. Aber zumindest wissen wir jetzt, dass Wagener drei Komplizen gehabt hat und dass die Blüten in Berlin fabriziert wurden. Bei weiteren Überprüfungen sind erneut falsche Fünfzigmarkscheine in einigen Geldinstituten aufgetaucht. Die Bande ist also auch ohne Wagener noch rege. Dass sie mit der Geldverteilung ab dem vergangenen Herbst pausiert hat, hängt meiner Meinung nach damit zusammen, dass wir Wagener einkassiert hatten. Als dann sein Tod publik wurde – und weil sie seit seiner Festnahme absolut unbehelligt blieben –, haben sie ihre Aktivitäten wieder aufgenommen.«

Major Miller hatte sich während Bill Gleasons Monolog Notizen gemacht.

»Lässt sich ein System erkennen, wie sie das Geld unter die Leute bringen?«

»Ich fürchte, bislang kaum. Wann immer möglich, haben meine Leute herauszufinden versucht, von wem das Geld eingezahlt wurde. In einigen Fällen hatten sie Glück. Aber da, wie bereits erwähnt, die Fälschungen nahezu perfekt sind und auch von den Kassierern nicht erkannt werden, gehen wir eigentlich davon aus, dass die Einzahler keine Ahnung hatten, dass sie Falsifikate zur Bank brachten.«

»In welchen Stadtbezirken sind die Blüten aufgetaucht?«

»In allen, auch im sowjetischen Sektor. Einzahlungen auf Firmen- und Privatkonten, querbeet.«

»Und unsere russischen Waffenbrüder haben ohne Protest Amtshilfe geleistet?«

»Sie waren sogar sehr kooperativ.« Bill Gleason grinste. »Wer die falschen Fünfziger auf den Markt bringt, ist schließlich ein ernst zu nehmender Konkurrent für ihre eigenen miserablen Nachdrucke.«

Major Miller steckte seinen Notizzettel ein. »Wie sollen wir weiter vorgehen? Mister Charles und sein Freund Benno werden sicherlich noch das eine oder andere in Erfahrung bringen können. Besonders Benno. Sein *Oriental* ist nicht nur ein beliebter Treffpunkt für Offiziere und Soldaten aller vier Besatzungsmächte, sondern fungiert auch für gewisse Schwarzmarktkreise als eine Nachrichtenbörse ersten Rangs. Der Laden ist übrigens immer voll, wenn ich dahin gehe.«

»Das wurde mir schon von mehreren Seiten zugetragen.« Der OSS-Mann hakte die Daumen hinter die Revers seiner abgewetzten Cordjacke. »Meunier und Hofmann haben uns ein gutes Stück weitergebracht. Never change a winnig team. Könnten die beiden sich übrigens nicht mal gelegentlich dezent mit diesem Oberstleutnant Wassilinski befassen?«

Miller zog die Augenbrauen hoch. »Worauf zielt deine Frage ab?«

»Der Genosse Oberstleutnant scheint ein umtriebiger Mann zu sein.«

»Zumindest ist er ein geselliger. Er gehört im *Oriental* fast schon zum Inventar. Er trägt Infanterieuniform. Was ist seine genaue militärische Aufgabe?«

»Wassilinski arbeitet in einer Nachschubabteilung der SMAD. Er organisiert Lebensmittel für die Truppe, aber auch Papier für die deutsche und russische Presse in der sowjetischen Zone.«

Major Miller sah, dass Gleason mit seinem Kugelschreiber zu spielen begann, also hatte er noch eine Überraschung in petto.

»Das Papier für die falschen Fünfzigmarkscheine, sowohl das der russischen Blüten als auch das für die neuen Falsifikate in Berlin, stammt aus original Reichsbankbeständen. Nur haben in den Westzonen keine nennenswerten Bestände den Krieg überdauert. In Leipzig, zum Beispiel, hingegen schon. Und womöglich auch noch anderswo in der russischen Zone.«

Horst Brandermann. Neben dem Türschild in der Uhlandstraße hing ein Zettel: »Post für Firma Brandermann bitte im Büro im Seitenflügel, parterre, abgeben.« Wolfgang Richter drückte auf den Klingelknopf unter dem Türschild.

»Ja, bitte?«, fragte eine Stimme hinter der Tür.

»Ich bin's.«

Brennecke öffnete und sah, dass Richter allein gekommen war. »Hast du das Geld mitgebracht? Morgen ist Zahltag in Tempelhof.«

»Ja. Fünfziger und Zehner. Zwanziger drucke ich erst nächste Woche wieder.«

»Und wo ist Otto?«

»Er versucht in Frankfurt über einen Mittelsmann an Papier zu gelangen.«

»Das heißt also, Wassilinski liefert nicht mehr.«

Richter nickte. »Davon können wir ausgehen, Hotte. Ich habe gestern noch kurz mit dem Scheißrussen im *Oriental* geredet, aber der hat sich völlig stur gestellt. Einen letzten Ballen haben wir vorgestern noch gekriegt, aber jetzt ist endgültig Sense.«

»Hat er dir einen Grund genannt?«

»Angeblich ist der Reichsbankvorrat in Eberswalde aufgebraucht.«

»Quatsch! Ihm ist einfach der Arsch auf Grundeis gegangen. Ein Major aus seiner Abteilung ist schon wegen Korruptionsverdacht strafversetzt worden. Wassilinski verspürt verständlicherweise keine Lust, ihm nach Sibirien oder an die chinesische Grenze zu folgen. Dieser Colonel Teasdale war neulich im *Oriental* wieder hackevoll und hat damit geprahlt, dass die SMAD auf Druck der Westalliierten endlich gegen die Schiebereien in den höheren Rängen der Besatzungstruppen vorgehen will. Ich könnte mir vorstellen, dass unser Genosse Oberstleutnant dann bei den Russen ganz oben auf der Abschussliste stehen könnte.«

»Das meinte Otto auch.«

Brennecke überlegte einen Moment. »Weißt du, was mir durch den Kopf geht?«

»Ich ahne es, Hotte. Bei Adolf haben wir Glück gehabt, dass er nicht geplaudert hat. Aber auf eine Wiederholung sollten wir besser nicht bauen. Kriegt die SMAD Wassilinski am Arsch, bringen die ihn schon zum Reden. Die haben mit Sicherheit wirksamere Methoden als die Amis. – Und ich würde nicht darauf wetten, dass er das Maul hält.«

»So ist es. Wir dürfen keine Zeit verlieren.«

»Wann?«

»Das sollte nicht sonderlich schwer sein. Er schießt doch wieder mit seinem Motorrad durch die Gegend.«

Richter nickte. »Otto wäre übrigens ebenfalls sehr erleichtert, wenn dieser Meunier demnächst … äh … nicht mehr in Tempelhof arbeiten würde. Fällt dir dazu was ein?«

»Ich denke, am besten wäre es, gleich zwei Fliegen mit einer Klappe zu schlagen. Ich hätte da eine Idee …«

13. Kapitel

Unfall mit Fahrerflucht

»Guten Tag, Herr Brandermann. Wieder mal in Tempelhof nach dem Rechten sehen?«

Birgits neuer Verehrer grinste und deutete zu einer Schutthalde auf dem Rollfeld. »Der Weg zum Reichtum ist erfahrungsgemäß steinig, Herr Meunier. Wenn ich nicht regelmäßig überall meine Bautrupps kontrolliere, bleibt am Ende nichts in der Kasse.«

»Ich habe justament Ihrem Vorarbeiter ein Schreiben der Verwaltung gebracht. Machen Sie Ihren Leuten bitte ein für alle Mal klar, dass auf dem Rollfeld auch dann nicht geraucht werden darf, wenn kein Flugbetrieb herrscht. Ansonsten müssen Sie damit rechnen, dass man Ihnen von einem Tag zum anderen den Auftrag entzieht.«

Brandermann presste die Lippen aufeinander und sagte: »Diese Penner! Na, die können was erleben! Ich habe denen bereits mehrfach eingeschärft: Wer bei der Arbeit raucht, fliegt auf der Stelle raus!«

»Kümmern Sie sich besser drum, sonst …«

»Worauf Sie sich verlassen können.«

Bevor Karl sich zum Gehen wandte, ließ er Birgit Grüße bestellen.

Brandermann versprach, sie auszurichten. »Sieht man sich später noch im *Oriental*?

»Ich denke schon.«

Der Mittwoch war in Millers Büro der Tag, an dem der Major und Karl nachmittags die Presse der vergangenen Woche sichteten und nach Themen getrennt archivierten. Miller reichte ihm die *Süddeutsche Zeitung*. »Im Alliierten Kontrollrat herrscht zwar nach außen hin wieder – wie sagt man doch? – Friede, Freude, Eierkuchen, aber lesen Sie selbst!«

Karl strich die Seite glatt. Das hessische Wirtschaftsministerium teilte mit, dass seit April 1946 fünfundneunzigtausend Eisenbahngüterwagen aus der britischen und amerikanischen Besatzungszone verloren gegangen waren. In Zukunft sollten beladene Güterwaggons nur noch bei gleichzeitiger Rückgabe von leeren Waggons in die Sowjetzone geschickt werden.

»Oder das hier!« Der Major gab Karl die Berliner *Tägliche Rundschau*, das offizielle Organ der sowjetischen Militärregierung. Die SMAD würde eine Wahl Reuters zum Oberbürgermeister Berlins auf keinen Fall genehmigen.

»Wie sehr das politische Klima rauer geworden ist, lässt sich kaum leugnen.« Karl schob seinerseits einen Artikel über den Schreibtisch. Als Protest gegen Manöver sowjetischer Kampfflugzeuge im Raum Berlin waren amerikanische Flugzeuge aus Tempelhof in der Formationsbildung »US« über der Stadt aufgestiegen. »Wenn Sie mich fragen, Major, die Spannungen eskalierten besonders seit dem Zeitpunkt, als die *Iswestija* Anfang März von General Clays Plänen Wind bekommen hatte, in der britischen und amerikanischen Zone gegebenenfalls eine stabile Sonderwährung einzuführen.«

»›Die neue Währungseinheit soll die Funktion einer goldenen Kette übernehmen, die Deutschland gewaltsam an die kapitalistischen Westmächte bindet‹«, zitierte Miller sinngemäß und schnaubte: »Dabei weiß im Moment kein Mensch, wie eine solche neue Währung aussehen könnte. Übrigens hat es deswegen nicht nur mit den Russen Krach gegeben. Bei den Konferenzen waren anscheinend auch zwischen uns und den Engländern verdammt harte Wortwechsel über eine eventuelle künftige ›Deutschmark‹ an der Tagesordnung. Colonel Teasdale hat das mir gegenüber im *Oriental* angedeutet. Ziemlich gesprächig der Bursche, wenn er einen in der Krone hat.«

Karl zeigte auf einen Stapel Zeitungen, der auf einem Hocker mit ostzonaler Presse neben Millers Schreibtisch lag. »Im Augenblick schießen die Russen sich auch verstärkt wieder gegen die British Armed Forces Service Vouchers ein. Sie behaupten, die BAFSVs würden bereits einer zweiten Währung gleichkommen. Ihrer Meinung nach darf bis zur einer endgültigen und allgemein verbindlichen Geldreform nur die alte Reichsmark verwendet werden.«

»Diese scheinheilige Bande!«, fauchte der Major. »Ich war doch auf der Leipziger Messe. Da gab's für Reichsmark nichts! Alles war in US-Dollar, schwedischen Kronen, Schweizer Franken oder britischen Pfund ausgepreist. – Ist doch auch glasklar, dass sie bis zu einer Einigung auf die Reichsmark als alleiniges deutsches Zahlungsmittel pochen, wo sie noch immer so munter in Leipzig illegal die Hitler-Mark nachdrucken.«

Major Miller schob den Zeitungshaufen resolut zur Seite und schaute auf die Wanduhr. »Schluss für heute, Mister Charles! Mir ist nach einem Bier im *Oriental.* Ich war schon länger nicht mehr da. – How about you?«

Major Miller hatte seinen Jeep wieder gegen den Horch eingetauscht. Zwanzig Minuten später erreichten sie die Schlüterstraße. Bennos Etablissement öffnete täglich um achtzehn Uhr, aber bis halb acht war dort wenig los, und die finanzkräftigen Stammgäste kamen, jetzt, wo die Tage spürbar länger wurden, sowieso in der Regel erst nach zwanzig Uhr.

Karls Augen schweiften über den Saal. Ein paar GIs tranken Bier, ein Trupp russischer Leutnants spielte Karten. Zwei sorgfältig geschminkte junge Frauen an einem kleinen Tisch der Tanzfläche erweckten den Eindruck, als würden sie auf das große Glück in Gestalt eines spendablen Bewunderers warten, der ihnen nach einem Besuch in dem Etablissement, wo sie das Zimmer stundenweise bezahlten, mehr als zwei Päckchen Camel-Zigaretten in die Hand drückte. Vielleicht träumten sie auch ehrlich von jemandem, der sie endlich aus ihrer Misere riss, denn wie echte Professionelle sahen sie eigentlich nicht aus, fand Karl. Nach dem Hungerwinter erfror vermutlich niemand mehr, aber die ungeheure Lebensmittelknappheit war nicht aus der Welt: ein Päckchen Camel für das Bordellzimmer, ein Päckchen, um nicht zu verhungern.

»Dass Edith Jeschke an eine ehrliche Haut wie Sergeant Burns geraten ist, wird vermutlich die Ausnahme sein«, sinnierte Major Miller, der die beiden jungen Frauen auch sogleich bemerkt hatte.

Benno selbst war noch nicht eingetroffen, dafür war Lilo schon da.

»Willkommen, Major! Welch seltene Ehre! – Hallo, Karlchen!«

Miller schüttelte die ausgestreckte Hand und lachte. »Die Arbeit, Frau Hofmann!«

»Das sagt unser Karlchen auch immer, wenn er sich sofort nach dem Jiu-Jitsu verdrückt und allerhöchstens noch ein kleines Bier trinkt.« Karl bekam von Lilo einen Begrüßungskuss. »Was darf es denn für die Herren sein?«

»Ein Bier, bitte«, sagte der Major.

»Für mich das Gleiche«, sagte Karl. »Wollen wir hier am Tresen bleiben?«

»Von mir aus.« Miller setzte sich auf den Barhocker neben der Eingangstür.

Es blieb nicht bei einem Bier, als Benno sich nach einer halben Stunde zu ihnen gesellte. Zuvor hatte er seine Frau gefragt, ob Wassilinski schon da gewesen sei, aber Lilo hatte nur den Kopf geschüttelt.

Langsam wurde das *Oriental* voll, gegen acht Uhr waren auch alle Tresenplätze besetzt. Der Major hatte ein paar Pressekollegen aus der britischen Zone entdeckt und ging zu ihnen an den Rand der Tanzfläche. Auch Karl sah einige Sportkameraden vom Jiu-Jitsu in den Saal drängen. Auf dem Weg zu ihnen stieß er mit einem kleinen Mann zusammen, der mehr getrunken hatte, als ihm guttat. Um nicht zu fallen, klammerte er sich an Karl fest. Immerhin war er noch in der Lage, eine Entschuldigung zu lallen.

Die Stammgäste trafen einer nach dem anderen ein und wurden von Benno per Handschlag begrüßt. Sergeant Burns ebenfalls. Er versprach dem Major, sich mit Alkohol zurückzuhalten, um ihn später mit dem Horch nach Dahlem zu fahren. Miller war ziemlich betrunken und Karl reichlich angeheitert. Einer seiner Jiu-Jitsu-Freunde feierte nämlich Geburtstag. Folglich wurde es sehr spät. Benno hatte mehrfach die Runde durch den Saal gemacht, als würde er jemanden suchen. Schließlich hockte er sich zu seinem Freund an den Tresen und raunte ihm zu: »Versteh überhaupt nich, wo Wassilinski bleibt, der wollte doch janz sicher heute noch mit 'ner Kiste Wodka hier ufftauchen.«

»Na, vielleicht hat er es sich anders überlegt und sich einen netten Abend mit dem Zeug gemacht.«

»Det jefällt ma nich«, knurrte Benno. »Ick hab ihn

schließlich schon bezahlt, und morjen ham sich zwee Russenjeneräle mit ihren Adjutanten anjesacht. Wenn die denn keenen Wodka kriejen ... Ick hab bloß noch eene leere Flasche hinten im Kabuff.«

Um zweiundzwanzig Uhr setzte Burns Karl in der Podbielskiallee ab.

»Thanks for giving me a lift, Major. – Thank you, Sergeant«, verabschiedete sich Karl.

»You really look ... tired«, sagte Burns. »But I'm sure, you still can manage the stairs.«

»Don't worry, Burns. Mister Charles is far less drunk than me«, brummelte Miller.

Der Sergeant gab Gas, Karl schwankte nach oben ins Dachgeschoss. Er zündete eine Kerze an, zog sich aus, hängte sogar noch den Anzug korrekt auf einen Kleiderbügel, stellte den Wecker, blies die Kerze aus und fiel augenblicklich wie ein Stein ins Bett.

Ein schwarzer Mercedes, der dem Horch vom *Oriental* in einigem Abstand gefolgt war, drehte auf der Podbielskiallee und wartete noch ein paar Minuten auf der anderen Straßenseite mit laufendem Motor gegenüber von Karls Haus. Als es dort im obersten Stockwerk dunkel blieb, wendete der Mercedes erneut und preschte in Richtung Halensee davon.

Nicht der Wecker, sondern Millers Klopfen riss Karl am nächsten Morgen aus dem Schlaf. »Just a second, please!« Hastig kleidete er sich an und öffnete die Tür.

»Guten Morgen, Mister Charles, entschuldigen Sie bitte die Störung. Ich erkläre Ihnen alles gleich unten im Wagen. – Nur eine Frage, vermissen Sie nicht zufällig Ihre Lebensmittelkarte?«

Karl griff in die Innentasche seiner Anzugjacke, fühlte auch in die seines Übergangsmantels – obwohl er die Brieftasche dort niemals hineinsteckte – und stieß dann einen Fluch aus.

Hinter Millers Horch parkte ein Bolle-Lieferwagen, und auf der anderen Seite der Podbielskiallee hielt soeben ein grauer Hanomag.

Auf der Fahrt nach Tempelhof erfuhr Karl den Grund von Major Millers Besuch: Oberstleutnant Wassilinski war um circa zwei Uhr in der Früh das Opfer eines Verkehrsunfalls geworden. Eine französische Militärstreife hatte die Leiche des Offiziers unter seiner Indian in einer Wittenauer Nebenstraße entdeckt. Der Lkw, der den Russen mit seinem Motorrad überrollt hatte, war vor einer Stunde in Tegel aufgefunden worden. Man hatte ihn vom Fuhrpark der Stadtreinigung in Waidmannslust entwendet. Unter dem Fahrersitz hatte die Militärpolizei Karls Lebensmittelkarte gefunden.

»Und Sie sind sich sicher, dass die in Ihrer Brieftasche war?«

»Absolut, Major!«

»Wie sah der Mann aus, mit dem Sie im *Oriental* zusammengestoßen sind?«

»Das muss ein verdammt erfahrener Profi gewesen sein, alles ging blitzschnell, und ich hatte ja bereits einige Biere intus. Ich meine mich aber zu erinnern, das er ein recht schmächtiges Kerlchen war, jedenfalls deutlich kleiner als ich.«

Die bewaffneten Militärpolizeiposten am Tor Columbiadamm winkten den Horch durch.

In Millers Büro saß ein Mann in einem abgewetzten Cordjackett auf dem Drehstuhl des Majors. Karl erkannte in ihm den Zivilisten wieder, der ihn nach der Reichstags-Razzia in der Flughafenbaracke verhört hatte. Er stellte sich nicht vor, gab Karl aber mit den Worten die Hand: »Guten Morgen, Mister Charles. Ich kann Ihnen versichern, dass auch der Major nicht überaus erfreut war, als ich ihn vorhin aus dem Bett klingelte. – Du hast Mister Charles erzählt, worum es geht?«

Der Mann hatte ihn freundlich begrüßt, dennoch hatte Karl eine gewisse Spannung in seiner Stimme verspürt. Spannung oder Misstrauen.

Karl und Miller setzten sich auf das Besuchersofa, das Sergeant Burns organisiert hatte.

»Ja, Bill. Die Sache ist völlig rätselhaft, denn falls jemand Herrn Meunier den Mord an Wassilinski anlasten will, hat er nicht unbedingt ein gutes Timing an den Tag gelegt, schließlich war der zur Tatzeit wohl kaum noch in der Lage, einen Lkw zu fahren. Und ich bin nicht der Einzige, der das verbürgen kann.«

»Moment, Major«, sagte Karl. »Der Taschendieb hat ja auch auf betrunken gemimt. Theoretisch hätte ich Ihnen das ebenfalls vortäuschen können.«

»Quatsch! Sie waren mindestens so besoffen wie ich, als Burns uns nach Dahlem gefahren hat.«

Der Mann hinter dem Schreibtisch deutete eine Verbeugung an. »Sie sind ein guter Analytiker, Mister Charles, natürlich ist mir dieser Gedanke auch gekommen. Aber wenn der Major sagt, dass Sie stark betrunken waren, dann ist das meiner Meinung nach schon eine weitgehend entlastende Aussage.«

Karl erwiderte die Verbeugung. Die Spannung in der Stimme des Zivilisten blieb.

Er begann mit einem der Bleistifte auf Millers Schreibtisch zu spielen und wechselte das Thema. »Es gibt noch mehr Ungereimtheiten, Paul. Der Mord an Wassilinski weist beängstigende Parallelen zu dem Motorradunfall von General Bersarin, dem ersten Berliner Stadtkommandanten, im Juni 1945 auf. Der fuhr ebenfalls eine Indian und raste in einen Lkw. Ob das damals wirklich ein Unfall war oder ob der General bei gewissen Leuten in Stalins Umfeld wegen seiner liberalen Haltung den Berlinern gegenüber Unmut erregt hatte, werden wohl nur die Kollegen in Karlshorst wissen.«

»Dass Mister Charles in Tempelhof arbeitet, ist kein Geheimnis, Bill. Falls die Russen Wassilinski ›entsorgt‹ haben sollten, um uns die Sache in die Schuhe zu schieben, dann haben sie sich reichlich stümperhaft angestellt. Nein, das war wohl nicht ihre Handschrift. Die hätten es einzurichten gewusst, dass Mister Charles nicht über den Schatten eines Alibis verfügt hätte.«

»Das denke ich auch. Aber wer hat ein Interesse daran«, wandte der Zivilist sich an Karl, »Sie – sei es bei uns, sei es in Karlshorst – zu diskreditieren, indem er falsche Spuren legt, um Sie mit dem Mord an dem Genossen Oberstleutnant in Verbindung zu bringen?«

»Ist das eine rein rhetorische Frage, oder zielt sie bereits in eine gewisse Richtung, Sir?«

»Teils, teils, Mister Charles. Mir ist der Aufwand unheimlich, mit der der Mord durchgeführt wurde, denn Mord war es ja zweifelsfrei: Der Lkw muss nach dem Zusammenstoß mehrmals zurückgesetzt haben. Wassilinskis Leiche war Matsch.«

»Damit ist meine Frage noch nicht beantwortet«, insistierte Karl. »Hat man bei dem Toten vielleicht etwas gefunden, das Licht auf die Angelegenheit werfen könnte?«

Major Miller straffte sich.

Der Zivilist legte den Bleistift aus der Hand. »So ist es. In Wassilinskis Brieftasche steckte ein Packen Fünfzigmarkscheine.«

»Russische Nachdrucke?«, fragten Miller und Karl gleichzeitig.

»Nein. Einwandfrei die neuen Berliner Blüten. Drei unserer Experten bestätigten es einstimmig. Aber dieser Fund macht die Sache nicht unbedingt leichter, wie Sie sich denken können.«

Der Major nickte. »Gesetzt den Fall, Wassilinski hat auf eigene Rechnung im Revier der SMAD gewildert und womöglich sogar mit Wageners Kumpanen zusammengearbeitet, dann multiplizieren sich natürlich die Möglichkeiten einer Deutung seines Todes beträchtlich. Karlshorst ist vielleicht doch involviert, stümperhafte Durchführung der Liquidation oder nicht.«

Karl schüttelte protestierend den Kopf. »Dagegen spricht die Tatsache, dass man ihn im französischen Sektor getötet hat. Es sei denn, man will den Westalliierten die Sache anlasten, um sie politisch auszuschlachten.«

»Exakt!«, sagte Major Miller. »Das wäre doch ein gefundenes Fressen für die Ostpresse: ›Deutscher Zivilangestellter der amerikanischen Flughafenverwaltung begeht Fahrerflucht bei Unfall mit Todesfolge.‹«

Der Mann im Cordjackett griff wieder nach dem Bleistift. »Ich weiß nicht, Paul. In allem, was mit Reichsmarkfalsifikaten zusammenhängt, hält die SMAD den Ball flach. Die Schlagzeile ›Bei Unfall getöteter Oberstleutnant der Sowjetarmee im Besitz größerer Menge Falschgeld‹ wäre ihnen bestimmt auch nicht genehm.«

Nach einer weiteren Stunde, in der die drei Männer versuchten, den Mord an Wassilinski von allen Seiten zu beleuchten, klingelte Millers Telefon. Der Major ging zum Schreibtisch, hob ab und gab gleich darauf den Hörer an den Zivilisten weiter. »Für dich, Bill. Ein Mister Bloomsfield. – Ich hole mit Mister Charles in der Zwischenzeit mal Kaffee aus der Kantine.«

»Bill?«

»Ja?«

»Es gibt eine Überraschung. Meunier hat mit dem Mord an Wassilinski anscheinend doch nichts zu tun. Zum Glück war ich mit genügend Leuten vor Ort. Kaum war Miller vorhin mit Meunier weggefahren, ist jemand mit einer Aktentasche für circa zehn Minuten im Haus verschwunden und dann zum öffentlichen Fernsprecher am Breitenbachplatz gegangen. Von dort hat er unsere Militärpolizei in Dahlem angerufen – selbstverständlich ohne seinen Namen zu nennen – und ihnen gesagt, dass in Meuniers Wohnung Waffen versteckt sind. Amerikanische Armeerevolver.«

»Ihr habt den Mann?«

»Ja. Unsere Leute fanden die Waffen unter dem Bett. Meuniers Wohnungstür wies keine Spuren einer gewaltsamen Öffnung auf, weil der Mann einen Dietrich benutzt hatte. Wir haben ihm klargemacht, dass auf Waffenbesitz noch immer Todesstrafe steht. Daraufhin wurde er sehr gesprächig.«

»Wahrscheinlich das Übliche: Ein Unbekannter habe ihm den Auftrag gegeben. Richtig?«

»Ja, aber ich bin ziemlich überzeugt, dass der Mann ausnahmsweise nicht lügt. Willi Wiesel heißt er übrigens. Wir haben die Personalien überprüft. Der Name stimmt.«

»Und wieso meinst du, dass er nicht flunkert?«

»Weil er, auch ohne dass wir weiter Druck ausüben

mussten, zugab, gestern im *Oriental* Meuniers Brieftasche entwendet zu haben. Das Geld, das ihm von dem Unbekannten für den Diebstahl und die Deponierung der Waffen gezahlt worden war, hatte er noch in der Hosentasche.«

»Darf ich raten, Robert? – Es waren ungebrauchte Fünfzig-Reichsmark-Blüten.«

»Ja. Zwanzig Stück.«

»Konnte er seinen Auftraggeber beschreiben?«

»Sie hatten sich nachts in einer Ruine in Charlottenburg getroffen, auch Meuniers Brieftasche hat er sofort nach dem Diebstahl dort abgegeben. Der Unbekannte hatte die ganze Zeit den Hut tief in die Stirn gedrückt. Wiesel meinte aber gesehen zu haben, dass sein Gesicht vernarbt war.«

»Und wie ist dieser Gauner an seinen Auftraggeber gekommen?«

»Er gab unumwunden zu, in Sachen Taschendiebstahl oder Einbruch eine gewisse Reputation zu besitzen. Der Unbekannte kann den Tipp, sich an ihn zu wenden, unschwer aus einschlägigen Kreisen bekommen haben.«

»Was machen wir jetzt mit diesem Herrn Wiesel? – Frankfurt?« Bill Gleason krakelte mit dem Bleistift kryptische Zeichen auf die neueste Ausgabe der *Berliner Zeitung*: »Ein Großteil der deutschen Fischereiflotte, 209 größere Fischdampfer und 2751 Fischkutter, konnte wieder in Betrieb genommen werden.«

»Frankfurt oder Aachen. Auf jeden Fall ziehen wir ihn vorerst aus dem Verkehr.«

»Ich brauche ein Foto von ihm für Meunier.«

»Major Miller soll in einer Stunde seinen Fahrer zum Föhrenweg schicken, dann sind die Positive trocken.«

Als Sergeant Burns das Foto des Taschendiebs nach Tempelhof brachte und Major Miller Karl das Bild zeigte, nickte der. »Ja, das ist der Kerl. – Darf ich es behalten und Benno zeigen? Ich treffe ihn nachher beim Jiu-Jitsu.«

»Deshalb habe ich die Aufnahme ja extra holen lassen, Mister Charles«, sagte der Zivilist. Er klang jetzt deutlich entspannter, als er mit Karl redete. »Herr Hofmann soll sich mal dezent nach Willi Wiesel umhören.«

Durch die Besprechung in Millers Büro war Karls eigene Arbeit liegen geblieben, deshalb kam er erst verspätet zum Jiu-Jitsu-Training.

Benno und die Sportkameraden probten bereits Messerabwehr. Karl zog sich hastig um und betrat den Mattenkeller. Er machte am Mattenrand eine Sequenz schneller Aufwärmübungen und ging dann zu einem freien Partner. Die Jiu-Jitsu-Techniken wurden immer paarweise geübt.

Günther, der »Weiße Riese«, ein ehemaliger Vorarbeiter aus dem Westhafen, der den Spitznamen nicht zu Unrecht trug, packte sein Holzmesser. »Na, Karl, woll'n wa mal zur Sache jehn?«

Es folgte ein waagerechter Stich zum Bauch. Karl glitt aus der Angriffslinie und bekam den Messerarm beidhändig zu fassen. Jetzt musste er nur noch mit seinem vorderen Fuß Günthers Standbein wegfegen. Karl trat zu – und verfehlte, weil der Weiße Riese blitzschnell die Fußstellung wechselte. Normalerweise hätte Karl die Technik geändert, aber er verpasste den Augenblick, und Günther konnte seinen Messerarm losreißen.

Benno, der neben den beiden übte, kommentierte Karls missglückte Abwehr mit den Worten: »Na, det war ja wohl eben nischt, Karlchen!«

Es blieb bis zum Ende der Trainingsstunde nicht bei diesem einen Patzer.

»Wat war denn mit dir los?«, fragte ihn der *Oriental*-Wirt. »Warst ja heute völlich neben der Spur!«

»Wenn alle weg sind, muss ich noch dringend mit dir reden«, sagte Karl.

»Jut, wir jehn denn besser nach oben.«

Karl wartete, bis Benno zwei Flaschen Bier auf den Tresen gestellt hatte.

»Wo brennt's denn, meen Bester?«

Karl zog Willi Wiesels Foto aus der Tasche. »Kennst du den?«

»Klaro. Is der immer noch im Jeschäft? Im ollen *Oriental* hab ick den mal erwischt, wie er 'nen Jast um sein Portemonneh erleichtern wollte.«

»Er hat nach dem Krieg das Tätigkeitsfeld ausgeweitet«, knurrte Karl und begann zu erzählen.

Benno hörte schweigend zu, dann räusperte er sich.

»Ick muss dem Major recht jeben, Karlchen. Jemand strengt sich mächtich an, damit de bei den Amis rausfliechst. Oder wat soll sonst mit der janzen Anjelejenheit bezweckt sein? Da is eener patuh dajejen, dass de weiter uffem Fluchplatz maloochst.«

»Das meinte dieser Bill auch. Anscheinend war er erst von meiner Unschuld bezüglich Wassilinskis Tod überzeugt, als herauskam, dass Wiesel mir die Revolver untergejubelt hatte. Vorher erschien er mir doch recht skeptisch. Na ja, ich an seiner Stelle wäre es vermutlich auch gewesen. Trunkenheit kann man schließlich leicht vortäuschen – siehe Willi Wiesel.«

»Wat war denn det für'n Früchtchen, dieser Mista Bill? Ick meene, is doch merkwürdich, sich nich richtich mit'm vollen Namen vorzustellen, wo wa doch so erfolchreich für Milla rumjekrochen sind. Det is doch bestimmt'n Oberschlapphut von so 'nem Ami-Jeheimdienst, oder ick fress 'nen Besen.«

»Diesen Festschmaus kannst du dir ersparen, mein Lieber. – Ach so, Mister Bill erwähnte noch, dass wir uns nicht wundern dürfen, falls uns gelegentlich mal jemand folgt. Wenn es ein Mann und eine Frau sind, beide mit einer grauen Umhängetasche, hätte das seine Ordnung. Fällt dir oder mir jemand anders auf, der sich an unsere Fersen heftet, sollen wir umgehend Major Miller benachrichtigen.«

Benno hob sein Bierglas. »Na, denn mal Prost uff dein Schwein, Karlchen. Hätten se den Wiesel nich erwischt, denn wärste vermutlich dick inner Tinte bei Mista Bill.«

Karl stieß mit Benno an. »Das Gefühl hatte ich allerdings zeitweise auch.«

»Wat is mitter Brieftasche?«

Karl klopfte gegen seine Anzugjacke. »Die war bei Wiesel zu Hause. Wassilinskis Mörder hat nur meine Lebensmittelkarte benutzt, um die falsche Spur zu legen.«

»Aber wie vertickt Mista Bill den Franzmännern det? – Die ham die ja schließlich jefunden.«

»Er meinte, das solle ich ruhig ihm überlassen. Er würde das schon von Dienst zu Dienst regeln. Morgen hätte ich sie wieder.«

Wolfgang Richter zählte ein Bündel Geldscheine ab und gab sie Horst Brennecke. »Hier, der Lohn für deine Flughafenarbeiter: Zehner und Zwanziger und der Rest in Fünfzigern.«

»Gut. – Was hat Otto gesagt?«

»Wassilinski sind wir zwar los, aber dass unser Plan nicht funktionierte, Meunier gleichzeitig bei den Amis anzuschwärzen, und sich dieses Arschloch von Wiesel hat schnappen lassen, erfreute ihn natürlich nicht. Seine

Laune ist dementsprechend miserabel, wie du dir denken kannst. Er ging sowieso schon kaum aus dem Haus, weil er immer befürchtete, Meunier irgendwo zufällig über den Weg zu laufen.«

»Aber er sieht doch wohl ein, dass es für uns alle besser ist, wenn er demnächst weiter in Westend auf Tauchstation bleibt.«

»Das ja.«

»Richte ihm aus, wir befassen uns mit dem Kerl, sowie der keine Kindermädchen mehr hat. Die können ihm ja schließlich nicht rund um die Uhr ein paar Aufpasser stellen.« Brennecke zog verächtlich die Mundwinkel hinunter. »Ich hätte wirklich nicht geglaubt, dass die vom Ami-Geheimdienst sich so unglaublich dämlich anstellen. Immer die gleichen grauen Taschen als Erkennungszeichen! – In der Gestapo hätten die bei mir keine Karriere gemacht.«

»Da Meunier offensichtlich mit den Amis herumkungelt, will ich nichts riskieren. Ich mach mich in nächster Zeit vorsichtshalber auch etwas rarer, Hotte. Wiesel wird ihnen keine Personenbeschreibung von mir geben können, aber der Mann, der ihn mir im *Oriental* empfohlen hat, schon. Und das könnte dann problematisch werden, falls die Amis den zufällig in die Finger kriegen sollten.«

»Ich denke, du überschätzt die Heinis vom OSS.« Brennecke lachte. »Aber gut, kümmere dich von mir aus für die nächsten Wochen ausschließlich weiter um die Geldverteilung, und mach einen Bogen um Hofmanns Laden. – Was macht übrigens dein Anglerfreund McCullen?«

»Seit ich ihm das Wassergrundstück am Heiligensee besorgt habe, frisst er mir aus der Hand.« Richter wandte sich zum Gehen. »Ach so, Otto fragte noch, wann Teasdale nach Malta versetzt wird.«

»Anfang, Mitte Juli. Bis dahin quetsche ich ihn aber noch gehörig aus.«

»Mach das! Jedes klitzekleine Fünkchen an Information kann für uns einmal verdammt viel Geld bedeuten.«

14. Kapitel

VERA

Hatte der vergangene Winter alle Kälterekorde gebrochen, so vermeldeten die Wetterstationen in Mitteldeutschland am 30.6.1947 die höchsten Junitemperaturen seit 1851.

Als die fünfköpfige Gruppe mittags in den Braunschweiger Militärzug stieg, der sie nach Berlin zum großen Sommerfest der dortigen britischen Garnison bringen sollte, flimmerte auf der Bahnsteigplattform die Luft.

Vera hatte lange mit sich gerungen, in ihre Heimatstadt zu reisen, wo zwangsläufig erneut all die schmerzlichen Erinnerungen über sie hereinstürzen würden. Spontan hatte sie es erst rigoros abgelehnt, an der Gatower Show teilzunehmen, dann aber schließlich doch zugesagt. Die Solidarität mit den lieb gewonnenen Kollegen hatte ihr auch kaum eine andere Wahl gelassen. Ohne ihre Rollschuh-Solonummer, die das Kernstück der Vorführung war, wäre das Engagement in Gatow nicht zustande gekommen. Vera war besonders von Leyla, der Sängerin, angefleht worden, das Angebot anzunehmen: Leyla war schwanger, Anke, die dänische Schleuderbrett-Akrobatin, hatte unfallbedingt drei Monate pausieren müssen, sie brauchte ebenfalls dringend Geld, und von den Gagen, die Boris, der polnische Musikclown, und dessen deutscher Partner Franz nach Hause brachten, hingen zwei Familien ab. Ihr Nein hätte die Kollegen in massive finanzielle Bedrängnis gebracht.

Auch Brian, der in der Woche des Sommerfestes wieder dienstlich in Berlin sein musste, hatte ihr gut zugeredet. Brian. In zwei Wochen würde er in Malta stationiert sein, und noch immer hatte sie sich nicht entschieden, ob sie ihn ans Mittelmeer begleiten sollte. War es die Vorstellung, von einem kriegswunden Land in ein anderes überzusiedeln, die ihr die Entscheidung so schwer machte? Sie hatte sich diese Frage oft gestellt, wenn Brian auf das Thema zu sprechen gekommen war, aber keine schlüssige Antwort gefunden.

Leyla saß Vera gegenüber im Abteil am Fenster. Es ließ sich nur einen Spaltbreit öffnen. Der Zug setzte sich langsam in Bewegung. Endlich machte ein leichter Luftstrom die drückende Hitze erträglicher. Anke verteilte belegte Brote, und eine große Thermoskanne mit Tee wurde von Boris herumgereicht, englischer Army-Tea, stark und süß. Vera verdünnte ihren mit Wasser.

Während sich die Kollegen über George Marshalls ERP-Programm »Gegen Hunger, Armut und Verzweiflung in Europa« zu unterhalten begannen, in dem der amerikanische Außenminister für die Westzonen Deutschlands 1,3 Milliarden Dollar in Aussicht gestellt hatte, schaute Vera noch eine Weile aus dem Fenster und schloss dann die Augen.

Der Zug näherte sich Magdeburg.

»Das ist auch bitter notwendig«, hörte sie Franz sagen. Eine Zeitung raschelte. »Hier steht, 1142 Berliner sind im letzten Winter erfroren. Bis das Ami-Geld unter die Leute kommt, beißen noch mehr ins Gras. Eine knappe Million Menschen in der Stadt ist ohne Unterstützung von außen nicht überlebensfähig.«

Boris war etwas optimistischer. »Die CARE-Pakete haben uns vor dem Schlimmsten bewahrt. Ich denke, wenn Marshall sein Versprechen wirklich hält, könnte es irgendwann wieder mal langsam aufwärtsgehen.«

»Aber das braucht Zeit«, mischte sich Anke ein. »Viel

Zeit. Ihr braucht ja bloß mal nach draußen schauen, dann seht ihr's!«

Veras Gedanken schweiften ab.

»Good! You'll see, time settles it all«, hatte Brian auch gemeint, als sie ihren Entschluss, doch in Berlin aufzutreten, mitgeteilt hatte. Die an sich tröstliche Bemerkung, dass die Zeit alle Wunden heilen würde, hatte dennoch wie der Versuch einer verzweifelten Selbsthypnose geklungen. Außerdem hatte er gelallt. Auf dem niedrigen Couchtisch vor ihm waren Fotos seiner beiden gefallenen Söhne aufgestellt gewesen. Schweigend und mit der Präzision eines Uhrwerks hatte Brian an dem Abend wieder die Ginflasche geleert.

Vera fiel in einen Halbschlaf. Verzerrte Bilder des zerbombten *Adlon*-Hotels mischten sich mit denen der schnell vorbeigleitenden Landschaft: Grünstreifen, die wie die Linien von Flak-Leuchtgeschossen durch Veras Traum irrten. Dann tauchten in dem Wirrwarr zerlumpte Gestalten auf. Eine von ihnen sah aus wie Karl. Das *Adlon* verblasste, und die grünen Streifen verdichteten sich zu einer Wiese. Inmitten der Grasfläche stand Bennos Tempelhofer Gartenlaube, vor der zwei Männer Purzelbäume schlugen, während Lilo einen Blechkuchen anschnitt. Apfelkuchen.

Der Zug verlangsamte die Fahrt auf einer Brücke mit schrill quietschenden Bremsen. Vera schreckte hoch.

Leyla lächelte sie freundlich an. »Du hast geträumt. War's schön?«

Vera schüttelte matt den Kopf. »Ich weiß nicht.«

Der Militärzug endete in Berlin-Spandau. Ein Bus der britischen Streitkräfte fuhr die Truppe nach Gatow zum englischen Flugplatz. Alle würden für die Dauer ihres Berlin-Engagements in einem Gästehaus der Engländer auf dem Kasernengelände wohnen können.

Der erste Auftritt von Veras Truppe begann um zwanzig Uhr.

Adjutant Leutnant Brown überbrachte Vera kurz vor Beginn der Show eine Nachricht von Colonel Teasdale. Er wäre leider wegen dienstlicher Verpflichtungen verhindert, würde aber am Nachmittag des nächsten Tages auf dem Sommerfest sein, um sich die Vorführung anzuschauen.

Auf dem großen abgesperrten Festplatz, einem Areal am Ende des Flughafens, herrschte reges Geschiebe und Gedränge uniformierter Angehöriger der vier alliierten Streitkräfte und Zivilisten, Letztere waren zumeist Frauen.

Eine Dudelsack-Band der Royal Scots spielte auf einer offenen Bühne zackige militärische Marschmusik. Veras Truppe zog sich in einem Zelt hinter der Bühne um. Eine vierstufige Treppe führte vor den Ankleidezelten der auftretenden Künstler auf die Bühne hoch, deren Rückseite mit bunten Stoffbahnen ausgekleidet war.

Nachdem die Zuschauer der Bagpipe-Band applaudiert hatten, begann Vera die Bühnenschau der Braunschweiger mit ihrer Rollschuh-Solonummer. Zuvor waren die Sockel von drei schweren runden Marmortischen in einem Abstand von etwa anderthalb Metern auf der Bühne fest mit den Bretterbohlen verschraubt worden. Die drei Tischplatten hatten nur knapp die Fläche großer Serviertabletts. Davor stand das Schleuderbrett für Ankes und Veras gemeinsamen Abschlussauftritt. Boris, seine Geige auf der Nasenspitze balancierend, kündigte Vera mit einem Handmegafon an. Franz schmetterte mit der Trompete einen Tusch.

Vera prüfte noch einmal die Verschnürung und die Gummistopper vorn an den Rollschuhen. Sie nahm Anlauf, machte einen Flickflack und landete auf dem Mitteltisch. Boris stellte das Megafon auf den Boden und griff zur Geige. Die Trompete akzentuierte Veras Sprünge oder Saltos von Tisch zu Tisch, die Geige die darauffolgenden Pirouetten. Dann verstummten die Instrumente abrupt. Auch der Applaus, der Veras Nummer bis dahin begleitet hatte, setzte für ein paar Sekunden aus. Der aufrechte Körper auf dem mittleren Tisch rotierte mit atemberaubender Geschwindigkeit. Vera stieß einen spitzen Schrei aus, kreiste nicht mehr über der Tischplatte, sondern davor, krümmte sich zusammen, drehte in der Luft und kam kerzengrade auf den Bühnenbrettern zu stehen. Der tosende Beifall verebbte erst, als Leyla die Bühne betrat, während Boris und Franz die ersten Takte von »Lili Marleen« intonierten.

Als die Braunschweiger Truppe ihre Vorführung beendet hatte und sich wieder in ihrem Zelt umzog, hörte Vera eine Megafonansage von der Bühne. »And now I have the honour to present to you one of the famous Wendura Sisters.«

Vera, gerade fertig mit Abschminken, stutzte. »Haben die da eben wirklich eine Wendura angekündigt?«, wandte sie sich an Leyla.

»Ja. War das nicht der Name von deiner Vorkriegstruppe?«

Ohne zu antworten, stürzte Vera aus dem Zelt und drängelte sich durch die Zuschauerreihen zur Bühnenvorderseite. Und dann sah sie Birgit. Auch wenn die ihr Gesicht verschleiert hätte: Es war eindeutig Birgit Kellner, denn sie zeigte die faszinierende Bodensolonummer, mit der sie auch schon früher bei den Wendura-Schwestern aufgetreten war! Vera wäre vor Freude am liebsten sofort auf die Bühne geklettert.

Birgit war so gut wie immer, der Applaus bewies es. Sie verbeugte sich und verließ die Bühne über die rückwärtige Treppe. Als sie gerade in eines der Darstellerzelte gehen wollte, hatte Vera ihre ehemalige Kollegin eingeholt.

»Birgit!«

Die Angesprochene drehte sich zu Vera um und umarmte sie mit einem Schrei. »Vera! Du bist's wirklich, oder?«

Die beiden Frauen wussten vor Wiedersehensfreude eine Weile nicht, ob sie lachen oder weinen sollten.

Schließlich sagte Vera: »Nicht mehr ganz so gut im Futter, wie du gefühlt haben wirst. – Doch, ich bin's!«

Birgit zog Vera ins Zelt. »Komm, erzähl! – Mein Gott, ich habe mich überall nach dir erkundigt, niemand wusste etwas über dich.«

»Ich auch, Birgit. Ich auch.«

»Wo hast du denn gesteckt? Hier in Berlin jedenfalls nicht, das hätte Karl bestimmt erfahren.«

Vera wurde kreidebleich. »Karl?«, stotterte sie. »Der ist doch tot. Verbrannt im *Adlon* …«

Birgit ergriff beide Schultern der Freundin. »Nein, Vera, Karl lebt. Hier in Berlin. – Er und ich dachten, du wärst tot.«

Vera tastete nach einem Schemel. Als sie saß, kehrte langsam wieder Farbe in ihr Gesicht zurück. Die Freundin strich ihr zärtlich über das Haar. »Karl lebt und ist gesund.«

Vera verkrallte sich in deren Arm. »Birgit – weißt du, wo er ist?«

Die Freundin befreite sich sanft von Veras Griff. »Ja, ich weiß es.« Sie schaute Vera in die Augen. »Wir hatten kurz was miteinander, Karl und ich. Es hat sich so ergeben.«

Vera wich dem Blick nicht aus. »Weil ihr dachtet, ich würde nicht mehr leben?«

Birgit nickte. »Keines von den Lazarettflugzeugen aus Berlin hat Ende April '45 jemals Schleswig erreicht. Karl hat Himmel und Hölle in Bewegung gesetzt, um nach deinem Verbleib zu forschen. Alles, was er in Erfahrung bringen konnte, war niederschmetternd. Karl ist überzeugt, du bist tot.« Birgit schaute zu Boden. »Und ich war es bis gerade eben auch.« Sie begann zu schluchzen.

Vera schossen ebenfalls die Tränen in die Augen. Sie zog Birgit zu sich auf den Schoß und schloss sie lange und fest in die Arme. Schließlich küsste sie die Freundin und sagte halb lachend, halb weinend: »Du lebst, Karlchen lebt und ich auch. Und was machen wir? Wir blöden Heulsusen sitzen hier trübe rum und flennen! Eigentlich sollten wir feiern.«

Viel hatten die beiden Frauen sich zu erzählen.

»… und dein Horst, was macht der so?«

»Frag mich etwas Leichteres. Bei seinen Geschäften blicke ich nicht richtig durch. Er besitzt mit zwei Kompagnons mehrere Firmen, die anscheinend alle recht gut Geld abwerfen müssen. Du wirst ihn bestimmt im *Oriental* treffen. Er verkehrt häufig dort, genau wie Karl.«

»Und du?«

»Nur wenn ich bei Benno auftrete. Das ist jetzt im Sommer immer am Freitag.«

»Wegen Karl?«

»Ach, Vera. Glaub mir: Zwischen ihm und mir ist wirklich alles aus und vorbei, aber ohne jeglichen Groll oder bitteren Nachgeschmack beiderseits. – Nein, Hotte sieht es nicht besonders gern, wenn ich mich da, außer zur Arbeit, blicken lasse.«

»Wieso denn bloß?«

»Er meint, es würde sich nicht gut machen, mal als Gast und mal als Darstellerin aufzutauchen. – Aber das ist vermutlich kaum der wahre Grund.« Birgit schmunzelte. »Ich glaube, er ist ziemlich eifersüchtig, obwohl er das natürlich vehement abstreitet. – Wie dem auch sei, viel Zeit, abends um die Häuser zu ziehen, habe ich sowieso nicht. Ich trete ja fast jeden Tag irgendwo auf. – So, und jetzt komm, sonst rauscht Heribert womöglich noch ohne uns ab.«

Während Birgit und Vera sich unterhalten hatten, war Birgits glatzköpfiger Agent kurz ins Zelt gekommen, um sie nach Mitte zu fahren, wo sie mit Brandermann verabredet war. Heribert Lüdicke hatte versprochen, zwanzig Minuten zu warten und Vera dann auch in der Podbielskiallee abzusetzen.

»Zwanzig Minuten und keine Sekunde länger, die Damen! Ich habe noch einen wichtigen Termin, den ich nicht vergeigen darf. – Ich stehe mit dem Opel vor dem Haupttor links in Reihe zwei.«

Nur am U-Bahnhof Podbielskiallee brannte eine einsame Gaslaterne. Birgit zeigte auf ein Haus mit einem erleuchteten Dachfenster. »Er ist da!«

»Was ist mit der Haustür?«

»Die stand immer offen.«

Vera stieg aus. Birgit warf ihr eine Kusshand zu. Heribert Lüdicke winkte und fuhr los.

Vera blickte nach oben und drückte auf die Haustürklinke: Zu!

Ohne zu zögern, bückte sie sich nach einem Steinchen. Dreimal traf sie die Hausmauer, erst beim vierten Mal klirrte das Fenster.

Ein Schatten erschien hinter der Scheibe, und das Fenster ging auf. Jemand lehnte sich hinaus und schaute nach unten.

Es war Sommer, es war heiß. Vera trug zu einem geblümten Baumwollkleid alte Akrobatik-Slipper mit Ledersohlen und verstärkten Vorderkappen, die für die Bühne schon zu schäbig waren, für den Alltagsgebrauch aber noch ihre guten Dienste taten.

Sie stellte sich auf die Zehenspitzen und begann sich langsam mit geschlossenen Augen auf der Stelle zu drehen. Beständig schneller kreisend, sah sie nicht, dass der Schatten hinter dem Fenster ruckartig verschwand, hörte auch nicht, wie die Haustür aufflog, aber dass die Arme, die sie plötzlich umschlangen, nur Karls Arme sein konnten, das spürte sie, auch ohne die Augen zu öffnen.

15. Kapitel

Die Fronten klären sich

Colonel Teasdale trat nach der Vorführung applaudierend ins Zelt der Braunschweiger Truppe.

»Bravo, ladies and gentlemen, das war eben eine wirklich gute Show! – Und den doppelten Salto am Ende deiner Rollschuhnummer habe ich noch nie gesehen, Vera.«

»Danke, Brian. Früher war das immer mein Abgang.«

Der Colonel begrüßte alle Darsteller mit Handschlag, Vera mit einem Kuss. »Ich habe vorsorglich zwei Plätze im Restaurant des britischen Segelklubs reservieren lassen. Wollen wir dort etwas essen, wenn du dich umgezogen hast? Später muss ich allerdings noch zu einem Treffen mit den Stadtkommandanten.«

»Gern. In etwa fünfzehn Minuten?«

»O.k. Leutnant Brown fährt uns hin. Er steht mit dem Wagen beim Haupttor.«

Teasdale verließ das Zelt.

Vera streifte ihr durchgeschwitztes Trikot ab. Dreißig Grad im Schatten, und die Bühne unüberdacht.

»Dann mach du dich mal besser zuerst frisch«, bot Anke an, »und lass deinen Schatz nicht unnötig warten.« Sie warf Vera ein Handtuch zu und hielt ihr den Vorhang auf, der im hinteren Teil des Zelts den Umkleidebereich von einem improvisierten Waschraum trennte.

»Danke.« Vera schlüpfte durch den Spalt, entkleidete sich, stieg in eine große Zinkwanne und übergoss sich mit dem wohltuend kühlen Wasser aus einer zweiten Wanne, das sie mit einer flachen Emailleschüssel schöpfte. Dann seifte sie sich langsam ein. Ausnahmsweise war es keine englische Armeeseife, sondern ein nach Lavendel riechendes Stück aus Leylas Vorrat. Während sie sich wusch, fuhren die Gedanken in ihrem Kopf Karussell.

Karl. Malta. Brian.

Sie spürte nur eines mit großer Klarheit: Brian das Wiedersehen mit Karl zu verschweigen war ihr unmöglich. Und ihn dreist anzulügen, dass sie nach Malta nachkäme, hatte er einfach nicht verdient. Dafür waren sie sich in den zwei Jahren ihrer, wenn auch lockeren, Beziehung viel zu nahegekommen.

Vera begann sich abzutrocknen. »Ich bin so gut wie fertig!«, rief sie.

Anke streckte den Kopf durch den Vorhangspalt und schnupperte: »Ah, Lavendelseife von Leyla!« Sie kicherte. »Davon ist doch hoffentlich noch etwas übrig? Ich will nämlich gleich mit einem netten französischen Leutnant tanzen gehen.« Sie musterte die Kollegin. »Ich weiß nicht, irgendwie kommst du mir heute total verändert vor.«

»So? Wie denn?«

»Keine Ahnung. Anders eben.«

Vera kleidete sich an. Als sie Lippenstift auflegte, schaute sie in Leylas kleinen Handspiegel, der an einer Zeltstange hing. Was hatte Anke bemerkt? Sie trat dichter an den Spiegel und zog die Brauen mit einem Kohlestift nach. Auch ein Geschenk von Brian.

Sie forschte lange in ihrem Konterfei und lächelte dann. Es musste der neue Glanz in ihren Augen gewesen sein, der Anke aufgefallen war. Augen sind der Spiegel der Seele. Karl.

»Vera, trödel nicht rum!«, wurde sie von der Kollegin ermahnt. »Mein feuriger Franzose ist garantiert nicht so geduldig wie dein wohltemperierter Colonel.«

Auf der Fahrt zum britischen Segelklub an der Havel setzte Vera sich in den Fond, weil Teasdale und sein Adjutant noch dienstliche Angelegenheiten zu besprechen hatten. Vera hörte dem Gespräch der beiden Männer nur mit halbem Ohr zu und versuchte sich auf den unausweichlichen Augenblick einzustellen, in dem sie Brian von Karls Wiedereintreten in ihr Leben erzählen musste.

»Dein wohltemperierter Colonel«, hatte Anke gesagt.

Was Anke als wohltemperiert bezeichnet und keineswegs abwertend gemeint hatte, stimmte nur bedingt. Es war Brians für die Außenwelt reservierte Maske, seit er die Nachricht vom Tod des zweiten Sohnes erhalten hatte. Der Mann hinter dieser Maske war zwar immer noch ein fürsorglicher Gefährte, nie verletzend oder aufbrausend, nur schien tief in ihm jede Lebensfreude wie erloschen.

Der für Colonel Teasdale reservierte Tisch im Restaurant des britischen Segelklubs stand am Fenster des Speisesaals. Von ihrem Platz aus konnte Vera ein Stück Havelstrand sehen. Kinder planschten im Wasser, und zwei Frauen sonnten sich auf einer Decke. Sommer in Berlin. Ein friedliches Bild, fast als hätte es nie Krieg gegeben, wären da nicht die Holzkreuze neben der Decke der Sonnenbadenden gewesen. Holzkreuze, an denen Stahlhelme hingen.

Nachdem der Kellner die Bestellung aufgenommen hatte, war Vera noch immer unentschlossen, wie sie das Gespräch beginnen sollte. Aber vorerst ergab sich noch kein geeigneter Ansatzpunkt, denn schon wurden die Getränke gebracht und gleich darauf die Suppe. Tomatensuppe. Vera trank Apfelsaft, der Colonel Gin. Teasdale sah müde und erschöpft aus. Auf Veras Frage hin berichtete er ihr kurz von der zermürbenden Konferenz am Vortag im Alliierten Kontrollrat. Das zentrale Thema war wieder die anstehende Geldreform gewesen. Die Vorstellungen der Amerikaner und Engländer über eine neue deutsche Währung waren mit denen der Russen und Franzosen alles andere als deckungsgleich. Vera hörte zu, ohne ihn zu unterbrechen.

Der Hauptgang wurde aufgetragen, Havelzander für beide. Vera musste an die Hungerstreiks überall in Deutschland denken. Teasdale begann von Malta zu erzählen. Vera blieb weiterhin wortkarg.

Der Colonel, der jetzt erst die Soldatengräber bemerkte, nahm ihre Hand. »Du bist die ganze Zeit sehr nachdenklich. – Ist es wegen Malta?«

Sie nickte.

Er sah sie prüfend an. »Ich kenn dich doch nicht erst seit ein paar Tagen, Vera. – Darf ich raten? Du hast dich entschieden, nicht mit mir nach Malta zu gehen, richtig?«

»Ja, Brian, ich fürchte, so ist es.«

»Dein Entschluss klingt irgendwie … unabänderlich? – Weshalb?«

Der Zeitpunkt war gekommen. Sie nahm allen Mut zusammen. »Weil ein Wunder geschehen ist, Brian. Karl lebt! Ich habe ihn gestern wiedergetroffen.«

Teasdale drückte ihre Hand fester und schaute unverwandt auf die Gräber. Eine Weile schwiegen sie. Dann sah er Vera an. »Wie kam es zu diesem unverhofften Wiedersehen? – Hatte er denn nicht nach dir gesucht?«

»Doch, Brian, das hat er, aber …«

Stockend erzählte sie ihm von der schicksalhaften Begegnung mit Birgit auf dem Sommerfest.

Der Colonel lauschte mit versteinertem Gesicht. Ohne ihre Hand loszulassen, wanderte sein Blick erneut zu den Holzkreuzen. »Ich wünschte, ich könnte mit meinen Kindern ein ähnliches Wunder erleben.« Noch immer Veras Hand umklammernd, fügte er leise hinzu: »Schade. Ich hätte mir wirklich sehr gewünscht, dass du nach Malta mitkommst.«

Sie umarmte ihn. »Es ist nicht, dass ich dich nicht mag.«

Der Kellner brachte das Dessert. Apfelkompott.

»Schon gut, that's life, my dear! – How about another drink?«

Diesmal bestellte Vera Gin. Einen doppelten.

Sie blieben noch im Restaurant, bis Leutnant Brown erschien, um den Colonel abzuholen.

Teasdale erhob sich. »Sehen wir uns denn noch einmal?«

»Ja, Brian, ich komme auf jeden Fall nach Braunschweig, bevor du abreist.«

»Gut, sag mir rechtzeitig Bescheid. – Sollen wir dich irgendwo absetzen?«

Vera überlegte kurz. »Nehmt mich einfach bis zur nächsten U-Bahn-Station mit.«

»Das wäre Reichskanzlerplatz«, sagte der Adjutant.

16. Kapitel

Überleben

Mit dem Beginn der 104. Lebensmittelkartenperiode am 23. Juli 1947 betrug die tägliche Nahrungszuteilung nur noch 1300 Kalorien, 1945 waren es pro Kopf noch 3075 gewesen. Deutschland steuerte auf den totalen Bankrott zu. Um das zu begreifen, bedurfte es keiner von den Zeitungen veröffentlichten Vergleiche. Ein Blick in die Kochtöpfe, ein Blick auf die ausgemergelten Fahrgäste einer beliebigen Berliner U- oder Straßenbahn genügte. Außerhalb der weitgehend abgeschotteten Einrichtungen der alliierten Besatzungsmächte herrschte überall galoppierende Hochinflation. Die Eindämmung des Schwarzmarktes war vollkommen gescheitert; daran vermochten auch drakonische Strafen für ertappte Wiederholungstäter wenig zu ändern. Tausend Reichsmark reichten noch knapp für ein Dutzend Eier, aber wer in den Besitz einer Schreibmaschine gelangen wollte, tat gut daran, den fünfhundertfachen Betrag bereitzuhalten.

Dennoch erlebten Karl und Vera den Sommer als eine Zeit des Glücks. Sie zog zu ihm in die Podbielskiallee. Lilos Verwandte wohnten nicht mehr bei den Hofmanns, waren in die amerikanische Zone nach Fulda übergesiedelt, und Benno hatte seinem Freund vorgeschlagen, mit Vera bei ihnen in Tempelhof zu wohnen. Die beiden hatten sich für das freundliche Angebot bedankt, aber nach reiflicher Überlegung abgelehnt. Lilo und Benno hatten arbeitsbedingt durch das *Oriental* einen Tag-und-Nacht-Rhythmus, der wenig zu Karls geregeltem Tagesablauf passte. Es sollte sich als eine prophetische Entscheidung erweisen, denn durch Vermittlung von Major Miller wurde es bald möglich, Vera eine Festanstellung als Küchenhilfe auf dem Flugplatz zu beschaffen.

An den Wochenenden trat sie mit ihrer Freundin Birgit im *Oriental* auf, was eine willkommene zusätzliche Finanzspritze für den gemeinsamen Haushalt in Dahlem war. An Leib und Seele litten Vera und Karl also keine Not, auch wenn trotz zweifacher Lebensmittelkarte I alles andere als kulinarischer Überfluss herrschte.

Benno und Lilo trafen sie häufiger privat, zumeist nach der Arbeit in deren Tempelhofer Garten. Elektro-Klaus und Goldelse waren oft mit von der Partie. Die beiden hatten sich bei Bennos *Oriental*-Eröffnungsfeier kennengelernt, waren unterdessen eng liiert und eine in jeder Hinsicht prosperierende Symbiose eingegangen. Klaus Müller, gewiefter Schwarzmarktexperte der ersten Stunde, machte jetzt ebenfalls in Gold und Schmuck und fuhr vermutlich als Einziger von den deutschen Arbeitern auf dem Flugplatz ein nagelneues Motorrad.

Durch Major Millers ehemaligen Fahrer, Sergeant Burns, der sich bei der Eröffnungsfeier mit Elektro-Klaus angefreundet hatte, lernten Vera und Karl auch Edith Jeschke und ihre beiden Mädchen kennen. Das *Oriental* öffnete in der warmen Jahreszeit erst am frühen Abend, sodass am Nachmittag bei den Hofmanns ein ständiges Kommen und Gehen herrschte. Der Garten hinter dem Haus war dank Lilos Bemühungen zu einer grünen Oase gediehen, und ihre Backkünste taten ein Übriges. Manchmal schaute sogar Major Miller kurz auf einen Kaffee vorbei.

Wenn es an der Haustür schellte oder jemand dem Gartenzaun zu nahe kam, führte Hasso sich immer noch wie eine menschenfressende Bestie auf, aber sobald Benno und Lilo den Besucher vorgestellt hatten, trollte er sich wieder auf seinen Lieblingsplatz unter dem Küchentisch oder, falls man im Garten saß, in die Hundehütte neben dem Geräteschuppen.

Vera traf Birgit außer bei ihrer gemeinsamen Show im *Oriental* kaum. Birgit arbeitete jetzt überwiegend als Sekretärin bei ihrem Freund in der Uhlandstraße, denn immer mehr Kabaretts und Varietés in Berlin hatten wegen der desolaten Wirtschaftslage schließen müssen. Bennos Café-Bar blieb glücklicherweise wegen der guten Kontakte zu den alliierten Besatzungstruppen von dieser Entwicklung verschont. Nur die Russen frequentierten das *Oriental* seit Wassilinskis »Unfall« spürbar weniger. Benno konnte die daraus resultierenden Umsatzeinbußen leicht verkraften, denn sein Laden lief blendend und blieb für die wenigen Berliner, die nicht am Hungertuch nagten, eine der angesagten Vergnügungsstätten im Westen der Stadt.

Karl traf sich weiterhin regelmäßig dreimal in der Woche mit den Sportfreunden zum Jiu-Jitsu im Keller unter dem *Oriental,* fuhr aber nach der Übungsstunde meist direkt nach Hause, wo Vera häufig eine Kleinigkeit zu essen zubereitet hatte. Ihre Arbeit als Küchenhilfe in der Flughafenkantine bescherte den beiden gelegentliche Köstlichkeiten wie Hamburger, Spareribs oder Chickenwings.

Horst Brandermann, das erfuhr Karl von Vera, nachdem sie einmal mit Birgit im *Oriental* aufgetreten war, beschäftigte nicht nur Bautrupps auf dem Flughafen, sondern besaß auch zusammen mit seinen Partnern eine Druckerei und eine Spezialfirma, die aus den Ruinen wiederverwertbare Stahl- und Eisenträger barg. Brandermanns Geschäft musste enorm florieren.

»Wieso?«, fragte Karl.

»Er hat Birgit nach der Aufführung abgeholt, und

sie haben mich dann hierher gefahren. In einem dicken Mercedes.«

Karl seufzte. »War das soeben ein dezenter Hinweis, dass ich vielleicht auch eine Baufirma gründen sollte?«

Sie lachte, umarmte ihn und band seinen Krawattenknoten auf. »Dummerchen! Bloß das nicht, sonst musst du dich ja wie Birgits Hotte ständig bis spät in die Nacht mit irgendwelchen Geschäftsfreunden treffen und nicht mit mir. Und dagegen hätte ich durchaus etwas einzuwenden.«

Karl und Vera hatten in der Tat viel nachzuholen.

Die dienstinterne Bezeichnung für die OSS-Dependance im Dahlemer Föhrenweg lautete BOB, Berlin Operations Base. Vom Sommer 1947 an verließ Bill Gleason die Villa so gut wie kaum noch. BOB war wegen der zunehmenden Ost-West-Spannungen zu einem Hauptinformationszentrum für die politischen Entscheidungen der amerikanischen Besatzungsmacht in Deutschland geworden. Bill Gleasons Personaldecke war im Grunde genommen viel zu dünn für die Fülle der anstehenden Aufgaben. Der Alliierte Kontrollrat tagte zwar regelmäßig, und auch die Alliierte Militärkommandantur von Berlin traf sich routinemäßig, nur war auf den Sitzungen mehr und mehr klar geworden, dass die Sowjets und die in ihrer Zone von ihnen unterstützte SED gänzlich andere Vorstellungen von der Zukunft Deutschlands hatten als die westliche Allianz der Besatzungsmächte. Und selbst die war sich in einigen Fragen uneins. Frankreich zum Beispiel war beim Thema Währungsreform vorgeprescht, hatte im Saarland die Saar-Mark eingeführt und damit die in allen vier Zonen gültige Reichsmark als Zahlungsmittel abgeschafft. Eine

Reichsmark musste gegen eine Saar-Mark eingetauscht werden. Zu einem späteren Zeitpunkt war geplant, diese Saar-Mark zu einem noch nicht definierten Wechselkurs durch den französischen Franc abzulösen.

Lang war die Liste der Differenzen unter den drei Westalliierten, und im BOB gaben sich Spezialisten jedweder Couleur die Klinke in die Hand. Der Tag hätte mehr als vierundzwanzig Stunden dauern müssen, um allein die dringlichen Anfragen aus Washington und Frankfurt zu bewältigen, zum Beispiel, wie BOB das Veto des russischen Stadtkommandanten zur Wahl von Ernst Reuter als Oberbürgermeister von Groß-Berlin einschätzte …

Trotz aller personellen Widrigkeiten und Arbeitsüberlastung hatte Bill Gleason weiterhin intensiv die Entwicklung des Falschgeldumlaufs in Berlin beobachten lassen. Anlass dafür war ein mit Beginn des Sommers vermehrtes Auftauchen von Reichsmarkblüten besonders in Geldinstituten der Westsektoren gewesen. Ein gemeinsames Profil der betroffenen deutschen Konteninhaber zu erstellen war schwierig, denn sowohl städtische Angestellte oder Beamte, Kriegerwitwen und Rentner als auch Gewerbetreibende oder Unternehmer hatten die Falsifikate eingezahlt. Selbst Arbeiter bei den amerikanischen Streitkräften in Tempelhof und Dahlem waren unter den Befragten gewesen. Verhöre der besagten Personen hatten indes jedes Mal glaubhaft ergeben, dass das Falschgeld von den Betreffenden unwissentlich auf die Banken gebracht worden war.

Einmal pro Woche besprach Gleason sich in dieser Angelegenheit mit Major Miller, etwas später am selben Tag konferierte er telefonisch mit Richard Bloomsfield, der überraschend Mitte Juli in die Frankfurter OSS-Zentrale versetzt worden war. Gleason hatte mehrmals energisch gegen die Abberufung des tüchtigen Mannes protestiert und dramatisch die Personalknappheit im BOB geschildert. Vergeblich. General Clay persönlich hatte ihn als Berater für Berlinfragen angefordert. Major Miller war zweifelsohne vertrauenswürdig und engagiert, aber nun mal eben kein geschulter OSS-Officer wie Bloomsfield.

Einen Monat nach Bloomsfields Versetzung schenkte Gleason dem Major weitgehend reinen Wein über seine Probleme ein, selbstverständlich ohne zu erzählen, dass der Mann, den er am meisten vermisste, der unscheinbare *Oriental*-Stammgast mit dem grauen Anzug war. »… mit anderen Worten, Paul, ich bin vermehrt auf deine Mithilfe angewiesen. Da es nicht so scheint, als ob die Russen hinter der Sache stecken würden, haben die hohen Herren in der Zentrale mir zwar eingeräumt, dass ich die Sache verfolgen soll, aber gleichzeitig wurde mir unmissverständlich gesagt, dass ich gefälligst selbst dafür sorgen sollte, das mit dem augenblicklichen Personalbestand zu realisieren. Schließlich gäbe es derzeit dringendere Aufgaben für BOB. – Punkt.«

Major Miller nickte. »Ich sehe dein Dilemma nur zu deutlich, Bill. Aber jedes Mal, wenn ich eine Zeitung aufschlage, wird mir auch klar, weshalb die in Frankfurt so reagieren. Unser Waffenbruder Stalin bereitet ihnen selbstverständlich mehr Kopfzerbrechen als eine, und darüber sind wir uns wohl einig, lokale Bande von Geldfälschern.«

»Ich fürchte, du hast recht. – Jedenfalls brauche ich ab jetzt jeden hier im Haus für die Einschätzung der Großwetterlage, falls du mich verstehst.«

»Das bedeutet?«

»Das heißt klipp und klar, dass ich in Sachen Reichsmarkblüten im Großen und Ganzen auf dich bauen muss.«

»Was heißt das in der Praxis?«, insistierte Miller.

»Dass ich dir nur in absoluten Ausnahmesituationen mit Manpower unter die Arme greifen kann. Besonders mit deutschsprachigen BOB-Mitarbeitern ist dann kaum zu rechnen. Die Leute, die ein Auge auf Mister Charles werfen, werde ich demnächst leider auch abziehen müssen. Immerhin habe ich bei denen in Frankfurt noch durchsetzen können, dass ich hin und wieder Militärpolizei für Razzien anfordern kann und dass die paar Falschgeldspezialisten hier in Berlin nicht auch noch versetzt werden.«

Major Miller seufzte. »I'll try my best. Habe ich freie Hand, wen ich für meine Recherchen zu Hilfe nehme?«

»Freie Hand und ein eigenes Budget, Paul. An wen dachtest du?«

»Never change a winnig team, Bill.«

Gleason nickte. »Einverstanden. Wir treffen uns nächste Woche wieder. Ach, damit du loslegen kannst: Hier ist die letzte Liste der überprüften Konteninhaber, die unwissentlich Blüten eingezahlt haben, nebst den Vernehmungsprotokollen. Vielleicht begegnen dir ja einige der Namen bei deinen Ermittlungen wieder.«

Während Sergeant Burns den Major zurück nach Tempelhof zum Flughafen fuhr, schaute sich Miller die Protokolle an. Nur ein Name ließ ihn stutzen: Renate Hansen? Hansen, Hansen, wo hatte er den Namen schon einmal gehört? Er blätterte nach der Anschrift der Frau, Klausener Platz 5, und erinnerte sich schlagartig daran, was Burns' Freundin Edith ihm von dieser Frau berichtet hatte.

»Sergeant?«

»Ja, Sir?«

»Morgen ist Sonntag, da arbeitet doch Frau Jeschke nicht. Meinen Sie, sie hätte Lust, mit den Kindern im britischen Yachtklub essen zu gehen? Ich würde sie alle gern einmal einladen. Sie natürlich auch, Sergeant.«

»Oh, bestimmt, Sir. Die Mädchen können beide schon fantastisch schwimmen. Da ist doch auch gleich vor dem Restaurant ein Badestrand, oder?«

»Ich glaube schon.«

Die Informationen, die Major Miller von Edith Jeschke über Frau Hansen erhalten sollte, stimmten ihn nachdenklich. Sofort nach dem Essen im britischen Yachtklub setzte er sich mit Bill Gleason in Verbindung.

Sergeant Burns' Freundin hatte bemerkt, dass Renate Hansen seit geraumer Zeit Besuch von mehreren Frauen aus der Umgebung erhielt, deren im Krieg gefallene Ehegatten ausnahmslos als durch und durch überzeugte Hitler-Anhänger bekannt gewesen waren. Ferner tauchte im Haus Klausener Platz 5 regelmäßig jemand auf, der sie vom Typ her stark an Herrn Hansens ehemalige Nazikumpane erinnerte.

»Ich weiß nicht, wie ich es Ihnen beschreiben soll, Major. Wenn ich dem Kerl zufällig auf der Treppe begegne, dann überkommt mich fast so ein ungutes Gefühl wie früher. Es sind vor allem die Mensurnarben, die mich abstoßen. Hansen war Jurist und als Student in Breslau in einer schlagenden Verbindung aktiv. Ich weiß das, weil er überall damit geprahlt hatte. Vermutlich trugen deshalb auch die meisten Goldfasane, die bei den Hansens ein- und ausgingen und lärmende Saufgelage veranstalteten, diese widerlichen Schnitte im Gesicht. – Aber vielleicht tue ich dem Mann ja Unrecht.«

Detaillierter zu beschreiben vermochte Edith den mensurnarbigen Unbekannten leider nicht, denn es waren immer nur sekundenlange En-passant-Begegnungen im Hausflur gewesen.

Bill Gleason versprach, im Berlin Document Center Erkundigungen über die Vergangenheit der Hansens zu veranlassen, und ließ sich nach dem Telefonat mit Miller umgehend mit Bloomsfield in Frankfurt verbinden.

Der Major war ziemlich überrascht, schon am Vormittag des übernächsten Tages per Kurier einen dicken versiegelten Umschlag aus dem Föhrenweg zu erhalten. Er quittierte den Empfang und öffnete das Kuvert. Es enthielt ein kurzes handschriftliches Anschreiben und zehn mit einer Büroklammer zusammengeheftete Schreibmaschinenseiten.

Miller hatte mit Daten aus dem Document Center gerechnet, aber die, schrieb Gleason, seien frühestens in ein, zwei Wochen erhältlich. »... jedoch denke ich, dass die kompletten Listen der überprüften Personen seit dem erstmaligen Auftauchen der Falsifikate Anfang 1946 von einigem Interesse sein dürften. Unter den – im Übrigen nicht wenigen – Kontoinhabern, die mehr als einmal gefälschte Banknoten eingezahlt haben, wirst du auch den Namen von Frau Renate Hansen finden.«

Zehn Minuten später fuhr Major Miller mit Karl zu Benno nach Hause. Hasso schlug an, als sie sich der Haustür näherten.

Der *Oriental*-Wirt, damit beschäftigt, die Gemüsebeete zu gießen, brachte ihn mit einem Pfiff zum Verstummen. »Oho! Welch hoher Besuch zu früher Stunde! – Na, wo brennt's denn mal wieder, die Herren?«

Otto Kassner, Horst Brennecke und Wolfgang Richter vermieden es weiterhin, gemeinsam gesehen zu werden. Wenn es Wichtiges zu besprechen gab, trafen sie sich bei Kassner im Westender Haus von Brenneckes Tante. Kassner, der dort unter dem Namen Böhme gemeldet war, wartete mit Richter bereits ungeduldig auf Brennecke.

»Seltsam, Hotte ist doch sonst immer pünktlich«, fauchte Richter. »Sagte er nicht, um Punkt eins ist er hier?«

Kassner schaute auf seine Armbanduhr und trat erneut ans Fenster. »Ich glaube, da kommt er.«

Ein schwarzer Mercedes hielt vor dem Haus.

Kassner öffnete Brennecke die Wohnungstür. »War was? Wir warten schon eine geschlagene Stunde auf dich.«

»Und ob was war!« Brennecke nickte Richter kurz zur Begrüßung zu und ließ sich sichtlich erschöpft in einen Sessel fallen. »Ich hab saumäßig Schwein gehabt! In Tempelhof war gehörig die Kacke am Dampfen. – Die Militärpolizei hat ganz offenbar nach Falschgeld gesucht.«

Kassner zog die Stirn in Falten. »Wie? Eine Razzia auf dem Flughafengelände?«

»Keine richtige Razzia, wohl mehr eine Stichprobe, glaube ich. Verdammt brenzlig war's trotzdem. – Heute ist doch Zahltag für die Arbeiter. Ich wollte gerade mit dem Geld zur Verwaltungsbaracke gehen, um unseren Arbeitern die Löhne auszuzahlen, als mir zwei Elektriker von Krümmel & Co. entgegenkamen und sich lautstark darüber aufregten, dass sie ihre Kohle erst morgen kriegen würden. Die Amis hatten nämlich kurz vorher sämtliche Lohntüten von Krümmel & Co. ohne Angabe von Gründen beschlagnahmt. Da haben bei mir zum Glück gleich alle Alarmglocken geschrillt. Ich bin also auf der

Stelle umgekehrt, zur Uhlandstraße gerast und habe die Blüten ausgetauscht.«

»Und weiter?«

»Na, dann bin ich sofort nach Tempelhof zurück, aber die Lohntüten für meine Bautrupps haben sie nicht einbehalten. Wie schon gesagt, es war vermutlich bloß eine Stichprobe.«

Otto Kassner betastete nachdenklich seine entstellte Gesichtshälfte. »Das will mir ganz und gar nicht gefallen, Hotte.«

»Nein«, sagte Richter. »Mir auch nicht. Wir müssen jedenfalls ab sofort damit aufhören, den Arbeitern Blüten unterzujubeln.«

»Der Meinung bin ich auch«, pflichtete ihm Brennecke bei. »Aber was ist mit Wolfgangs Druckerei und deinem Betrieb, Otto?«

»Unsere Unternehmen schreiben glücklicherweise ausnahmslos schwarze Zahlen, Tendenz steigend. Wir dürfen wirklich nicht riskieren, dass sie durch einen blöden Zufall ins Visier der Falschgeldfahnder geraten. Wolfgangs Druckerei hat mehrere Großaufträge vom Magistrat. Sie ist für die kommenden Wochen voll ausgelastet. Und bis meine Schweißer alle Eisenträger aus den Ruinen geschnitten haben, werden noch einige Jahrzehnte vergehen.«

»Ich habe übrigens gestern Nacht das letzte Papier von Wassilinski verbraucht«, sagte Richter. »Im Lager sind somit noch annähernd fünfzehn Millionen.«

Kassner überlegte einen Moment, dann sagte er: »Wir müssen umdenken und das Geld sicherer an den Mann bringen.« Er wandte sich an Richter. »Was ist mit dem Verteilernetz von Renate?«

»Bislang funktioniert es ziemlich gut.«

»Sagtest du nicht, die Polente hätte sie bereits zweimal

wegen der Blüten befragt?«, gab Brennecke zu bedenken.

Richter nickte. »Stimmt, aber ohne irgendwelche Folgen. Schließlich sind selbst die Schalterbeamten bei der Einzahlung nicht stutzig geworden. Und bei den anderen verhörten Verteilern gab es wegen der Qualität der Blüten auch keinerlei Nachspiel.« Er grinste selbstgefällig. »Gelernt ist eben gelernt.«

Otto Kassner räusperte sich. »Vorsichtshalber stoppen wir aber die Verteilung für ein paar Wochen. Einen Teil des Geldes sollte Renate danach schon noch versuchen abzusetzen.«

Brennecke nickte. »Unbedingt. Teasdale hat im *Oriental* wiederholt davon geredet: Gibt es irgendwann eine Währungsreform – und egal wie die aussieht –, wird mit Sicherheit pro Kopf bloß eine kleinere Bargeldsumme zum Umtausch erlaubt sein, ansonsten nur die Guthaben von Bankkonten.«

»Und was machen wir mit dem Rest?«, fragte Richter. »Im Lager verrotten lassen?«

»Das nun garantiert nicht. Am vernünftigsten wäre es, über Strohmänner auf dem Schwarzmarkt so viel Gold wie möglich aufzukaufen. Gold hat bislang jede Währungsreform überlebt. Oder fällt euch etwas Besseres ein?«

»Wer, bitte schön, organisiert das alles?«, warf Brennecke ein. »Ich komme da ja wohl kaum infrage.«

Richter seufzte. »Und Otto natürlich auch nicht! Also gut, ich kümmere mich drum. – Was soll mit den Platten geschehen? Das Versteck in der Druckerei erscheint mir bei den vielen Stichproben überall in der Stadt nicht mehr optimal.«

»Schaff sie hierher«, sagte Kassner. »Ich mauere sie im Kohlenkeller ein. Vielleicht lässt sich später doch wieder verwertbares Papier auftreiben.« Er sah Richter und Brennecke plötzlich mürrisch an. »Themenwechsel, meine Herren! Mir schmeckt es überhaupt nicht, dass Meunier weiterhin munter durch die Gegend spaziert und zu allem Überfluss jetzt auch noch seine Freundin.«

Brennecke zuckte mit den Achseln. »Im Moment lässt sich schwerlich etwas arrangieren, Otto. Aber nur Geduld, auf ewig werden die Amis ihm bestimmt keine Schlapphüte als Aufpasser stellen.«

17. Kapitel

BENNOS GEBURTSTAG

»So alt wird keen Jaul, Karlchen, deshalb will ick am 8. November meenen Fuffzichsten janz jroß im *Oriental* feiern«, hatte Benno im August angekündigt. »Mit Pauken und Trompeten sozusagen. Und ooch wenn Genosse Stalin, wie heute inner Zeitung stand, nich bloß Eisenbahnschienen, sondern neuerdings sojar lebendet Viehzeuch aus der Zone nach Russland abkarren lässt, wird an dem Tag keener bei mir hungern, und verdurschten erst recht nich. – Die Westalliierten demontieren zwar ooch munter weiter, aber immerhin jeben se uns noch'n kleenet bisschen wat zum Futtern.«

»Ich weiß von Miller, dass seit neuestem auch verstärkt Flüchtlinge aus Ost-Berlin eintreffen«, hatte Karl gesagt.

»Weil se nischt zum Beißen haben?«

»Das womöglich auch. Aber was ich so in Tempelhof beiläufig von dem Major erfahre, ist nicht von Pappe. Einer der Flüchtlinge war SED-Mitglied. Auf einer geschlossenen Parteitagung in Weißensee hat ein Oberst von der SMAD die Delegierten offen dazu aufgefordert – ich zitiere mal –, ›Westdeutschland und Berlin vom amerikanischen Monopolkapitalismus zu befreien‹.«

»Immer mitter Ruhe, Karlchen, bis zu meenem Ehrentag werden se det bestimmt nich jeschafft haben. Det wird dauern. – Allein wenn ick dran denke, wie lange se für det Sowjet-Ehrenmal in Treptow zum Bauen jebroocht haben, bisset endlich einweihen konnten, seh ick da ziemlich schwarz.«

Bereits Ende September ergingen Einladungen an

Freunde, Bekannte, Jiu-Jitsu-Kameraden und Stammgäste. In Berlin hatten die regelmäßigen Stromabschaltungen wieder eingesetzt. Von Benno war zeitig Vorsorge getroffen worden. Elektro-Klaus hatte ihm über seine Schwarzmarktkanäle einen Notstromgenerator beschafft, der unten im Übungskeller installiert wurde. Darüber, woher das Aggregat stammte, verlor er allerdings kein Wort. Er hatte seine Arbeit auf dem Flughafen Tempelhof aufgegeben und redete auch nicht viel darüber, wie er jetzt sein Geld verdiente, deutete aber gelegentlich an, dass er weiterhin mit seiner Freundin in Sachen Schmuck und Gold tätig war. Die Beschäftigung musste recht einträglich sein, denn er und Goldelse konnten sich einen Ford leisten, keine verbeulte Kiste wie Bennos, sondern ein gut erhaltenes offenes Vorkriegsmodell mit weißem Stofffaltdach.

Karl und Vera schauten häufiger bei Edith Jeschke am Klausener Platz vorbei. Ediths Hausmitbewohnerin Renate Hansen erhielt kaum noch Besuch von den Frauen aus der Umgebung. Auch der mensurnarbige Unbekannte ließ sich seit Wochen nicht mehr bei ihr blicken. Benno und Karl trafen regelmäßig den kleinen Hansi, der auf fast allen Berliner Schwarzmärkten seine diversen Geschäfte abwickelte und weiterhin für das *Oriental* die eine oder andere Sache beschaffte. Dass in der letzten Zeit versucht worden war, auf den Märkten Falschgeld abzusetzen, hatte er nicht beobachten können. Bill Gleasons Geldspezialisten vermeldeten ebenfalls kein spektakuläres Auftauchen von Falsifikaten in den Geldinstituten. Renate Hansens Kontobewegungen wurden selbstverständlich genauestens beobachtet und ihre Einzahlungen umgehend zur Untersuchung an den Föhrenweg weitergeleitet. Unter den geprüften Geldscheinen hatte sich keine einzige Blüte befunden.

Gleason und Miller waren fast schon entschlossen, die Ermittlungen einzustellen, als die deutsche Polizei bei einer Razzia in einer Zehlendorfer Grünanlage ein Bündel gefälschter Fünzigmarkscheine sicherstellte. Beim Eintreffen der Beamten hatte jemand das Geld ins Gebüsch geworfen. In dem Zehlendorfer Park wurden bekanntlich vorzugsweise hochwertige Schwarzmarktgüter wie Porzellan, teure Kleiderstoffe, Antiquitäten und Edelmetalle umgesetzt. Hansi versprach, sich bei seinen nächsten Marktbesuchen dort umzuhören. Auch Benno hielt im *Oriental* stets die Ohren offen, wenn Leute aus dem Milieu bei ihm einkehrten, aber bislang erfolglos.

Der Geburtstag rückte näher. Vera und Birgit übten als Überraschung für Benno eine lustige Nummer ein, einen Akrobatik-Sketch, in dem alles schiefging, und sahen sich deshalb häufiger. Birgit wohnte nicht mehr in Reinickendorf, sondern bei ihrem Freund in der Uhlandstraße. Nach den Proben im Jiu-Jitsu-Keller gingen sie meistens am Kurfürstendamm Kaffee trinken, wo gelegentlich auch Brandermann zu ihnen stieß. Da Vera in Tempelhof in einer Kantine ausschließlich für Militärangehörige arbeitete, sah sie ihn auf dem Flugplatz nur selten. Birgit hatte es wahrhaftig gut getroffen. Er war ein charmanter Mann mit besten Umgangsformen. Einmal waren sie auf die Kriegsjahre zu sprechen gekommen, und Brandermann hatte Vera erzählt, dass er als Sachbearbeiter für Passangelegenheiten an der Deutschen Botschaft in Stockholm nie zur Wehrmacht eingezogen worden war. Birgits Freund erwies sich nicht nur als angenehmer Unterhalter, sondern war auch alles andere als ein Pfennigfuchser. Selbst wenn Vera aufs Energischste protestierte, bestand er immer darauf, ihre Rechnung im Café ebenfalls zu begleichen. Zu Bennos Geburtstagsfeier versprach er, drei Kisten Sekt beizusteuern.

Vera und Karl würden sich derart kostspielige Geschenke nicht leisten können. Was sie gemeinsam verdienten, reichte gerade so, um über die Runden zu kommen. Karl trieb aber für seinen Freund antiquarisch in der Buchhandlung am KaDeWe ein reich bebildertes Jiu-Jitsu-Lehrbuch von vor dem Krieg auf, und Vera nähte für den *Oriental*-Wirt eine Trainingsjacke aus dickem schwarzen Leinenstoff, den Edith Jeschke aufgetrieben hatte. Die Freundin von Sergeant Burns wollte als Geburtstagsgeschenk eine dazu passende Hose schneidern.

Als Bennos Ehrentag näher rückte, befanden sich die drei Westsektoren Berlins nach wie vor fest in der Hand des »amerikanischen Monopolkapitalismus«, und unverändert trat im sowjetisch besetzten Teil der Stadt der immer noch alle vier Sektoren repräsentierende Magistrat von Groß-Berlin zusammen. An zu bewältigenden Aufgaben und Problemen herrschte weiterhin kein Mangel. Das Gerangel um gangbare Lösungen spiegelte indes deutlich die politischen Visionen der im Magistrat vertretenen Parteien wider, was eine effektive Arbeit oftmals unmöglich machte. Erschwerend kam hinzu, dass ein Veto von einem der vier alliierten Stadtkommandanten jeden Magistratsbeschluss kippen konnte, wie zum Beispiel die erneute Weigerung des sowjetischen Kommandanten, Ernst Reuters Wahl zum Oberbürgermeister Berlins anzuerkennen. Benno hatte für alles nur einen Kommentar: »Ick wunder mir übahoopt nich, dass der Majistrat nich vernünftich zu Potte kommt, Karlchen. Solange die SED imma brav nach Väterchen Stalins Pfeife tanzt, jibt's jarantiert ooch in Zukunft noch reichlich Zoff. Det kannste schriftlich von mir ham: Bei Majistratens wirtet noch hoch herjehen! Eenes is aber sicher, meenen Jeburtstag versauen die mir jedenfalls nich, da kann kommen, wat will.«

Am 8. November 1947, dem Tag, an dem die Berliner Stadtverordnetenversammlung dem SED-Mitglied und Polizeipräsidenten Paul Markgraf das Misstrauen aussprach – eine Entscheidung, gegen die der sowjetische Stadtkommandant selbstverständlich augenblicklich sein Veto einlegte –, öffnete das *Oriental* nur für geladene Gäste. Karl, Vera, Edith Jeschke und Sergeant Burns waren unter den ersten Gratulanten.

»Imma rinspaziert, meene Lieben! Heute wird jefeiert, det die Wände wackeln!«

So weit kam es zwar nicht, dennoch konnte sich wohl niemand über den Abend beschweren. Lilo hatte ein Buffet aufgebaut, das allen Geburtstagsgästen, die nicht so betucht wie Brandermann oder Goldelse waren, den Atem raubte. Elektro-Klaus' Geliebte, die soeben von Benno begrüßt wurde, machte ihrem Spitznamen alle Ehre. Sie hatte sich herausgeputzt wie ein wandelnder Juwelierladen.

»Wo is denn deene bessere Hälfte abjeblieben?«, fragte Benno.

»Der muss leider noch etwas Dringendes erledigen, aber später kommt er natürlich auch.« Elisabeth Böttcher warf kokett den Kopf zurück und ließ ihr Halsgeschmeide aufblitzen.

Benno grinste. »Da hatter meen vollstet Verständnis, Arbeit jeht eben vor Verjnüjen.«

»Guck mal, Karlchen«, flüsterte Vera beim Anblick einer Kiste Kieler Sprotten. »Ich habe fast vergessen, dass es so etwas noch gibt!«

»And what is this, darling?«, hörte Karl den Sergeanten fragen.

»We call it ›Schillerlocken‹«, raunte Edith ihm zu. »It's smoked fish.«

Karl musste an sein Mittagessen denken. Kohlrübeneintopf. Das fingerlange Stück Fleisch in der Suppe hatten er und Vera sich gerecht geteilt.

Die Getränkeauswahl ließ ebenfalls nichts zu wünschen übrig. Benno schien die gesamten Schwarzmarktbestände an erlesenen Alkoholika der Stadt aufgekauft zu haben. Dem Weißen Riesen von der Jiu-Jitsu-Truppe standen die Tränen in den Augen, als er eine Flasche Danziger Goldwasser entdeckte. »Weeste, wann ick davon det letzte Mal een Glas jetrunken hab, Karl? – Beim Rückzuch in Ostpreußen wart jewesen, kurz bevor mir son Russki 'nen Streifschuss am Arsch verpasst hat. Mit dem Resttröppecken ausser Pulle hab ick denn leider die Wunde desinfizieren müssen.«

Auf dem Podest am Saalende spielte ein Fünf-Mann-Orchester Tanzmusik. Um zwanzig Uhr strömten immer noch Scharen von Gratulanten in den Saal. Birgit, die mit Brandermann seit sieben Uhr im *Oriental* war, ging mit Vera in den Lagerraum hinter dem Tresen, um sich für ihre lustige Geburtstagsnummer umzuziehen.

Plötzlich tauchte der kleine Hansi in Motorradkluft am Eingang auf. Er nahm hektisch den Helm ab, sah sich suchend um und zwängte sich schließlich durch die Geburtstagsgäste hindurch zu Karl an den Tresen. »Ick müsste mal mit dir irjendwo in Ruhe quatschen.«

»Am besten draußen.«

Die Männer gingen auf die Straße. Es regnete verhalten. »Mensch, Karl, ick hab zufällich wat im *Heiermann* uffjeschnappt.«

Der Weddinger *Heiermann* war ein berüchtigter Hehlertreffpunkt. Karl war die Eckkneipe am Nordhafen aus den Zeiten, als er Benno noch bei seinen Schwarzmarktgeschäften behilflich gewesen war, bestens bekannt. »Schieß los!«

»Ick klopp da doch manchmal mit zwee alten Kumpels Karten. Is der Laden voll wie heute, hocken wa uns meistens an den Dreiertisch neben der Theke.«

Karl nickte. Dort an dem kleinen Tisch hatte er oft für seinen Freund gedolmetscht.

»Ejal, jedenfalls saß ick mit dem Rücken zum Schankraum. Schräg hinter mir trank jemand 'nen Halben, so'n feister Kerl mit Schmissen inner Fresse. Als ick mir zufällig später umdrehen muss, weil beim Mischen 'ne Karte runterfällt, seh ick, wie sich Elektro-Klaus zu der Narbenfresse setzt. Aha, denk ick, der Klaus ist bestimmt wieder jeschäftlich zujange, denn stör ick den mal besser jetz nich. Während wir weiter munter Karten dreschen, fällt mir derweil wieder ein, wo ick den Dicken schon mal jesehen hab: Uff'm Schwarzmarcht in Zehlendorf nämlich, da, wo die Polente die falschen Fuffzijer einjesackt hat. Ick spitze also die Ohren und rücke so unuffällich wie möchlich mit'm Stuhl so weit nach hinten, bis ick eenijermaßen hören kann, wat die zwee bekakeln. – Elektro-Klaus und die fette Narbenfresse ham nämlich ausjemacht, det se sich nachher um neun wejen 'ner Überjabe von irjendwat anner Spree treffen. Wat jenau da überjeben werden soll, konnte ick leider nich richtich verstehen. Nur det der Klaus 'ne Aktentasche mitbringen würde, wo allet drin is. Dann sind se ooch beede bald jejangen, und ick hab mir kurz danach uff'n Bock jeschwungen und bin hierher jedüst. – Kannste damit wat anfangen?«

»Möglich wär's. – Wo an der Spree ist ihr Treffpunkt?«

»Am Tegeler-Weg-Ufer, jejenüber vom Schlosspark Charlottenburg, gleich links hinter der Brücke, von hier aus jesehen. – Wat hast'n vor?«

»Erst rede ich mit Benno, dann sehe ich weiter.«

»Broochste mir vielleecht noch?«

»Ich glaube, eher nicht«, sagte Karl. »Aber danke für den Tipp.«

Beide betraten wieder das *Oriental*. Hansi widmete sich augenblicklich dem Buffet, Karl drängelte sich nach hinten zur Tanzfläche durch. Benno unterhielt sich zufällig gerade mit dem Major. Nachdem Karl beiden von dem Gespräch mit Hansi erzählt hatte, blickte Miller auf seine Armbanduhr. Es war acht Uhr dreißig.

»Wir könnten noch rechtzeitig an der Spree sein. Was meinen Sie, Mister Charles? Der Horch steht direkt vor der Tür.«

Karl bat Benno, Vera zu informieren.

Auf der Tanzfläche kamen Karl und der Major dicht an Birgit vorbei, die mit Sergeant Burns tanzte.

»He, Karlchen, wohin so eilig?«

»Getränkenachschub holen. Der Major fährt mich. Wir sind gleich wieder zurück.« Er und Miller kämpften sich zum Saalausgang durch. Brandermann unterhielt sich mit einem Stammgast an der Theke. »Nanu, Sie wollen doch nicht etwa diese famose Feier schon verlassen?«

»Nur kurz was erledigen, Herr Brandermann.«

Karl und Miller ließen sich von der Garderobenfrau ihre Mäntel geben.

Major Miller startete den Motor und schaltete den Scheibenwischer und das Abblendlicht ein. Die Straßen bis zum Richard-Wagner-Platz waren wegen der allgemeinen Energieknappheit nur notdürftig beleuchtet. Vor der Spreebrücke am Schloss Charlottenburg überholte ein Ford mit weißem Faltdach den Horch.

»Das könnte eben Elektro-Klaus gewesen sein«, sagte Karl.

Als Miller in den Tegeler Weg einbog, hielt der Ford vor einer Ruine gegenüber einer Freifläche am Spreeufer. Der Major fuhr mit verlangsamter Geschwindigkeit an dem Wagen vorbei. »Na, ist das unser Freund?«

»Ja, eindeutig!« Zwanzig Meter vor ihnen stand in Fahrtrichtung ein offener Lkw-Anhänger am Straßenrand. »Am besten, wir parken da.«

Miller nickte, lenkte den Wagen hinter den Anhänger und schaltete das Licht und den Motor ab. Karl und Miller stiegen aus. Fünfzig Meter vor ihnen parkte ein Hanomag neben einer Gaslaterne. Es begann heftiger zu regnen. Karl schlug seinen Mantelkragen hoch. Nur ihre Köpfe ragten über die Ladefläche des Anhängers. Von den Gaslaternen im Tegeler Weg brannte nicht einmal jede zweite, dennoch konnten sie einigermaßen deutlich erkennen, wie Elektro-Klaus mit einer Aktentasche in der Hand die Straße überquerte. Kaum hatte er die andere Seite erreicht, tauchte, vom Spreeufer über die Freifläche kommend, ein stämmiger Mann mit einem Schirm auf. Auch er hatte eine Aktentasche dabei. Elektro-Klaus und der Dicke tauschten die Taschen aus, schienen noch ein paar Worte zu wechseln, dann trennten sie sich. Elektro-Klaus stieg in seinen Ford, wendete und fuhr in Richtung Schlossbrücke davon. Der dicke Mann mit dem Schirm wartete, bis die Rücklichter des Wagens fast nicht mehr sichtbar waren, dann ging er auf der anderen Straßenseite an seinen Beobachtern vorbei.

»Wo will er hin?«, flüsterte Miller. »Sehen Sie? Jetzt kommt er auf unsere Seite rüber!«

»Ob er zu dem Hanomag will?«

Als der Mann die Fahrertür des Hanomags schloss, saßen Miller und Karl bereits wieder in ihrem Horch.

Bis zum »Knie« folgten Karl und der Major dem Hanomag in gebührendem Abstand, dann wurde der Verkehr etwas reger. Zumeist waren alliierte Militärfahrzeuge unterwegs, sodass Miller ab Bahnhof Zoo wagte, dichter aufzurücken, und Karl sich die Autonummer aufschreiben konnte. Am Nollendorfplatz verloren sie den Wagen des Dicken allerdings einen Moment lang aus den Augen, weil sie einen amerikanischen Militärkonvoi vorbeilassen mussten. Zum Glück war die Kolonne nur kurz.

»Wo ist er?«, fragte Miller.

Karls Zeigefinger berührte die Windschutzscheibe. »Er biegt da vorne nach rechts in die Nollendorfstraße ein.«

»Ah, ja, jetzt sehe ich ihn auch!« Der Major gab Gas.

Als der Horch die Kreuzung erreichte, verschwanden die Rücklichter des Hanomags gerade in der breiten Toreinfahrt eines Mietshauses. Sie führte auf einen Gewerbehof. Über dem Tor hing ein Schild: »Schreinerwerkstatt Klein & Balz Hof 1, Buchbinderei Jenatzki Hof 1« – und – »Druckerei Schulze Hof 3«.

»Sieh mal einer an«, murmelte Karl. »Sollen wir uns die mal näher anschauen?«

Miller nickte, fuhr ein paar Meter weiter und hielt an. Sie stiegen aus und spähten in die dunkle Einfahrt.

»Mist!«, knurrte der Major. »Ausgerechnet heute habe ich keine Taschenlampe dabei. – Aber dafür das!« Er zog eine Pistole aus der Manteltasche.

»In den Höfen dürfte es heller sein«, meinte Karl. »Mit Licht würden wir sowieso nur auffallen.«

Vorsichtig machten sie sich auf den Weg. Die Gewerbegebäude im ersten Hof waren im Krieg kaum zu Schaden gekommen, aber die im zweiten hatten die Bomben weitgehend zerstört. Überall war es totenstill.

Karl und der Major verharrten im Dunkel der Tordurchfahrt zum dritten Hof, den sie von ihrem Platz aus zwar nicht in seiner Gesamtheit einsehen konnten, der aber weitaus größer war als die ersten beiden.

Der Hanomag stand am Hofende vor einer zweistöckigen Fabrikhalle, die circa zwanzig Meter von der Tordurchfahrt entfernt war. Neben dem Hanomag parkte ein Lkw gleichen Fabrikats mit weißen Lettern auf der Ladeklappe: »Druckerei Schulze«. Ein Fenster im Obergeschoss der Halle war matt erleuchtet. Unter dem Fenster befand sich eine breite Schiebetür. Links und rechts der Halle türmten sich Schuttberge.

»Und jetzt?«, flüsterte Karl. »Einfach anklopfen und den Dicken bitten, uns die Aktentasche zu zeigen, geht ja wohl schwerlich.«

»Sie sagen es, Mister Charles. – Aber zu zweit sollten wir den Herrn vielleicht besser nicht befragen. Womöglich gibt es auf der Rückseite der Halle weitere Ausgänge. Ich hole schnell von der MP-Wache am Kleistpark Verstärkung. Halten Sie derweil die Stellung?«

Karl nickte. »Und wenn er unterdessen die Druckerei verlassen will?«

Miller gab ihm die Pistole. »Damit werden Sie ihn bestimmt überzeugen können, auf mich zu warten.« Den Major verschluckte die Dunkelheit.

Karl steckte die Pistole ein und taxierte die Strecke über den Hofplatz. Falls es dem Mann einfiel, mit einem der Hanomags wegzufahren, würde er Mühe haben, rechtzeitig bei den Wagen zu sein. Karl überlegte. Klüger wäre es, sich hinter dem Lastwagen zu verstecken. In gebückter Haltung und sorgfältig auf seine Schritte achtend, schlich er über den Hof.

Als Karl sich zwischen den Autos aufrichtete, blendete ihn plötzlich der Lichtkegel einer aufflammenden Lampe, und eine Männerstimme zischte: »Umdrehen und Pfoten hoch, sonst knallt's!«

Karl tat, wie ihm befohlen. »Hören Sie, ich wollte zufällig ...«

»Schnauze!«

Die Lampe erlosch. Ein harter Gegenstand wurde in Karls Rücken gedrückt. Dann glitt eine Hand in seine rechte Manteltasche und zog die Pistole heraus.

›Linkshänder, er ist Linkshänder‹, schoss es Karl durch den Kopf.

»Ach nein, was haben wir denn da Schönes?« Der Gegenstand bohrte sich tiefer in den Rücken. »Ich glaube, wir unterhalten uns da drinnen mal ausführlicher.« Der Mann stieß Karl zur Hallenschiebetür. »Oder meinst du etwa, ich bin blind und habe nicht gemerkt, dass sich am Bahnhof Zoo jemand hinter mich geklemmt hat?«

Drei, vier Meter waren es noch bis zur Hallentür. Karl verlangsamte seine Schritte. Wie erhofft verstärkte der Mann augenblicklich den Druck und knurrte: »Penn nicht ein! Dalli, oder ...« Er konnte den Satz nicht beenden, denn Karl drehte sich blitzschnell rückwärts nach links um die eigene Achse. Der Mann, dessen Waffe keinen Widerstand mehr verspürte, streckte reflexartig den Arm und drückte zweimal ab. Als der dritte Schuss durch den Hof peitschte, hielt Karl bereits den Pistolenlauf mit seiner linken und das Handgelenk des immer noch ausgestreckten Arms mit seiner rechten Hand umklammert.

Der Mann riss die Waffe zurück. Karl nutzte die Bewegung, um gleichzeitig das Handgelenk des Schützen und den Pistolenlauf mit aller Kraft von sich wegzudrücken. Wieder löste sich ein Schuss. Der Mann wankte, seine Knie gaben nach.

Karl, immer noch die Waffenhand eisern umklammernd, entwand dem Mann die Pistole mit einem Ruck und richtete sie auf den Fallenden. Der sackte vollends in sich zusammen, kam mit gespreizten Beinen und abgewinkelten Armen auf dem Rücken zu liegen und bewegte sich nicht mehr. Er rührte sich auch nicht, als Karl ihm einen Tritt versetzte und ihm barsch befahl aufzustehen.

Um dreiundzwanzig Uhr führte Major Miller in der MP-Wache am Kleistpark ein längeres Telefongespräch mit Bill Gleason, dann fuhr er Karl zur Schlüterstraße und setzte ihn dort ab: »Ich hätte jetzt zwar Lust auf einen Drink, würde aber doch lieber dabei sein, wenn unsere Experten von der Spurensicherung später die Druckwerkstatt unter die Lupe nehmen.«

Dem Lärmpegel am Eingang nach zu urteilen, war im *Oriental* Bennos Geburtstagsfeier noch in vollem Schwung. Karl gab der Garderobenfrau seinen Mantel. »Ach, da sind Sie ja wieder, Herr Meunier! Fräulein Vera und der Chef haben Sie bereits gesucht.«

Karl betrat den Saal. Die Luft war vor Tabaksqualm zum Schneiden, die Kapelle gab ihr Bestes, und es wurde ausgelassen getanzt. Er sah Edith und Sergeant Burns, Goldelse und Elektro-Klaus, aber nirgendwo Vera oder Benno. Lilo stand hinter der Theke und unterhielt sich mit dem kleinen Hansi. Sie hatte den Eintretenden bemerkt und winkte ihm zu.

»Mensch, Karlchen, du siehst aber blass aus um die Nasenspitze! Wo bist du denn bloß die ganze Zeit über abgeblieben? Benno und Vera haben sich schon mehrmals nach dir erkundigt. – Schönen Gruß übrigens noch von Birgit. Sie ist vor circa zehn Minuten mit Brandermann gegangen, weil der anscheinend morgen sehr früh auf dem Flugplatz sein muss.«

Hansi schaute Karl neugierig an, sagte aber nichts.

»Gib mir erst mal einen Schnaps, Lilo, am besten einen doppelten.« Er setzte sich zu Hansi. Während die Wirtin nach einem geeigneten Glas suchte, fragte Karl: »Wo ist Vera?«

»Ich glaube, sie sitzt mit Benno an einem Tisch hinten neben der Tanzfläche.«

Karl bekam seinen Schnaps und trank ihn auf ex.

»War was?«, fragte Lilo.

Karl nickte. »Das kann man wohl sagen! Aber ich erzähl euch besser alles im Lagerraum. Geh du mit Hansi schon mal unauffällig vor. Ich hole nur noch Vera und dein Dickerchen.«

Lilo stand an der Lagerraumtür und behielt, während Karl zu erzählen begann, durch einen Spalt den Tresen im Blick. Benno hockte mit verschränkten Armen auf einem Bierfass. Vera, Hansi und Karl hatten sich auf leere Weinkisten gesetzt. Alle waren mit Brandermanns Geburtstagssekt versorgt worden, aber niemand rührte sein Glas an.

»... er hat in Panik einfach hintereinander abgedrückt. Auch als die Mündung schon auf ihn zeigte. Als er auf dem Boden lag und sich nicht mehr bewegte, hab ich dann ein Streichholz angezündet. Es war kein schöner Anblick, kann ich euch versichern, und das beileibe nicht wegen der Schmisse im Gesicht: Die Kugel ist ins linke Auge rein und am Scheitel raus. Zehn Minuten später kam Miller mit der Militärpolizei. Die Aktentasche mit den Goldmünzen, die der Dicke von Elektro-Klaus bekommen hatte, war noch im Hanomag. Als ihm klar geworden war, dass ihn jemand verfolgte, muss er sich gleich hinter dem Lkw auf die Lauer gelegt haben, ohne die Druckerei zu betreten.«

Der *Oriental*-Wirt schüttelte ungläubig den Kopf. »Dasser sich denn ooch noch mitter eignen Kanone ausrottet, da fällt mir nischt weiter zu een, als det mit die Doofen Jott is! – Mensch, Karlchen! Sich nach hinten zu drehen und zu versuchen, 'nem Angreifer, der'n Messer hat, die Waffe mit 'nem Handdrehhebel abzunehmen, is alleene schon russischet Rulett. Die Technik jelingt ja selbst mir fast nie ohne Patzer. Du hast echt verdammten Massel jehabt, meen Bester!«

»Ich weiß. Und wenn ich jetzt darüber nachdenke, würde ich sogar sagen, dass es der helle Wahnsinn gewesen ist. Aber um groß nachzudenken, blieb mir nun mal keine Zeit. Zumal ich damit rechnen musste, dass in der Halle noch Komplizen warteten. Im Obergeschoss brannte schließlich Licht. Und dann hätte ich richtig alt ausgesehen. Also habe ich alles auf eine Karte gesetzt.«

»Und wat war mit dem Licht?«

»Da hatte bloß ein Druckereiarbeiter vergessen, eine Lampe im Klo auszuknipsen.«

»Aber wie geht es nun weiter?«, fragte Vera. »Dieses Fräulein Schwandt in Frohnau sagte doch, in der Nachbarvilla hätten vier Männer gewohnt. Einer von ihnen ist in Frankfurt von den Amis erschossen worden. Falls die Spurensicherung feststellt, dass in der Nollendorfstraße Falschgeld gedruckt wurde, dann wäre der mensurnarbige Dicke vermutlich Nummer zwei. Somit verbleiben von der Bande noch zwei weitere. – Außerdem: Was soll mit Elektro-Klaus geschehen? Will Miller den hochgehen lassen?«

»Das alles besprechen wir morgen Nachmittag um fünf Uhr mit dem Major in Tempelhof.

»Wer ist ›wir‹?«, fragte Lilo.

»Benno, Hansi und ich.«

Der kleine Hansi schaute verwundert zu Karl. »Wie, ick ooch?«

»Sicher. Von dir kam schließlich der entscheidende Hinweis. Und bitte zu niemandem ein Sterbenswörtchen über die Schießerei. Das gilt für jeden von uns.«

»Die Schüsse wird bestimmt jemand gehört haben«, warf Vera ein, »und das Anrücken der Militärpolizei-Jeeps sicherlich auch.«

»Da hast du vermutlich recht. Dennoch will Miller darauf hinwirken, dass der Vorfall nicht in der Öffentlichkeit breit gewalzt wird. Die Berliner Presse jedenfalls erhält keine Informationen. Vielleicht weiß er morgen auch schon, ob der Dicke derselbe Mann ist, der immer Renate Hansen besucht hat.«

»Renate Hansen, wer is denn det nu wieder?«, fragte Hansi irritiert.

»Das erfährst du morgen auch. – So. Und jetzt, meine ich, sollten wir langsam in den Saal zurück. Unser Geburtstagskind wird mit Sicherheit schon von allen vermisst.«

Benno hob das Sektglas. »Jut, Karlchen. Aber vorher unbedingt noch een janz kräftijet Prosit uff den jelungenen Handdrehhebel!«

18. Kapitel

Krisensitzung nicht nur im Föhrenweg

Anhand der Dokumente in der Brieftasche fand Miller schnell heraus, dass der mensurnarbige Tote der Besitzer der Hinterhofdruckerei war, ein gebürtiger Breslauer namens Wolfgang Schulze. Seine Leiche wurde noch am Abend der Schießerei von der Spurensicherung der Militärpolizei fotografiert und zur Obduktion weggeschafft. Die deutsche Polizei zog Miller nicht hinzu. Dann stellten die Experten die Druckerei bis in die frühen Morgenstunden auf den Kopf. Um sieben Uhr verhörte der Major die überraschten Beschäftigten der Firma gleich vor Ort. Er erzählte ihnen, dass man Schulze wegen Steuerbetrugs größeren Stils verhaftet hatte. Die fünf Drucker gaben über alles bereitwillig Auskunft und schienen nicht in die Blütenproduktion involviert zu sein. Schulze, so erfuhr er von den Männern, hätte ihnen manchmal gesagt, dass er die ganze Nacht über lästigen Schreibkram erledigen müsste. Dann hatten sie ihn immer bei Arbeitsbeginn schlafend auf einer Couch im Büro angetroffen. Er hatte die Druckerei etwa zu dem Zeitpunkt erworben, als die Fälscherbande aus Frohnau weggezogen war.

Als Miller übernächtigt im Föhrenweg aus dem Wagen stieg, lagen ihm bereits die ersten Untersuchungsergebnisse vor. Wie in der Garage der Frohnauer Villa gab es Papierreste und Farbspritzer, die mit an Sicherheit grenzender Wahrscheinlichkeit darauf hindeuteten, dass man Falschgeld gedruckt hatte. Die Blüten waren auf einer Presse in einem verschlossenen Raum hinter dem

Büro des Firmeninhabers hergestellt worden, zu dem die Arbeiter der Druckerei nie Zugang hatten.

Auch Gleason konnte mit Neuigkeiten aufwarten. »Schulze ist …«, der BOB-Mann verbesserte sich, »Schulze war nicht sein richtiger Name. Die vom Document Center haben eben angerufen. Er heißt Richter, Wolfgang Richter.«

Miller sah ihn verwundert an. »Alle Achtung! Du scheinst denen ja kräftig Beine gemacht zu haben.«

Gleason grinste. »Ein Kommilitone aus meinem ehemaligen College ist dort neuerdings Abteilungsleiter.«

»Tja, eine gute Old-Boys-Connection ist manchmal Gold wert. Aber wie konnte er denn so schnell in all den Aktenbergen fündig werden?«

»Mehr oder weniger durch einen Tipp von mir. Ich hatte eine Eingebung und riet ihm, falls vorhanden, zuerst die Unterlagen über die SS-Einheiten durchzusehen, die Adolf Wagener in Wilna unterstellt waren. Um mich kurz zu fassen: Im Document Center existieren derartige Unterlagen.«

»Und?«

»Nun, er fand einfach die berühmte Stecknadel im Heuhaufen. Einige der Akten enthielten auch tabellarische Lebensläufe. – Zum Beispiel diesen hier.« Gleason schob ein Dossier über den Schreibtisch.

»Wolfgang Richter, Ingenieurstudium, schon als Korpsstudent 1935 Eintritt in die SS, ab 1937 Geschäftsführer der väterlichen Druckerei in Breslau … von 1942 bis Mitte 1943 in Wilna stationiert. Seit August 1943 …«

»Das dürfte tatsächlich unser Mann sein«, sagte der Major. »Diesen Vermerk ›zu besonderen Aufgaben in die Reichshauptstadt abgestellt‹ gab es in Adolf Wageners Akte doch auch, oder habe ich das falsch in Erinnerung?«

»Nein, hast du nicht. Adolf Wagener, alias Hübner, der ›Bluthund von Wilna‹, und Wolfgang Richter, alias Wolfgang Schulze, waren nicht nur in Wilna, sondern auch in Berlin zusammen stationiert.«

»Was für einen Beruf hatte Wagener eigentlich vor dem Krieg?«

»Das ist eine sehr gute Frage! Ich habe sie natürlich meiner Old-Boys-Connection auch gestellt.«

»Er war doch nicht etwa ebenfalls im Druckereigewerbe tätig?«

»Nein, Paul. Viel besser! Adolf Wagener war von 1934 bis 1937 Buchhalter bei der Filiale der Dresdner Bank in Moskau und danach Abteilungsleiter im Ressort Devisen von der Reichsbank in Berlin. Nach dem Kriegseintritt Deutschlands wurde Wagener von der SS überwiegend mit Finanzaufgaben beauftragt, zum Beispiel damit, die beschlagnahmten Vermögen der Baltikum-Juden nach Berlin zu transferieren.«

Miller gab Gleason das Richter-Dossier zurück. »Somit wäre die vierköpfige Frohnauer Fälscherbande um einen weiteren Mann dezimiert.«

»Richtig! Die Analysen der Papier- und Farbpartikel in der Villengarage und in Richters Hinterzimmer legen diesen Schluss durchaus nahe. Fragt sich nur, wie wir den restlichen Komplizen das Handwerk legen. Ich kann mir vorstellen, dass die jetzt wieder länger auf Tauchstation gehen.«

»Das befürchte ich auch, aber man wird sehen.«

Es klopfte an Gleasons Bürotür.

»Come in!«

Ein Militärpolizist erschien in der Öffnung und salutierte. »Für Sie, Sir. Kam eben mit einem Kurier.«

Es waren die Fotos von Richters Leiche. Miller wählte einige aus, dann stand er gähnend auf. »Ich lege mich erst mal zu Hause für ein, zwei Stunden aufs Ohr. Danach fahre ich zum Klausener Platz zu Frau Jeschke, bevor ich Mister Charles und die anderen in Tempelhof treffe. Falls Richter der Mann war, der Renate Hansen immer besucht hat, dann gibt es immerhin eine Richtung, in der wir weiterermitteln sollten.«

»Mach das, Paul. Aber bitte vergiss die knappe Personaldecke hier im BOB nicht. Für Elektro-Klaus' Verhaftung heute früh habe ich natürlich ein paar von meinen Leute abgezweigt, aber auf Dauer wird es auch weiterhin kaum möglich sein, dich, außer im Notfall, mit Manpower aus dem Haus zu unterstützen.«

»Wo ist Elektro-Klaus?«

Gleasons Daumen deutete nach unten. »Im Keller, zusammen mit seiner Freundin. Das Falschgeld war noch in der Aktentasche.«

»Wirst du sie selber verhören?«

»Ja.«

»Und was hast du mit ihnen vor?«

»Einen Kuhhandel. Entweder sie kooperieren mit uns, oder sie landen für ein paar Jahre hinter Gittern.«

Nachdem die Militärpolizisten am Tor Columbiadamm die Personalien notiert hatten, brachte Sergeant Burns Benno Hofmann und Hans Klempke zum Büro des Majors. Als sie eintraten, saß Karl auf einem Stuhl neben Millers Schreibtisch und schaute sich die Fotos von der Spurensicherung an.

Miller stand auf, kam um den Schreibtisch und schüttelte beiden die Hand. »Am besten, Sie machen es sich auf der Couch bequem. – Kaffee, die Herren?«

Benno und Hansi nickten.

»Schwarz?«

»Mit Zucker bitte«, sagte Benno.

»Und meenen mit 'nem Schluck Milch, falls det machbar is«, bat Hansi.

»Selbstverständlich. – Sergeant?«

»Ja, Sir?«

»Besorgen Sie lieber gleich eine Kanne für uns alle. Ich schätze mal, die kleine Konferenz hier wird etwas länger dauern. Ach, noch was! Ich möchte, dass Sie dann bei unserem Gespräch dabei sind, beschaffen Sie sich also irgendeinen Stuhl aus einem der Nachbarbüros.«

Burns salutierte. »Yes, Sir!«

Der Major setzte sich wieder hinter den Schreibtisch und sah den kleinen Hansi an. »Herr Klempke! Wie Mister Charles bereits Ihnen und Herrn Hofmann geschildert haben dürfte, war der Hinweis auf das Treffen am Tegeler Weg recht ... äh ... folgenreich.«

Benno grinste. »Det hamse jetz aber schön gesacht, Mista Milla.«

Der kleine Hansi verzog das Gesicht. »Für Karlchen hätte det ooch jewaltich danebenjehn können.«

Major Miller nickte. »In der Tat.«

Karl hielt ein Foto hoch, eine Vergrößerung von Richters Gesicht.

Benno kratzte sich am Kinn. »Na, ooch mit beeden Oogen im Kopp war der bestimmt keene Schönheit.« Er erhob sich, ging zu Karl und betrachtete das Foto genauer. »Mensch, irjendwoher kenne ick den doch! Ick globe, der war een, zweemal bei mir im Laden. Muss aber schon länger her sein. Det Bild sollten wa unbedingt ooch mal der ollen Jungfer in Frohnau zeigen, meenste nich, Karlchen?«

»Unbedingt! – Der Major war übrigens auch schon bei Edith. Sie jedenfalls hat den Toten eindeutig als den

Mann identifiziert, der regelmäßig Renate Hansen besucht hatte.«

Sergeant Burns brachte den Kaffee und einen dreibeinigen Hocker. Er versorgte alle mit einem Getränk und setzte sich neben Karl.

Miller fasste kurz zusammen, was Bill Gleason im Document Center über Richter alias Schulze bislang in Erfahrung gebracht hatte, und richtete zuletzt das Wort an Hans Klempke: »… Richter war in Breslau Mitglied in einer schlagenden Verbindung. Der Mann von Renate Hansen ebenfalls.«

»Kommt denn da wat bei rüber, Mista Milla, 'ne anjemessene Uffwandsentschädijung, wenn ick mir um die Hansen kümmere?«

»Selbstverständlich, Herr Klempke.«

»… Wolfgang hatte versprochen, mir die Goldmünzen in der Uhlandstraße vorbeizubringen, bevor ich zum Flugplatz aufbrechen würde. Als er um acht Uhr immer noch nicht eingetroffen war, habe ich versucht, in der Druckerei anzurufen, nur war die Leitung dort ständig besetzt, was mir schon komisch erschien. Also bin ich zur Nollendorfstraße gefahren und habe die MP-Jeeps in der Einfahrt zu den Gewerbehöfen gesehen. Da war mir augenblicklich klar, dass etwas gewaltig schiefgelaufen sein musste. Als mir der Zeitungsmann im Laden an der Ecke dann noch von einer nächtlichen Schießerei erzählte …«

»Verdammte Scheiße! Erst Adolf und jetzt Wolfgang!« In dem überquellenden Aschenbecher verglühte eine halb aufgerauchte Zigarette, dennoch zündete sich Otto Kassner, vor Wut zitternd, eine neue an. »Und wieder steckt dieses Schwein Meunier dahinter.«

»Davon können wir ausgehen. Er hat das *Oriental* um zwanzig Uhr dreißig überstürzt mit dem Ami verlassen, und um neun sollte Wolfgang die Goldmünzen bekommen.«

Kassner inhalierte einen tiefen Zug und ballte die Fäuste. »Irgendwie ergibt das alles keinen Sinn, Hotte!« Er betastete seine entstellte Gesichtshälfte. »Warum, zum Teufel, haben sie nicht schon im Tegeler Weg zugeschlagen, sondern erst in der Nollendorfstraße? Dann hätten sie schließlich auch Elektro-Klaus gleich gehabt.«

Brennecke zuckte mit den Achseln. »Ich kann es mir nur so erklären: Meunier und der Major kriegen im *Oriental* überraschend den Tipp, dass Elektro-Klaus am Tegeler Weg ein dickes Geschäft vorhat. Meunier besitzt kein Auto, deshalb fahren sie mit dem Wagen von dem Ami. Sie beobachten, wie Wolfgang und Elektro-Klaus ihren Handel abwickeln und sich dann trennen. Sie entscheiden sich natürlich, Wolfgang zu folgen, denn Elektro-Klaus kennen sie schließlich. So hätte ich in ihrer Situation bestimmt auch gehandelt. – Aber wie überhaupt jemand von dem Treffen erfahren konnte, ist und bleibt einfach schleierhaft. Wolfgang ist garantiert nicht damit hausieren gegangen, dass er Elektro-Klaus noch einmal trifft.«

»Gut, sie sind ihm also hinterher. Und dann? Die Schießerei?«

»Tja, ich denke, Wolfgang wird wohl gemerkt haben, dass ihm jemand bis zur Druckerei gefolgt war. Wahrscheinlich versuchte der Ami ihn dort zu verhaften, und er hat sich widersetzt.«

»Und wenn er bei der Schießerei doch nur schwer verletzt wurde und noch lebt?«

Brennecke schüttelte entschieden den Kopf. »Nein, er ist mit Sicherheit tot. Der Zeitungsmann wohnt im

Mietshaus über der Toreinfahrt. Als er heute früh seinen Handkarren aus einem Verschlag im dritten Hof holen wollte, verboten die Militärpolizisten es ihm, aber schließlich gab ein Deutsch sprechender Offizier die Genehmigung. – Otto! Der Mann hat eindeutig vor der Druckerei einen abgedeckten, reglosen Körper gesehen! Meunier kann es nicht gewesen sein und dieser Miller auch nicht, denn beide sind vorhin bei bester Gesundheit auf dem Flugplatz herumspaziert.«

»Ja, du hast vermutlich recht. Wolfgang wird ins Gras gebissen haben. Aber Scheiße, verdammte!« Otto Kassner drückte seine Zigarette aus. »Erst hat Adolfs Verhaftung alles durcheinandergebracht, und jetzt, wo unsere Unternehmungen endlich richtig Geld abzuwerfen beginnen, haben wir die Bescherung!«

Brennecke nickte. »Wir werden nicht umhinkommen, unsere Zukunftspläne wieder einmal zu überdenken. Wenigstens hat sich jetzt ausgezahlt, dass wir konsequent unabhängig aktiv waren. Die Druckerei lief allein auf Wolfgangs Namen, und offizielle geschäftliche Verbindungen zwischen meinen Bautrupps in Tempelhof und deiner Firma existieren nicht. Eigentlich sehe ich keine direkte Gefahr für uns. Auf den Schwarzmärkten derzeit weiterhin Gold aufzukaufen wäre allerdings Selbstmord.«

Kassner griff nach der Zigarettenpackung. »Was ist mit Wolfgangs Bekannten, dieser Hansen? Die noch zur Geldwäsche zu benutzen verbietet sich ja wohl gleichermaßen.«

»Abwarten, Otto, abwarten! Zum Glück hat es Wolfgang erwischt, nachdem er den größten Teil der Blüten in Gold umrubeln konnte. Vorerst intensivieren wir besser nur die legalen Geschäfte, und dann überlegen wir in Ruhe weiter. – Auch was unseren Freund Meunier betrifft.«

19. Kapitel

D-Mark, Clay-Mark und Tapetenmark

Der kleine Hansi hatte sich wochenlang an Renate Hansens Fersen geheftet, aber Major Millers Hoffnungen, die Überwachung würde zu weiteren Mitgliedern der Fälscherbande führen, erfüllten sich nicht.

Renate Hansen verließ ihre Wohnung am Klausener Platz nur höchst selten, zumeist um Einkäufe zu erledigen oder Behördengänge zu tätigen. Die Naziwitwen, die früher beständig bei ihr ein und aus gegangen waren, besuchten sie überhaupt nicht mehr. Natürlich war Renate Hansens gesamte Post vor der Zustellung von Bill Gleasons Experten im Föhrenweg geöffnet und akribisch auf eventuell verdächtige Mitteilungen hin überprüft worden – bislang ebenfalls ohne verwertbare Ergebnisse.

Bennos und Hansis Erkundigungen im Schwarzmarktmilieu waren gleichermaßen fruchtlos. Da immerhin Fräulein Schwandt in Frohnau Wolfgang Richter als einen ihrer vier ehemaligen Nachbarn identifizieren konnte, gab der Major dem kleinen Hansi dennoch grünes Licht, die Überwachung von Renate Hansen fortzusetzen. Auch Benno wurde gebeten, weiterhin in den einschlägigen Kreisen die Ohren zu spitzen.

Unterdessen hatten sich die Ost-West-Spannungen permanent verschärft: Am 23. März 1948 war von der Sowjetunion die Mitwirkung im Kontrollrat aufgekündigt worden, nicht zuletzt wegen Uneinigkeit über eine für ganz Deutschland gültige Währungsreform. Dann hatte am 1. April der SMAD den Westalliierten mitgeteilt, dass ihre Armeeingenieure die Fernsprechverbindungen zwischen Berlin und den Westzonen »wegen technischer Probleme« nicht länger aufrechterhalten könnten. Die vier Berliner Stadtkommandanten trafen sich zwar noch regelmäßig, aber die Stimmung auf den Konferenzen wurde von Mal zu Mal eisiger.

Major Miller war bereits nach der kommunistischen Machtübernahme in Prag im Februar des Jahres weitgehend von seiner Tätigkeit als Berichterstatter von *The Stars and Stripes* entbunden worden, um für BOB die deutschsprachige Presse in der sowjetischen Besatzungszone auszuwerten. Im Föhrenweg wollte man ein möglichst detailliertes Bild über die politische Stimmungslage in der SBZ bekommen, was zur Folge hatte, dass täglich Berge von Zeitungen und Zeitschriften auf Millers Schreibtisch landeten. Zu deren Sichtung benötigte der Major verstärkt Karls Hilfe, der somit immer öfter erst spät vom Flughafen Tempelhof nach Hause kam und sich allein schon aus Zeitgründen nicht mehr an Bennos und Hansis weiteren Ermittlungen in Sachen Falschgeld beteiligen konnte.

Als Karl wieder einmal nach etlichen Überstunden von dem Major in der Podbielskiallee abgesetzt wurde, hatte Vera bereits den Abendbrottisch gedeckt. Es gab Pellkartoffeln mit Leinöl und für jeden ein kleines Schälchen Magerquark, dazu eine Kanne mit Pfefferminztee, die Minze kam aus Lilos Garten.

»Sag mal Karlchen, stimmt es, was ich heute in der Offizierskantine aufgeschnappt habe? Die Russen hätten gestern erneut einem britischen Militärkonvoi in Helmstedt die Weiterfahrt in Richtung Berlin verweigert?«

»Ja, angeblich, weil eine Elbbrücke repariert werden musste.«

Vera verzog das Gesicht. »Denen fallen ja immer neue Schikanen ein. Mal ist die Autobahn durch einen schweren Unfall blockiert, mal wegen Bauarbeiten gesperrt.« Sie verteilte die Kartoffeln und goss Karl eine Tasse Tee ein. »Auf dem Heimweg hat eine Frau in der U-Bahn gemeint, dass sich die Westalliierten von den Sowjets einfach zu viel bieten lassen würden.«

»Der Meinung bin auch. Aber was sollen sie denn machen, sich den Weg frei schießen? Das wäre wohl kaum eine geeignete Lösung. Von Miller erfuhr ich, dass die Russen in ihrer Besatzungszone vermutlich mehr Truppen unter Waffen haben als England, Amerika und Frankreich in ganz Europa. – Immerhin ist der Konvoi heute Mittag, wenn auch mit vierzehn Stunden Verspätung, in Berlin eingetroffen.«

Vera begann nachdenklich, eine Kartoffel abzupellen. »Ich weiß nicht, Karlchen, irgendwie habe ich das ungute Gefühl, das Ende der Fahnenstange ist noch lange nicht erreicht, und das macht mir einfach Angst. Du sagst ja selbst, wie übermächtig stark die Sowjetarmee ist. Stalin braucht doch bloß zu nicken, und schon hat er Berlin einkassiert! – Aber ganz abgesehen von der Politik: Die Schwarzmarktpreise für Lebensmittel steigen und steigen. Es ist fast wieder wie gleich nach dem Krieg: Hast du Zigaretten, Kaffee oder Schnaps, bist du König; zahlst du mit Geld, bist du Bettler.«

Karl beträufelte eine Kartoffel sparsam mit Leinöl, streute eine Prise Salz darüber und tunkte sie in das Quarkschälchen. »Dass die Inflation unbedingt gestoppt werden muss, ist den Westalliierten klar.«

Vera sah resigniert auf ihren Teller. »Was meint denn Miller zum Thema Währungsreform? Bei seinen guten Kontakten nach oben sollte er eigentlich informiert sein, ob da demnächst etwas passiert.«

Aber Major Miller wurde am Freitag, dem 18. Juni 1948, von der Ankündigung der Westalliierten, in ihren Zonen die Deutsche Mark als neues Zahlungsmittel einzuführen, ebenso überrascht wie Vera und Karl. Mit Wirkung vom 21. Juni 1948 galt die Deutsche-Mark-Währung. Ihre Rechnungseinheit bildete die Deutsche Mark, die in hundert deutsche Pfennige eingeteilt wurde. Alleinige gesetzliche Zahlungsmittel waren vom 21. Juni 1948 an die auf Deutsche Mark oder Pfennig lautenden Noten und Münzen, die von der Bank deutscher Länder ausgegeben wurden. Jeder Einwohner des Währungsgebiets bekam einen einmaligen Kopfbetrag von sechzig DM im Umtausch gegen Altnotengeld desselben Nennbetrags, wovon vierzig Mark in den drei Westzonen sofort am 20. Juni ausgezahlt werden sollten. Spareinlagen und Guthaben auf Geldinstituten würden im Verhältnis zehn zu eins umgetauscht werden.

Am Samstag besuchten Karl und Vera die Hofmanns in Tempelhof. Es regnete, deshalb setzte man sich nicht nach draußen in den Garten, sondern blieb zum Kaffeetrinken im Haus.

Benno räumte den zerfledderten *Tagesspiegel* vom Küchentisch, damit Lilo eindecken konnte. »Meen Wort druff, det wird Onkel Stalin aber jehörich uff de Palme bringen!«

»Schon geschehen«, sagte Vera. »In den RIAS-Nachrichten vorhin hieß es, dass die Russen schon ab Mitternacht alle Übergänge von den Westzonen in ihre Zone gesperrt haben.«

»Na bitte, da ham wa doch schon den Salat! Aber wat is eijentlich mit Berlin? Davon war nirjendwo die Rede, det wa hier zumindest im Westteil ooch die D-Mark kriegen, oder hab ick wat überlesen?«

Karl schüttelte den Kopf. »Nein, das hat mich auch erstaunt. Aber vielleicht wollte man die Russen nicht noch mehr reizen, schließlich existiert allen Reibereien zum Trotz immer noch die Viermächteverwaltung der Stadt.«

»Is ja richtich, Karlchen, aber überleech doch mal, wat det für uns bedeuten würde: Wenn se bei uns nich ooch det neue Jeld in Umlauf bringen, denn können se nämlich ihre janze Reform inne Tonne treten. Erstens, weil se hier die Inflation noch mehr anheizen, und zweetens, weil ihnen denn keen Berliner mehr abnimmt, det se dem Stalin nich doch irjendwann den janzen Laden hier einfach überlassen. – Eijentlich können se sich det nich erlooben, aber langsam traue ick denen allet zu. Oder wat meenst du dazu?«

Bennos Befürchtung, den West-Berlinern würde die neue Deutsche Mark vorenthalten werden, war spätestens am 23. Juni gegenstandslos. Als Reaktion auf die Geldumstellung in den drei Westzonen ordnete der Oberste Chef der SMAD, Marschall Solokowski, für Groß-Berlin und die SBZ die Einführung einer eigenen Währung an, der Deutschen Mark Ost. Noch am gleichen Tag antworteten die Westalliierten auf Drängen des amerikanischen Militärgouverneurs Clay mit der Einführung der DM-West als gesetzliches Zahlungsmittel für den Westteil der Stadt. Prompt wurde den West-Berlinern noch in der Nacht zum 24. Juni der Strom abgedreht, der überwiegend von Kraftwerken in Ost-Berlin und der SBZ produziert wurde. Zeitgleich unterbanden die Sowjets nahezu den gesamten Waren- und Personenverkehr zwischen Berlin und den drei Westzonen. Die offizielle Stellungnahme der SMAD für diese Maßnahmen klang vertraut: Stromabschaltung und Sperrung der Zufahrtswege wären »wegen technischer Schwierigkeiten« notwendig.

Bennos lapidarer Kommentar auf die Erklärung Solokowskis lautete: »Na, wenichstens haben se vor Wut nich jleich losjeballert. Irjendwie scheinen se den Ball doch flach halten zu wollen. Und den Majistrat von Jroß-Berlin ham se ooch nich postwendend nach Sibirien verfrachtet. Een paar Tage, und der Spuk is wieder vorbei. War doch bisher immer so. – Und außerdem«, er pochte auf den *Tagesspiegel,* »ham wa hier im Westen für vier Wochen Kohle und zu futtern jebunkert, hat der Clay jesacht.«

Karl, der durch die Arbeit mit Major Miller besser über die politische Großwetterlage informiert war, konnte den Optimismus seines Freundes nur begrenzt teilen. »Stimmt, aber die Westalliierten scheinen dem Frieden doch nicht so recht zu trauen. Auf dem Flugplatz ist neuerdings die Hölle los. Mit jeder Maschine werden sicherheitshalber weitere Vorräte in die Stadt eingeflogen.«

»Det hab ick jestern im RIAS ooch jehört, und taub bin ick ooch nich, Karlchen. Hasso hat fast 'nen Herzkasper jekriegt, weil da so'n dicker Brummer direkt übert Haus jedonnert is.«

»Miller beabsichtigt übrigens, morgen Abend mit ein paar Gästen ins *Oriental* zu kommen.«

»Bestell ihm, der Laden is ab morjen vorerst dicht.«

»Wieso das?«

»Ick bin doch nich bescheuert. Ick mach erst wieder uff, wenn der Kurs vonner Tapetenmark einijermaßen stabil is. Da blickt ja keener mehr durch! Mal steht die Ostmark zehn zu eins, 'ne Stunde später nur fünf zu eins, und noch 'ne Stunde weiter kriegste für 'ne Westmark wieder sieben Russenmark. Det is mir momentan zu heikel, meenen juten Schnaps womöchlich weit unter Preis zu verkoofen, bloß weil ick mal wieder 'ne Kursschwankung verpennt hab.«

Die SMAD gewährte zwar die bessere Umtauschquote als der Westen, konnte aber anfangs bei der von ihr eingeleiteten Geldreform nicht wie die Westalliierten auf neu gedruckte Geldscheine zurückgreifen und musste Reichsbanknoten mit einem Aufkleber versehen. Der verwendete Klebstoff war von schlechter Qualität. Die

Aufkleber lösten sich leicht von den Scheinen, was dem Ostgeld im Volksmund schnell die wenig schmeichelhafte Bezeichnung »Tapetenmark« eintrug. Die tatsächlich in Umlauf gebrachte Geldmenge war schwer einschätzbar, da gleich in den ersten Tagen der SMAD-Reform Aufklebe-Couponbögen – echte und gefälschte – stapelweise auf den Schwarzmärkten angeboten wurden. Das Vertrauen der Berliner in die DM-Ost schwand ungeachtet der günstigeren Einwechselquote rapide. Während im sowjetisch besetzten Teil der Stadt der Besitz von Westmark ein Strafbestand war, ließen die westalliierten Stadtkommandanten in ihren Sektoren die Westmark neben der Ostmark als Zahlungsmittel zu. Sie vertrauten darauf, dass der Kurs sich nach den anfänglichen Irritationen zugunsten der westlichen Währung entwickeln würde.

Groß-Berlin war immer noch eine Verwaltungseinheit und besaß weiterhin seine gewählte Volksvertretung, und trotz massivster Störungen seitens der SED wurde nach wie vor in Ost-Berlin getagt. Wegen der im Ostteil der Stadt wohnenden, aber im Westen arbeitenden Bevölkerung entschloss man sich in West-Berlin deshalb, alle Löhne und Gehälter zu fünfundsiebzig Prozent in Tapetenmark auszuzahlen, damit die Betroffenen ihre Mieten und sonstigen Verpflichtungen wie öffentliche Verkehrsmittel bezahlen konnten. Ferner sollten die West-Berliner nicht ihrer Möglichkeit beraubt werden, im Osten der Stadt einzukaufen.

Durch das Währungschaos erlebten die Berliner die Einführung der DM-Ost und -West völlig anders als die Bewohner von etwa Hamburg, Hannover oder München. Dort waren am Montag nach der Ausgabe des Vierzig-DM-Kopfbetrags die Schaufenster der Geschäfte üppig mit Waren gefüllt, die bis dahin kaum auf dem Schwarzmarkt erhältlich gewesen waren. In Berlin hingegen gestaltete sich das Warenangebot wegen der beiden zeitgleich eingeführten Währungen zögerlicher. Auch hier hatte man für den Tag X der neuen Währung Waren gehortet, aber die Geschäfte blieben überwiegend geschlossen. Wer etwas zu verkaufen hatte, wartete wie Benno erst einmal die Geldentwicklung ab.

Die Rechnung der Westalliierten ging schließlich auf. Die Westmark, von der Ost-Presse überwiegend abwertend als »Clay-Mark« bezeichnet, war bei den Berlinern begehrter als die dubiose Tapetenmark.

Als Benno das *Oriental* wieder aufmachte, hatte sich der Wechselkurs kalkulierbar eingependelt, nur um Kundschaft war es plötzlich knapp bestellt. Zum Glück besuchten Bennos betuchte Stammgäste die Café-Bar weiterhin regelmäßig, aber Otto Normalverbraucher, der sonst auf ein, zwei Biere hereingeschaut hatte, ließ sich kaum noch blicken.

Otto Normalverbraucher in Berlin hatte andere Sorgen.

Horst Brennecke legte ein schmales Bündel DM-West auf den Tisch. »Ärgerlich, aber mehr war beim besten Willen nicht aufzutreiben.«

Kassner zählte das Geld. »Macht nichts. Immerhin sind wir damit fast alle Blüten los. Wer hat sie dir denn abgenommen?«

»Ein Devisenschieber aus Potsdam, von dem ich wusste, dass er im großen Stil mit Tapetenmark-Coupons handelt.«

»Reicht das Geld jetzt, um die Lastwagen zu kaufen? Unseren Goldvorrat würde ich dafür nur ungern anbrechen.«

»Es müsste gerade so hinhauen.«

»Und die Verträge mit der Flughafenverwaltung gehen wirklich klar?«

»Da gibt es bestimmt keine Probleme. Schließlich waren sie mit meinen Bautrupps bislang zufrieden.«

»Wenn ich dich richtig verstanden habe, wollen sie auch noch andere Spediteure beschäftigen, um die alliierten Hilfslieferungen in West-Berlin zu verteilen.«

»Na und? Bei den riesigen Frachtkontingenten, die demnächst täglich anfallen werden, ist der Kuchen für alle dick genug. Die Amis fliegen die Waren neuerdings mit viermotorigen DC-4-Maschinen ein, die viermal so viel Ladung transportieren können wie eine Dakota oder Skytrain. Und die Briten setzen sogar Sunderland-Flugboote auf der Havel ein. – Ach so, wegen deiner Schweißer bleibe ich bei der Flughafenverwaltung auch am Ball. Den Sachbearbeiter, der für die Auftragsvergabe an Metallbaufirmen zuständig ist, treffe ich morgen oder übermorgen.«

Kassner betätschelte seine vernarbte Gesichtshälfte. »Der Haken an der Angelegenheit ist: Ich kann mir kaum vorstellen, dass die in Tempelhof meine Firma unter Vertrag nehmen, ohne dass ich da nicht wenigstens einmal persönlich antanzen muss.«

»Wegen Meunier?«

Kassner nickte. »Der Flughafen ist zwar groß, aber wie's der Zufall will, läuft mir der Scheißkerl womöglich ausgerechnet gerade dann über den Weg.«

Brennecke machte eine wegwerfende Geste. »Da mach dir mal keinen Kopf, Otto. Falls es darauf hinausläuft, legen wir den Termin einfach auf einen seiner dienstfreien Tage. Oder ich vereinbare gegen Abend ein Treffen, wenn Meunier mit seiner Arbeit fertig ist. Die in der Verwaltung sind jetzt auch rund um die Uhr im Einsatz.«

Kassner gab Brennecke das Geld zurück. »Mir ist überhaupt nicht wohl bei dem Gedanken, weiter in Berlin zu bleiben, ganz gleich, wie gut die Geschäfte laufen. Wenn den Russen der Geduldsfaden reißt, kassieren die doch West-Berlin mir nichts, dir nichts ein!«

»Quatsch! Gibt der Westen Berlin auf, dann stehen die Sowjets einen Monat später am Rhein. Glaub mir, Otto, Stalin pokert zwar hoch, er wird es aber kaum wagen, das Blatt völlig zu überreizen.«

»Dennoch wäre ich lieber, sagen wir mal, in Portugal als auf einer blockierten Insel mitten in der SBZ.«

»Geduld, Otto, Geduld! Denk dran, was der Günter Neumann und seine Truppe immer im RIAS singen: ›Der Insulaner verliert die Ruhe nicht, der Insulaner liebt keen Jetue nicht!‹ – Mensch, Otto, das sind für uns momentan doch wahre Goldgräberzeiten! Und sollten die Russen wider Erwarten doch einmarschieren, habe ich mir natürlich erlaubt, bereits ein wenig vorzusorgen. Auch für den Fall, dass wir aus irgendeinem anderen Grund überraschend von hier wegmüssen!« Brennecke griff in seine Jackettinnentasche.

Kassner stieß einen leisen Pfiff aus. »Alle Achtung, Schweizer Diplomatenpässe! Wie hast du denn die aufgetrieben?«

Brennecke grinste. »Das war mehr oder weniger ein glücklicher Zufall. Einer von meinen früheren Informanten aus der Schweizer Botschaft in Stockholm arbeitet seit einer Woche in Berlin. Wir sind uns schnell wieder handelseinig geworden.«

Kassner zog eine Schreibtischschublade auf. »Zwanzig Fünfziger haben wir noch. Soll ich versuchen, die im Osten loszuwerden?«

»Das erledige ich schon bei Gelegenheit mit dem Potsdamer Schieber.« Brennecke steckte die Blüten ein.

20. Kapitel

Die Luftbrücke

Die von den Alliierten versprochenen Hilfsgüter für Berlin trafen im Minutenabstand ein, weshalb der Major trotz des sommerlichen Wetters die Fenster im Büro geschlossen halten musste. Besonders wenn der Wind ungünstig stand und die dickbäuchigen Skytrain- und Dakota-Transportmaschinen ihre Motoren warmlaufen ließen, hätte man sonst das eigene Wort nicht verstehen können.

Karl und Miller stellten den täglichen Pressespiegel für Bill Gleason zusammen. Karl hatte dem Major soeben einen Artikel aus der in Ost-Berlin erscheinenden *Berliner Zeitung* vorgelesen. Aus »gut unterrichteten Kreisen« wollte der Verfasser wissen, dass die Alliierten planten, ihre Luftbrücke in Kürze wieder einzustellen, weil die »technischen, logistischen und finanziellen Probleme« einer Versorgung Berlins allein auf dem Luftweg zu groß wären. Außerdem hatte die SMAD eine Mitteilung abdrucken lassen, dass die Reparaturarbeiten an den Land- und Wasserverbindungen nach Berlin sich »auf unbestimmte Zeit« hinauszögern würden.

»Das ist Wunschdenken, Mister Charles, reines Wunschdenken! Egal was den Russen noch an Schikanen einfallen sollte, wir geben garantiert nicht klein bei! General Clay hat es immerhin sehr deutlich ausgedrückt: Amerika kann nur durch Krieg aus Berlin vertrieben werden. Aber falls Sie meine persönliche Meinung wissen möchten, einen Krieg wird Stalin wegen Berlin nicht riskieren. Säbelrasseln, Zähnezeigen, sich drohend aufplustern, das ja – Krieg, nein.«

»Ich hoffe, Major, Sie behalten recht.« Karl glättete den *Münchner Merkur.* »Hier steht, die U.S. Air Force will ab morgen die Transportflüge auf täglich hundert Maschinen erhöhen.«

Miller nickte. »Ich war auf der Pressekonferenz, als Oberst Howley das bekannt gab.«

Was er nach der Konferenz auf einer Krisenbesprechung im Föhrenweg gehört hatte und Karl nicht erzählen durfte, war eine Lageeinschätzung von BOB-Informanten aus der SBZ. Die russischen Truppen hatte man zwar in erhöhte Alarmbereitschaft versetzt, aber nirgendwo gab es Anzeichen für die Vorbereitung einer größeren militärischen Auseinandersetzung.

Karl las weiter. Oberst Howley, der amerikanische Stadtkommandant, versprach, die Westalliierten würden alles unternehmen, damit die Berliner Bevölkerung nicht zu hungern brauchte. Man sei ferner entschlossen, die Transportkapazität der Versorgungsflotte zu steigern, bis die Russen einsahen, dass sie mit einer Blockade der Landwege Amerika, England und Frankreich nur in ihrem Entschluss bestärken würden, in Berlin zu bleiben.

Karl schnitt den Zeitungsartikel aus und heftete ihn ab. Mit einem Blick zur Uhr sagte er: »Ich gehe jetzt zur Halle eins, Major. Dort ist Schichtwechsel. Ich muss den neu eingestellten deutschen Transportarbeitern die Arbeitsverträge bringen. Brauchen Sie mich später noch?«

»Nein, es reicht, wenn Sie mir morgen noch mal eine Stunde bei der Zusammenstellung des Pressespiegels helfen. Falls Sie Fräulein Vera suchen sollten, sie verteilt wieder Sandwiches und Kaffee an die Jungs von der Air Force.« Der Major grinste. »Die Flughafenverwaltung hat wirklich die hübschesten Mädels aus der Kantine dafür ausgesucht. – Ich bin später übrigens noch im *Oriental.*

Wenn Sie wollen, kann ich Sie nach Ihrem Training nach Dahlem mitnehmen.«

In der großen Abflughalle herrschte ein beständiges Kommen und Gehen von Skytrain- und Dakota-Besatzungen, die dort die Rückflugpapiere nach Westdeutschland ausgehändigt bekamen und während der Wartezeit von einer mobilen Snackbar verpflegt wurden, um die sich Vera mit drei anderen Frauen kümmerte.

Karl wartete, bis Vera einen Air-Force-Offizier mit Kaffee und Donuts versorgt hatte. »Täusche ich mich, oder ist hier heute mehr los als gestern?«

»Weniger bestimmt nicht. – Ach, übrigens, der Leutnant eben, das war der Pilot, der als Erster auf die Idee gekommen ist, für die Kinder Süßigkeiten an kleinen Fallschirmen abzuwerfen.«

Karl nickte. »Ich weiß. Miller hat ihn gestern kurz für *The Stars and Stripes* interviewt. – Du meintest heute Morgen, dass du dich nachher noch mit Edith triffst.«

»Ja. Birgit hat doch am Donnerstag Geburtstag. Wir möchten ihr ein Kleid schneidern. Edith kennt einen Laden in Westend, wo es guten Stoff gibt.«

»Richtig, den Geburtstag hätte ich fast vergessen.« Karl zog ein Notizbuch aus der Gesäßtasche. »Donnerstag? Ah, gut! Da habe ich frei! Und du?«

»Ich auch. Ich konnte meine Schicht mit einer Kollegin tauschen.«

»Birgit feiert im *Oriental*, nicht wahr?«

»Ja. – Soll ich dich später beim Jiu-Jitsu abholen?«

»Nicht nötig. Miller schaut nach Dienstschluss bei Benno vorbei. Er will mich dann zu Hause absetzen.«

Ein Trupp Air-Force-Soldaten näherte sich der Snackbar. Karl verließ die Abflughalle durch einen Seiteneingang. Auf dem Rollfeld vor Halle eins wurden zwei Dakotas entladen. Ein Pulk Arbeiter schleppte Milchpulverkisten zu einer Reihe direkt neben den Maschinen parkender Lastkraftwagen.

»Morgen, Herr Meunier!«

»Morgen, Herr Brandermann! Wie ich in der Verwaltung hörte, haben Sie Ihr Tätigkeitsfeld in Tempelhof beachtlich erweitern können.«

Brandermann zeigte auf die Lkws. »Ich bekam zufällig die Gelegenheit, günstig ein paar Wagen zu erwerben, da habe ich zugeschlagen. Gerade im richtigen Moment, scheint's. – Sie bringen mir bestimmt die Papiere für meine Arbeiter.«

Karl nickte und gab ihm die Verträge.

»Gut. Soll ich sie später selbst in der Verwaltung abgeben?«

»Ja. Ich glaube, die haben dort sowieso noch etwas mit Ihnen zu besprechen.«

»Geht klar. – Sieht man sich am Donnerstag im *Oriental*, oder müssen Sie an dem Tag arbeiten?«

»Nein. Ich sprach gerade mit Vera darüber. Donnerstag ist zufällig mein freier Tag. Wann geht es denn los mit der Geburtstagsfeier?«

»Wir kommen um drei Uhr mit den Torten – also gegen vier, meine ich mal. Treffen Sie oder Fräulein Vera Herrn Hofmann zufällig heute noch?«

»Vera nicht. Sie ist mit Frau Jeschke verabredet. Die beiden besorgen ein Geschenk für Birgit. Aber ich gehe direkt nach der Arbeit zum Jiu-Jitsu in die Schlüterstraße.«

»Ah, gut! Könnten Sie vielleicht im *Oriental* ausrichten, dass wir am Donnerstag circa zwanzig bis dreißig Personen zu der Feier erwarten?«

Als Vera gerade vor Ediths Wohnungstür stand, ging diese auf, und zwei Männer traten in den Hausflur. Einer lüftete seinen Hut und sagte: »Dann entschuldigen Sie bitte die Störung, Frau Jeschke, aber wir sind halt verpflichtet, jedem Hinweis nachzugehen.«

»Keine Ursache, meine Herren. – Komm rein, Vera.«

»Was haben die denn von dir gewollt? Die sahen ja aus wie von der Polente.«

Edith schloss die Tür. »Keine Polizei. Das waren Kontrolleure von den Elektrizitätswerken. Sie hatten einen anonymen Hinweis erhalten, dass ich meinen Stromzähler mit dem ›Kleinen Gustav‹ manipuliere.«

»Und? Hast du?«

Edith kicherte. »Klaro, aber nicht heute. Das Gerät war irgendwie defekt geworden. Anstatt den Zähler in rückläufige Bewegung zu versetzen, hat es ihn nach vorne bewegt. Deshalb habe ich es gestern zur Reparatur gebracht. – Schwein gehabt. Wenn die mich mit dem Teil erwischt hätten, wär's teuer geworden.«

Über das nützliche kleine Gerät, das durch bloßes Auflegen auf den Zählerkasten die Stromkosten eines Bewag-Kunden immens zu senken vermochte, sang man überall in Berlin bereits ein Lied:

»Kenn'n Sie den ›Kleinen Gustav‹? Wenn ja, dann sag'n Sie's der Bewag nicht. Rückwärts und ohne Fehler dreht sich der Zähler, und Sie hab'n Licht.«

»Und wer könnte dich angeschwärzt haben?«

»Keine Ahnung. – Na, jedenfalls lasse ich in Zukunft die Finger von dem Teil. Wenn die von der Bewag einen auf dem Kieker haben, schauen sie bestimmt wieder vorbei. Benutzt ihr eigentlich einen ›Kleinen Gustav‹?«

Vera schüttelte den Kopf. »Das wäre viel zu riskant. Wer wegen Stromklau erwischt wird, fliegt bei den Amis im hohen Bogen raus.«

Der Schneider in Westend weigerte sich kategorisch, drei Meter seines besten Samtstoffs für Ostmark wegzugeben, wie Edith es anfangs vorschlug.

»Nix da, meene Damen! Wenns mir nämlich hier zu brenzlich wird, mach ick mir über die Jrüne Jrenze nachm Westen ab. Und da kann ick die Tapetenmark inner Pfeife roochen.«

Man einigte sich darauf, den Kaufpreis teils in Westmark, teils in amerikanischen Zigaretten zu entrichten.

Es war ein milder Sommerabend. Vor dem S-Bahnhof Westend stand einer der RIAS-Lautsprecherwagen, die seit der drastisch eingeschränkten Stromzuteilung quasi zur Hauptinformationsquelle der West-Berliner Bevölkerung geworden waren. Wie überall umlagerte eine größere Menschenmenge das Fahrzeug, um erregt über die neuesten RIAS-Nachrichten zu diskutieren. Auch Vera und Edith blieben stehen. Die U.S. Air Force hatte wieder die Vortagstonnage an zivilen Hilfsgütern übertroffen.

Ein Mann neben Vera und Edith begann spontan zu klatschen und rief: »Na bitte, ick hab's doch immer jesacht! Besser, die Russen blockieren Berlin und die Amis versorjen uns, als umjekeht.«

»Recht hatter! Lieber Trockenmilch und Eipulver zum Futtern als nischt!«

Vera und Edith stimmten in das allgemeine Gelächter ein.

Mit der Ankündigung, sich in einer Stunde wieder mit den aktuellen Informationen zurückzumelden, verabschiedete sich der Nachrichtensprecher von seinen Zuhörern. Die Menschenmenge begann sich zu zerstreuen.

Plötzlich stieß Edith Vera an und zeigte zum S-Bahn-Eingang. »Steht dahinten nicht Birgits Freund?«

Eine Gruppe Frauen nahm Vera die Sicht. Sie stellte sich auf die Zehenspitzen. »Wo denn?«

»Jetzt sehe ich ihn auch nicht mehr. – Doch, jetzt wieder! Vor dem S-Bahn-Eingang. Er steigt gerade mit einem Mann in den schwarzen Mercedes.«

Vera nickte. »Ja, das ist Horst Brandermann.«

»Und der andere, der mit dem vernarbten Gesicht?«

»Kenn ich nicht.« Wieder versperrten ein paar Leute Vera die Sicht.

Der Wagen wendete und fuhr langsam an den Frauen vorbei in Richtung Innenstadt.

»Wohnt Birgits Freund nicht irgendwo am Ku'damm? Blöd, wir hätten ihn doch einfach fragen können, ob er uns nicht nach Charlottenburg mit zurücknimmt«, meinte Edith.

Vera blickte dem Mercedes wie versteinert hinterher.

Edith rüttelte sie am Arm. »He, was ist denn?«

»Ein Gespenst«, flüsterte Vera. »Ich glaube, ich habe eben ein Gespenst gesehen!«

21. Kapitel

Ein Feind aus alten Tagen

Als Vera ins *Oriental* stürmte, hatten sich Karl und Benno schon vom Training umgezogen und saßen mit Major Miller am Tresen. Lilo zapfte für die Männer Biere.

Karl schaute seine Freundin erstaunt an. »Hallo, die Dame! Das ist aber eine Überraschung!«

Benno griente süffisant. »Und wir hatten uns uff 'nen jemütlichen, ruhijen Herrenabend jefreut.«

»Halt mal deene vorlaute Klappe, Dickerchen«, ermahnte Lilo ihren Gatten. »Die Vera is ja janz uffjereecht. – Is wat passiert?«

»Ich habe Kassner in Westend gesehen. Er saß bei Horst Brandermann im Auto.«

Lilo ließ den Zapfhahn los. Karl, der sich gerade eine Zigarette anzünden wollte, hielt mitten in der Bewegung inne, und Benno sperrte den Mund weit auf.

»Als er zu Brandermann in den Wagen stieg, habe ich ihn nicht gleich erkannt, weil eine Gesichtshälfte von Narben entstellt war, sondern erst, als der Mercedes danach ziemlich dicht an uns vorbeifuhr. Da konnte ich seinen Kopf von der anderen Seite sehen. Brandermanns Beifahrer war eindeutig Otto Kassner.«

Karl, Benno und Lilo starrten Vera wortlos an.

Major Miller räusperte sich. »Wer ist denn dieser Herr Kassner, dass es Ihnen derart die Sprache verschlägt?« Kaum hatte er die Frage ausgesprochen, redeten alle gleichzeitig auf Vera ein.

»... in welcher Beziehung Brandermann und Kassner zueinander stehen«, sagte Major Miller schließlich, »wissen wir nicht. Tatsache bleibt, dass einer der Männer in der Frohnauer Villa ebenfalls eine entstellte Gesichtshälfte hatte. Zwei der vier Geldfälscher sind von der Nachbarin anhand der Fotos schon identifiziert worden. Was wir somit vorrangig benötigen, ist ein Bild von Brandermann. Wenn er damals auch im Kasinoweg gewohnt hat, dann ist klar, wer der Rest der Bande ist.«

»Een Bild von Brandermann? Wenn's weiter nischt is«, sagte Benno, wühlte in einer Schublade und legte einen Stapel Fotografien auf den Tresen. »Det sind Uffnahmen von meenem Jeburtstach. Na bitte, da isser schon!«

Horst Brandermann und Birgit Kellner saßen an einem Tisch neben der Tanzfläche und lächelten in die Kamera.

»Ausgezeichnet!«, sagte der Major. »Dann schlage ich vor, Sie, Herr Hofmann, fahren am besten umgehend nach Frohnau und zeigen Fräulein Schwandt das Foto. Und Sie,« er wandte sich an Vera, »statten derweil Fräulein Kellner einen Besuch ab. Aber bevor Frau Binder mit ihr spricht, muss ich dringend im Föhrenweg anrufen.«

»Der Apparat is vorne anner Jarderobe«, sagte Lilo.

Während Miller Bill Gleason informierte, beriet Vera sich mit Karl. »Ich tue einfach so, als hätte ich einen Spaziergang gemacht und spontan entschieden, bei ihr vorbeizuschauen.« Sie sah auf ihre Armbanduhr. Es war siebzehn Uhr dreißig.

»Wenn Brandermann wider Erwarten doch im Büro sein sollte, können wir uns den Weg in die Uhlandstraße sparen«, gab Karl zu bedenken.

Vera nickte. »Aber warten wir erst einmal ab, was Lilo herausfindet.«

Major Miller kam in den Schankraum zurück. »So,

ab morgen früh wird Brandermann rund um die Uhr beschattet.«

»Na, denn versuch ick jetz mal meen Glück«, sagte Lilo und ging zum Telefon.

Zwei, drei Minuten später trat sie breit grinsend an den Tresen. »Im Flunkern war ick immer schon einsame Klasse! – Also: Die Birgit hockt alleene inner Uhlandstraße. Ick hab een Taschentuch uff die Sprechmuschel jepackt, damit se meene Stimme nich erkennt: ›Nee, gnädije Frau, 'nen Laster könne man wejen der Luftbrücke zur Zeit wahrscheinlich nich mieten, und der Herr Brandermann wär ooch später nich inner Firma. Aber ick könnte ja ruhich morjen früh um acht noch mal durchklingeln, da wär er jarantiert wieder im Büro.‹«

Benno machte sich auf nach Frohnau. Karl, Vera und der Major fuhren zur Uhlandstraße.

Vera verschwand im Hauseingang. Miller und Karl blieben im Horch sitzen.

»Wie kommt es, dass mir der Name Kassner gar nichts sagt?«, fragte der Major.

»Als Sie damals im *Adlon* abstiegen, war er noch im Weinkeller beschäftigt. Empfangschef wurde er im letzten Kriegsjahr.«

»Und die Männer, mit denen er durch den Tunnel geflüchtet ist, davon kannten Sie keinen?«

»Nein. Die trafen erst einen Tag zuvor mit den Reichsbank-Kisten ein. Aber es ist gut denkbar, dass Wagener und Richter dabei waren. In der Brandnacht hat es im Hotel von hohen SS-Offizieren nur so gewimmelt.«

»Und Brandermann?«

Karl zuckte mit den Achseln. »Ich konnte nur durch einen schmalen Spalt in der Deckenluke hinunter in den Keller sehen. Außer Kassner habe ich niemanden deutlich erkannt.«

»Sie sagten, die Goldfasane trugen alle russische Uniformen. Wagener konnte Russisch. Das stand in seiner Akte. – Was ist mit Brandermann?«

»Er auch. Im *Oriental* hat er sich mit Wassilinski immer in dessen Muttersprache unterhalten.«

Vera ging durch den Hausflur in den Hinterhof zu Brandermanns Büroräumen im Seitenflügel.

Birgit machte erst nach längerem Klopfen auf. »Ach, du bist's!«

»Ich kam zufällig vorbei, um euch zu fragen, ob ihr nachher ins *Oriental* kommt.«

»Ich nicht.« Birgit zeigte frustriert auf mehrere hohe Papierstapel. »Ich sitze an dem Scheiß garantiert bis Mitternacht. Morgen muss unbedingt alles beim Finanzamt sein, oder die machen gewaltig Stunk.«

»Und dein Horst?«

Birgit verdrehte die Augen. »Gibt es den überhaupt noch? Seit er mit der neuen Firma die Ami-Lebensmitteltransporte macht, bekomme ich ihn kaum vor Mitternacht zu Gesicht. Er ist ununterbrochen auf Achse. Heute auch.«

»Ich meine, ich hätte seinen Mercedes vorhin in Westend gesehen.«

»Das könnte gut sein. Ich habe mit halbem Ohr ein Telefonat mitgekriegt. Ich glaube, Hotte wollte in Westend einen Geschäftsfreund abholen, dem er in Tempelhof irgendeinen fetten Auftrag zuschanzen kann.«

»Na, vielleicht kommen sie danach ja noch zu Benno.«

Birgit schüttelte den Kopf. »Kaum. Mit Geschäftsfreunden geht er nie ins *Oriental*.«

»Komisch eigentlich.«

»Stimmt, aber Hotte hält eben gern Privates und Geschäftliches strikt getrennt. Ist ja nichts Neues bei ihm.«

»Tja, dann will ich lieber nicht weiter stören, damit das Finanzamt nicht böse wird.«

Birgit seufzte bloß und brachte Vera zur Tür.

Karl drehte sich auf dem Beifahrersitz um und öffnete seiner Freundin die Fondtür von innen. Vera ließ sich auf die Rückbank fallen und berichtete. »... jedenfalls hat sie von seinen Geschäftsfreunden noch keinen persönlich kennengelernt. Falls er tatsächlich in krumme Dinger mit Kassner verwickelt ist, dann hat sie davon bestimmt keinen blassen Schimmer, oder ich müsste mich gewaltig irren.«

Karl sah Major Miller an. »Bevor ich Brandermann heute früh die Transportarbeiterverträge zur Halle eins brachte, erfuhr ich zufällig in der Verwaltung, dass man etwas mit ihm zu bereden hätte. Womöglich ging es da um den fetten Auftrag, von dem Birgit sprach.«

»Bis wann arbeiten die dort?«

»Ich glaube, mittlerweile auch durchgehend.«

»Dann würde ich vorschlagen, wir fahren gleich noch mal zum Flughafen.«

»Wenn es Ihnen keine Umstände bereitet, Major, dann könnten Sie mich bei Lilo absetzen«, bat Vera. »Ich brauche auf all die Aufregung dringend ein vernünftiges Bier.«

»Selbstverständlich. Wir kommen dann später natürlich auch ins *Oriental*.«

»Ich bin jetzt schon mächtig gespannt, was Benno in Frohnau bei Fräulein Schwandt erreicht«, sagte Karl.

»Und Ihre Privatanschrift hat sich zwischenzeitlich auch nicht geändert, Herr Böhme?«

»Nein, Westend stimmt weiterhin.«

Der Sachbearbeiter der Flughafenverwaltung, der für die Auftragsvergabe an deutsche Firmen zuständig war, legte seine handschriftlichen Notizen in eine Kladde. »Wir hätten somit alle wichtigen Punkte des Vertrags geklärt. Ich lasse ihn morgen früh tippen und Ihnen dann wie besprochen durch Herrn Brandermann zukommen.«

Kassner nickte. »Übermorgen haben Sie den Vertrag von mir unterschrieben zurück.«

Der Sachbearbeiter erhob sich. »Ich begleite Sie jetzt noch zum Tor Columbiadamm. Sie bekommen selbstverständlich später auch ein Dauer-Permit wie Herr Brandermann.«

Kassner zog die Augenbrauen hoch.

Brennecke lächelte. »Die Sicherheitsbestimmungen sind hier sehr strikt, Herr Böhme. Wenn jemand aus der Verwaltung einen Besucher am Tor abholt, muss er ihn auch persönlich wieder dorthin bringen.«

Nachdem diese Formalität erledigt war, verließen Kassner und Brennecke das umzäunte Flughafengelände durch den Fußgängerdurchlass neben dem abgesenkten Torschlagbaum, der die breite Fahrzeugzufahrt sperrte.

Der Mercedes stand vor dem Wachhäuschen der Military Police zwischen mehreren Zivilfahrzeugen. Auf der anderen Seite der Torzufahrt rangierte auf einer schotterbefestigten Freifläche ein Lkw mit Anhänger.

Ein Opel blockierte die rechten Türen von Brenneckes Wagen.

»Dichter ging's ja wohl nicht!«, knurrte Kassner.

»Wie hat das Arschloch denn das bloß hingekriegt?« Brennecke schüttelte fassungslos den Kopf. »Da passt ja keine Hand mehr zwischen. – Lots mich raus, Otto.«

Brennecke stieg ein, kurbelte das Seitenfenster runter und bugsierte, von Kassner durch Handzeichen unterstützt, den Wagen vorsichtig rückwärts aus der Lücke.

»So, jetzt einschlagen!«, brüllte Kassner, denn zwei »Rosinenbomber«, denen offenbar im letzten Moment die Landeerlaubnis verweigert worden war, dröhnten im Tiefflug über den Columbiadamm.

Als der Wagen aus der Lücke heraus war, öffnete Kassner die Beifahrertür. Dem Fahrer des Horch, der sich unterdessen von hinten genähert hatte, signalisierte er mit einer Geste, dass der Mercedes erst noch wenden würde.

Plötzlich erstarrte Kassner, schrie Brennecke etwas zu und sprang in den Wagen. Im Anfahren riss Brennecke das Steuer bis zum Anschlag nach links, gab Vollgas, dann krachte es.

Brennecke hatte blitzschnell kalkuliert, dass ein Wendemanöver vor dem Tor zu viel Zeit kosten würde, und versucht, über die Freifläche in Richtung Columbiadamm zu entkommen. Bei dem Lenkmanöver, das bezweckte, dem Lastzug dort auszuweichen, war der Mercedes auf dem Schotterbelag ins Schleudern geraten und hatte sich mit der Motorhaube voran unter die Ladefläche des Anhängers geschoben.

»Das hat aber recht ordentlich gescheppert!«, sagte der Major zu Karl und legte den Gang ein.

An der Unfallstelle stiegen sie aus.

»Das war's denn wohl!« Karl tastete nach seiner Zigarettenschachtel. »Sie auch, Major?«

Otto Kassner war sofort tot, Horst Brennecke starb, ohne das Bewusstsein wiedererlangt zu haben, einen Tag darauf im amerikanischen Militärhospital. Die Bordwand des Anhängers hatte das Dach von Brenneckes Mercedes zerquetscht wie einen Pappkarton.

Die Ermittlungen von BOB in Kassners Fall waren bald abgeschlossen. Im Keller seiner Westender Wohnung entdeckte man neben den eingemauerten Reichsmark-Druckplatten auch eine Metallkiste mit Goldmünzen und Goldbarren. Umgerechnet in die neue Währung hatte der Fund einen Wert von annähernd zwei Millionen D-Mark. Bei Birgit Kellners Freund gestalteten sich die Recherchen von BOB und dem Document Center schwieriger. Erst die Auswertung der Personalakten der ehemaligen Deutschen Botschaft in Stockholm brachte Klarheit. Ein Horst Brandermann fand sich zwar nicht unter den in der Passabteilung beschäftigten Diplomaten, wohl aber ein Horst Brennecke. Sonderbarerweise verzeichneten die Listen von Ribbentrops Auswärtigem Amt keine Person dieses Namens. Bill Gleasons Old-Boys-Connection im Document Center wurde schließlich durch Zufall fündig. Ein Horst Brennecke war im Sommer 1942 von der Gestapo-Hauptverwaltung von Wilna nach Schweden geschickt worden, um dort deutsche Emigrantenorganisationen zu beobachten. Es lag nahe, anzunehmen, dass er bereits in Wilna mit Richter und Wagener zusammengetroffen war. Wann Brennecke in Berlin zu ihnen und Kassner gestoßen war, ob in den letzten Kriegstagen oder erst später, ließ sich nicht ergründen, denn die meisten Akten in der Gestapo-Zentrale waren rechtzeitig vor dem russischen Einmarsch vernichtet worden.

22. Kapitel

EUGEN

Ernst Reuters Appell »Völker der Welt, schaut auf Berlin!« verhallte nicht ungehört. Amerika, England und Frankreich setzten die Luftbrücke fort, bis die Sowjetunion vor den gigantischen und effektiven Anstrengungen der Westalliierten resignierte und die Blockade der Stadt am 12. Mai 1949 beendete.

Es war zufällig der Tag, an dem Liselotte Hofmann und Leutnant-Colonel Paul Miller auf dem Standesamt Tempelhof mit ihrer Unterschrift die Eheschließung von Vera und Karl bezeugten.

Drei Monate später erblickte Eugen Meunier das Licht der Welt, um als »waschechter Insulaner« aufzuwachsen.

Aber das ist eine andere Geschichte …

Personen

Karl Meunier, ein ehemaliger Hausdetektiv vom Hotel *Adlon*

Vera Binder, seine verschollene Freundin

Birgit Kellner, eine ehemalige Artistenkollegin von Vera

Benno Hofmann, Karls Sportkamerad, Ex-Rausschmeißer vom *Oriental*, jetzt eine Schwarzmarkt-Eminenz

Liselotte Hofmann (»Lilo«), Bennos Frau

Hasso, mag keine Fremden im heimischen Garten

Otto Kassner, ein Parteigenosse der ersten Stunde und der letzte Empfangschef vom Hotel *Adlon*

Horst Brennecke (»Hotte«), immer in Kassners Nähe

Adolf Wagener bzw. Adolf Hübner und **Wolfgang Richter,** ebenfalls

Renate Hansen, hält alte Kontakte am Leben

Captain/Major Paul Miller, schreibt nicht nur für *The Stars and Stripes*

Leutnant John McCullen, teilt sich eine Dahlemer Wohnung mit Miller

Sergeant Robert Burns, liebt die Deutschen im Allgemeinen nicht sonderlich, seine Edith und ihre beiden kleinen Töchter aber sehr

Edith Jeschke, will mit Robert und den Kindern bloß weg aus Berlin

Bill Gleason, wer zu ihm vordringen will, muss sich gut ausweisen können

Richard Bloomsfield, ist nicht nur ein unauffälliger Stammgast im *Oriental*

Genosse Oberstleutnant Wladimir Wassilinski, besucht die westalliierten Sektoren Berlins bevorzugt in Zivilkleidung

Colonel Brian Teasdale, Wirtschaftsfachmann im Stab von Field Marshal Montgomery

Leutnant Robert Brown, sein Fahrer und Adjutant

Stanislaw Gormullowski, träumt von Kalifornien

Klaus Müller (»Elektro-Klaus«), repariert auch Steckdosen für die amerikanischen Besatzungstruppen in Berlin

Elisabeth Böttcher (»Goldelse«), ist liiert mit Elektro-Klaus

Hans Klempke (»Hansi«), arbeitet gelegentlich für Benno

Fräulein Schwandt, ihr entgeht in Sicht- und Hörweite nichts

Heribert Lüdicke, betreibt eine Künstleragentur in Schöneberg

Willi Wiesel, weiß wirklich von nichts

Glossar

AEG	Allgemeine Elektricitäts-Gesellschaft
BAFSV	British Armed Forces Service Vouchers (britisches Besatzungsgeld)
Bewag	Berliner Städtische Elektrizitätswerke Akt.-Ges.
BOB	Berlin Operations Base (im Föhrenweg)
CARE	Cooperative for American Remittances in Europe
DIAS	Drahtfunk im amerikanischen Sektor
DP	Displaced Person
ERP	European Recovery Program (Marshallplan)
Indian	Motorrad, Vorläufer der Harley-Davidson
»Knie«	der heutige Ernst-Reuter-Platz
MP	Military Police
OSS	Office of Strategic Services (Vorgängerorganisation der CIA)
RIAS	Radio im amerikanischen Sektor
SMAD	Sowjetische Militäradministration in Deutschland
WFG	Weser Flugzeugbau GmbH

Inhalt

1. Kapitel Der Schwarzmarktkönig 7
2. Kapitel Captain Millers Rückkehr 28
3. Kapitel »Stille Nacht, heilige ...« 41
4. Kapitel Die Villa in Frohnau 51
5. Kapitel Stanislaw Gormullowskis Traum von Kalifornien 58
6. Kapitel Ellenbogenhebel im Hinterhof 63
7. Kapitel Major Millers Berlin-Erkundungen 77
8. Kapitel Die Klaviersaite 91
9. Kapitel Razzia 98
10. Kapitel Die Wiedereröffnung des *Oriental* 111
11. Kapitel Hungerwinter 128
12. Kapitel Teilweise Erleuchtung durch Fräulein Schwandt 142
13. Kapitel Ein Unfall mit Fahrerflucht 156
14. Kapitel Vera 173
15. Kapitel Die Fronten klären sich 182
16. Kapitel Überleben 187
17. Kapitel Bennos Geburtstag 200
18. Kapitel Krisensitzung nicht nur im Föhrenweg 216
19. Kapitel D-Mark, Clay-Mark und Tapetenmark 224
20. Kapitel Die Luftbrücke 234
21. Kapitel Ein Feind aus alten Tagen 241
22. Kapitel Eugen 249

Personen 251
Glossar 253